银行板凳

徐建华

著

中国言实出版社

图书在版编目（CIP）数据

板凳银行 / 徐建华著 . —— 北京 : 中国言实出版社 ,2019.12

ISBN 978-7-5171-3276-9

Ⅰ . ①板… Ⅱ . ①徐… Ⅲ . ①小说集—中国—当代Ⅳ . ① I247

中国版本图书馆 CIP 数据核字（2019）第 275929 号

出 版 人 王昕朋
总 监 制 朱艳华
责任编辑 史会美
责任校对 崔文婷
责任印制 佟贵兆
封面设计 淡晓库

出版发行 中国言实出版社

地 址：北京市朝阳区北苑路 180 号加利大厦 5 号楼 105 室

邮 编：100101

编辑部：北京市海淀区北太平庄路甲 1 号

邮 编：100088

电 话：64924853（总编室） 64924716（发行部）

网 址：www.zgyscbs.cn

E-mail：zgyscbs@263.net

经 销 新华书店
印 刷 北京温林源印刷有限公司
版 次 2020 年 1 月第 1 版 2020 年 1 月第 1 次印刷
规 格 880 毫米 × 1230 毫米 1/32 9 印张
字 数 200 千字
定 价 39.80 元 ISBN 978-7-5171-3276-9

　　2015 年诺贝尔文学奖获得者斯维特拉娜·阿列克谢耶维奇，提出一种新的小说体"文献小说"，既不是报告文学，也不完全是虚构，而是将故事情节移花接木，人物原型叠加在一起，合情合理虚构但细节"文献般真实"。

　　中国作协书记处书记、文艺评论家阎晶明先生说，至今没看到一部像样的金融小说，原因就在于："有金融没小说，有小说没金融。"

　　为什么金融小说不好写？我理解，根本原因在于有情节没细节，细节失真；或者有细节没情节，细节写实，情节平铺直叙。

　　本书作为一种尝试，情节上按照传记体叙述，尊重高端读者的阅读习惯，不求通俗但求细节"文献般真实"。

　　是为序。

徐建华

2019 年 7 月 26 日

目 录

一

吴上说：一直生活在城市旮旯儿，就算家门口没有苏州监狱高大的围墙阻隔曙光，住在如此幽暗、低洼的古巷深处，庭院那株百年玉兰树照样遮天蔽日。

好在不需要日出而作，也不像之前大早就起来上学，我已从苏州大学保险精算专业毕业，获得金融白领资格。

这资格令我扬眉吐气。祖祖辈辈以铜缸为业，虽说也算手艺活儿，但毕竟只是修补坛坛罐罐。

手艺传到我父亲这辈儿每况愈下，起早贪黑走街串巷几天揽不到一个活儿，他越来越忧愁，又患上肺病。幸而中年得子，虽说只是个女儿，照样满怀期待，给我取名吴上，期盼我成为人上人，至少不要像他一样铜大缸。

苏州的夏天四点多就天亮，看窗外灰蒙蒙一片，我想再睡，却听到父母叽叽咕咕商量：脚踏三轮车又坏了，要不要还是请江北人来修一修？

母亲的意思：还是请江北人来修吧，去修理店起码多花好几块钱，弄不好还遭宰一刀。

可父亲担心：唉，为啥就是提不成干部呢？今天站最后一班岗，明天就要走人。

母亲带着哭音问：他跟你讲过，今天最后一班岗？

他战友讲的，本来轮不上他站岗了，他还要站，说是实在舍不得走，还哭兮乃呆（方言，哭哭啼啼）呢……

我蹦跳下床朝窗外嚷：好吵呀。

父亲"嘘——"一声，将声音进一步压低。

他们说的江北人是家门口苏州监狱的一位武警，满口北方口音，习惯叫他江北人。

三年前父亲去监狱食堂镉大缸，突然肺病犯了，吐血不止。图省钱他不肯去医院，监狱卫生所又束手无策。有人提醒：旁边的苏州丝绸工学院有个老师有祖传偏方，说不定管用。监狱领导立即安排江北人背我父亲去求助。

父亲说那时江北人刚刚入伍，不熟悉苏州的街道，又听不懂苏州话，人家也听不懂他浓重的北方话，他就到处乱撞。本来应该朝东过相门桥，他却朝西一口气把我父亲差点背到双塔院，完全南辕北辙。直到他累瘫了，才招呼出租车。

父亲阅尽人间沧桑，见过的人多啦，仅从这点就看出江北人心眼不坏。他完全可以出门就叫出租，又不要他付车钱。即便一时没想到，他也不必飞跑呀，可他像背着自己的父亲，看他着急惊慌的样子，听他"呼哧呼哧"粗重喘息，父亲咯血说不出话，只是老泪纵横，泪水把江北人肩膀都淋湿了。

过后，一家人都喜欢江北人，他的憨厚朴实让我们感到安全可靠。江北人也喜欢我们家，得空就来不停地做事，粗活重活都揽下，休假时跟随我父亲走街串巷镉大缸。

父母差不多把他当儿子，天天都盼望他来，他一来，父母就感到安全。他高大强壮，让人感到顶天立地。父母甚至希望他永远不要退伍，如果提拔成干部，我也大学毕业，倒是无比美满。

可江北人一直不能提干，只在监狱站岗。而且听他吞吞吐吐的意思，这一批退伍名单中就有他。一旦退伍，他将回到北方乡下种田，至多像千万民工一样四处颠沛流离，好不容易找个工作，又可能拿不到工钱。

清晨的天空像高挂一盏巨大的节能灯，由灰白暗淡逐渐明亮。父母决定自己修理三轮车，不再麻烦江北人。

听着窗外叮叮当当的敲打声，我同样不知道该不该疏远江北人。我翻身起来，慵懒无力地倚坐在临窗的椅子上。窗下是京杭大运河的一条支流，随着船桨打水的"噼啪噼啪"声，照例响起悠长的吆喝：豆——浆——卖豆浆哩……

我打开窗户，熟练地吊下竹篮，准确落在小船上。船家跟我熟悉，嘻嘻哈哈逗笑：又不要上学堂了，姑娘起介（方言，这么）早弄啥，想姑爷想得不困觉了啵？

我提上吊篮，关闭窗户，隔断外面的嘻嘻哈哈。

八月天十分闷热，我趿着拖鞋走出后门，不远处是仓街的一口水井，舍不得用自来水，我洗漱都来水井边。

打桶井水倒进雪白的搪瓷脸盆，我将整个脸埋在水中，清凉惬意，咕咕吹出一串水泡，禁不住咯咯欢笑。在我记忆里，父母从不给我买玩具，我从小就习惯因陋就简自娱自乐。连香皂都少用，更不可能用化妆品，清水浸泡后，我用一条雪白毛巾揩干脸，再提一桶清水回卧室。

享受不起淋浴，我就早晚擦身。睡裙是妈妈用旧床单绗缝的，十分方便，解开束腰，双肩一耸睡裙就滑落。看着自己雪白光洁的肌肤，我很愉快，除了姿容出色和学习成绩优秀，我没什么自豪的，而学习成绩也已成过去。

我将身体淋湿，浑身上下使劲揉搓。冬天也这样，没有空调，没有热气蒸腾淋浴，冻得我磕牙打战，就快速搓热皮肤，像是火烧水激。

青石板地面，瓦房屋檐低矮，屋子阴暗潮湿。没有橱柜，没有箱笼，衣服叠码在床头纸箱。好在没几套衣服，几天就轮换一遍，因此不必担心受潮发霉。

擦干身子，乌黑的披肩发稍微一拢就十分熨帖，又不失飞扬，我穿上那条还算穿得出的连衣裙。之所以说穿得出，是因为它式样别致：上身收得很紧，类似绣花马夹，把鲜亮脖颈和圆润双臂展现出来，洁白酥胸若隐若现；下截裙子对襟开衩，缀一排鲜艳的镶边布扣，从胸口一线贯穿到下摆，还不失飞动飘逸。我身材无可挑剔，再穿这样一条裙子，不戴任何佩饰也看不出苦寒。

这一收拾花去好多时间，墙上那个历尽沧桑的挂钟"当——当——"提醒已过七点，我囫囵吃过早饭。

出门看见父母还在玉兰树下修理三轮车。他们不得要领，摊开满地零件不会装配，反而把三轮车越修越坏。

父亲有些难为情地解释：不晓得这车子样样都坏，弄半天弄成傻婆娘补衣裳——剪下裤裆补袖口。

我翘起嘴巴埋怨：病弄翻了，看你省钱还是赔钱。

出院门就是幽深小巷，石板路面，两边灰墙壁立，仅够两人擦肩而过。我每次经过都情不自禁地想起徐志摩的《石虎胡同七号》：

我们的小园庭，

有时轻喟着一声奈何；

奈何在暴雨时，

雨槌下捣烂鲜红无数；

奈何在新秋时，

未凋的青叶惆怅地辞树……

默默吟诵这些美妙诗句，我会自我陶醉，还会感叹：人世间还有徐志摩那样纯粹的人吗？

大学时，几个同学策划一出话剧《徐志摩》，我十分踊跃地参加，还主动要求扮演徐志摩的妻子陆小曼。在我看来常州人陆小曼是最幸福的女子，获得了一个只为情生只为情死的纯粹人，我十分向往这种纯粹。

有一天去学校排演话剧，正好江北人晚饭后来我家，我俩在巷道迎面碰上。江北人太高太大，把逼仄的巷道堵住大半，怕从他腋下挤过去灰墙会擦脏裙子，就调皮地要他举我过去。他张开粗壮的胳膊，像演杂技似的把我高举空中，我忽然不想下来，几乎骑跨在江北人脖子上，心头涌动说不出的感觉。我感觉到江北人在颤抖，我同样一阵酥麻，羞得满脸滚烫也不松手……

从此只要经过这条巷道，我就满怀期待。可江北人像闯下大祸似的，从此就躲避我，不敢迎接我激情四射的目光。

如今巷子拆去大半，整个仓街和前面的干将路都在拓宽，到处拆得七零八落。我"橐橐"踩在仅有的一段石板路上，心头掠过一缕忧伤，停下来怔了怔。

为了节省费用，大学四年里我都是走读，差不多每天经过朝东的相门桥，江北人经常站在相门桥堍的监狱岗楼。现在我已去保险公司上班，应该朝西行方向乘坐公交车。

我犹豫片刻，还是朝东绕道，这样就必须路过相门桥堍的监狱岗楼。江北人只是普通士兵，没有单独的宿舍，我又不肯暴露在他战友们的众目睽睽下，每次见他都是在他站岗的时候。

我站在桥堍仰望，高高的岗楼上是一张陌生面孔，看不见江北人，我一阵心惊：难道昨天就是他最后一班岗？

他曾悲伤地表示，如果必须退伍，他一定请求退伍前每天站岗。不然就再也没机会站在岗楼每天目送我蹦蹦跳跳上学下课，目送我父亲"嘎吱嘎吱"蹬着三轮车经过。他说他要把这一切美好记忆尽可能多地收藏在心头，像珍藏的日记，往后无论在田间地头劳作，还是站在山冈遥望南来北往的雁阵，实在想哭了就翻开记忆。

我掉头返回仓街，去监狱的大门口，有时他也在那里站岗。果然就看见了他，但他不再肩挎步枪，难道他没资格挎枪了？

但他还在站岗，一动不动平视前方，像一尊雕像。我想靠上去，又怕连累他违犯纪律，就把自己半遮半掩在扇形摆开的几盆花木盆景后面，小声问：真是最后一班岗了吗？

岗哨不能随便跟人搭讪，这是纪律，江北人没摇头也没点头。或者他在把所有器官封闭，害怕洞开一口就感情喷发。

三轮车又坏了……我继续说。

脸一热我有些害羞，赶紧走开，害怕我同样感情喷发。走几步回头看，不知是站岗必须纹丝不动，还是他希望给我看见，他心如止水，始终平视前方，甚至没瞟我一眼。

我必须赶紧上班，想到上班，所有神经都绷紧了。路面已经开挖。我走得飞快，跌跌撞撞走向公共汽车站台。

挤上车就听到"嘿——"一声，一位躯体庞大的年轻人起身让座。我一时没想起他是谁，正在惊疑，他自我介绍：我，大哥，忘记啦？

我脸上一热说：噢……却不知接下来说什么好。

大哥比我高一年级，专业也不同，并不熟悉。仅仅一起排练过话剧《徐志摩》，他演徐志摩，我演徐志摩的妻子陆小曼，必须接触才有些接触。

仅仅有些接触而已，那话剧排练一阵就不欢而散了，主要是不断遭到文学院那些人的冷嘲热讽，甚至当着我们的面捂上鼻子齐声喊：臭、臭、臭……好多人就没信心了，我也将此事渐渐淡忘。

没想到大哥还记得我，我坐到大哥让出来的位置上，仰起热乎乎的脸蛋，像学生面对老师。

他本来叫肖潇潇，不知是身高体壮还是因为高一年级，都叫他大哥。那时他确实像大哥，满腔热情，对我们低年级师妹很关心，也很照顾。那时他没发福，现在更加粗壮了，看样子他油水不少，毕业才一年就已经认不出他了。

他同样兴奋，一手撑在我的椅背上，弓着腰，庞大的身躯几乎把我笼罩在怀，急切地打听：你坐公交上班啊？我是昨晚喝酒太多，摩托车落在饭店。你工作了吗？

我点点头说：在保险公司做业务员。

没让你坐机关或者搞理赔？

好像他也懂保险，至少知道坐机关、搞理赔才是保险公司的美差。我不无沮丧地回答：轮不上我，要我从业务员做起。

你能做业务员？

我不知怎么回答。业务员就是拉保费，根据保费计提奖金。我一个锔缸师傅的女儿，我知道自己很难拉到保费。可做业务员不是我的选择，正是我十分忧愁的事。

"咣当"一声急刹车，大哥差点扑在我身上。我背过身子，望着窗外不说话。

他进一步贴近我，这令我十分反感，但又不便发作，便站起来冷冰冰地说：还是你坐吧。

座位却被旁边一个妇女抢先坐上。过道挤满人，把我挤压得不得不更加贴近大哥。我尽力给自己挣扎出空间，同时一脸冰霜。

大哥觉察到了我的反感，他一脸羞窘，可能他也是被人挤压，才不得不紧靠我。为了表明他被误会，他竭尽全力顶住三面压力，尽力给我撑出开阔空间。

碰巧同时下车，大哥长长地吁口气说：我就在那银行的三楼信贷科上班，说不定可以帮你拉笔保费。

信贷科？

我在心头默念一遍。听洪姐姐说，所有做保险的人都希望跟银行的信贷科接触，所有信贷员背后都跟着不止一两个保险业务员，就像老虎吃肉蚂蚁啃骨头，银行与保险在同一条食物链上。我尽量挤出笑容，转身"橐橐"走开。

川百保险公司简称CB，成立时间不长，人员大多从国有保险公司跳槽来。敢于跳槽的人都脾气不小，脾气不小的人齐聚一堂，如同猛兽成群。

公司门口横七竖八停满争奇斗艳的私家车，明星级能人都开私家车上班。

在这里，保费决定一切。拉来保费不仅会获得高额奖金，还能授予明星称号，还能登报上电视。那才是牛人。总经理对这类人都很客气，不然他们又要跳槽，能拉保费就是跳槽的资本。

我本来亭亭玉立，行走时步态轻盈目不斜视，始终保持必要的矜持。经过这里却油然而生一种压迫感，我勾下头，想迅速穿过，却又不得不提防左右，指不定哪扇车门会突然盛气凌人地推开，遭人家撞击后自认倒霉。我不敢招惹开车上班的明星级牛人，想买辆自行车还要等发薪以后，就算不承认矮人家一头，在这些明星级牛人面前我还是提心吊胆。

蜿蜒曲折地穿过杂乱无章的停车场——应该是进出通道，我迅速恢复一贯的昂首挺胸，"橐橐"穿过宽大敞亮的门厅。

电梯口一阵喧哗，好多目光齐刷刷地转向我。上班不到一个月，好多人不熟悉，我面无表情漠然面对。那些人却近似挑衅，大声议论：

怎么又穿这一身，好像她只有一条裙子？

她穿什么都好看，天姿娇容。

真的吗？我看她什么都不穿更好看。

"轰"的一声，那些人笑得前仰后合。我愤怒地瞪她们一眼，不跟她们同乘一班电梯，转身步行上楼。背后响起更加肆无忌惮的调笑：

哟，还有脾气。先进庙门一日大，这才来的学生也傲气？

人家有本钱，正宗学精算的。

屁用，念大学就能拉保费，我读一辈子大学。

话没说完呢，人家不光有学历，啧啧啧，看见了吗，屁股翘得多高啊……

我一口气跑进办公室，坐到自己椅子上一言不发。业务二部经理洪萍是我的顶头上司，她大概问了情况轻描淡写地说：这点委屈算什么，去外面拉保费，还有动手动脚的呢。遇到这伙人你要凶，劈头盖脸一通臭骂，下回就没人欺负你啦。

我说：姑娘家，脏话野话怎么骂得出口。

洪姐姐不爱看我矫情，她心急火燎地呵斥：少废话，赶紧站好队，开晨会。

业务二部十多人集中在一间宽大的办公室里，没有橱柜沙发案几一类，包括洪姐姐都只有一张桌子一把椅子。

我们的工作已简化到不需要展纸动笔，不需要相互配合，甚至不需要领导，洪姐姐作为部门经理，她的职权仅仅是召集开会。

拖拖拉拉站好队后，首先面向洪姐姐举起右手，进行每天必须的宣誓。洪姐姐领读誓言，我们跟上：

> 我，
> 川百公司忠实员工，
> 永远维护公司利益，
> 不计个人得失，
> 不计个人荣辱。
> 如果需要，
> 甘愿牺牲自己的一切。
> 永不反悔！
> 永不背叛！
> 立誓人洪萍，
> 立誓人吴上，
> 立誓人……

接下来唱歌，歌声不算整齐，倒还嘹亮：

> 客户是我母亲，
> 给我生命哺育我成长。
> 永远只有感激，
> 不图索取回报。
> 我的勤劳和坚忍不拔，
> 只为川百公司更加强大。
> 伟大的CB-CB-CB，

你是我们共同的襁褓……

然后洪姐姐振臂高呼：勇往直前，嗨——

我们呼应：勇往直前，嗨——

晨会结束，大家"呼啦啦"散开，办公室只剩我孤零零一人。没有现成的客户分给我，我也不知道去哪里找客户。

二

我坐在椅子上发呆，瞥见门口一团庞大的黑影闪过，如同黑熊经过羊圈，吓得我一哆嗦。

那人掉头回来，冲到我身边秋风黑脸地问：坐在办公室就等来保费啦？

他是总经理，叫光明，满脸络腮胡，双眼通红，像是永远都在喝酒似的，也可能一直熬夜。他行走如风，好像时刻都有鞭子抽他，或者已火烧屁股。

见我差不多觳觫发抖，光明总经理目光温和了些，黑色西装随意敞开，几乎能感受到他热烘烘的体温。他一手搭在我肩头，弯下腰小声说：一定要出门，放开手脚。那些企业老总也是人嘛，不要怕，随便打发你两笔业务，就能完成一年的任务。

我摇了摇头。我想说：那些企业老总我一个也不认识，怎么攀附得上？

光明总经理以为我的摇头是抗拒，他无限失望地说：等吧等吧，你就等吧。

他离开不久，"嘀嘀"电话响了，居然是大哥打来的。说是通过他的科长，再通过洪萍，才找到我的电话，要我立即去一趟。

我走出办公室，必须经过业务三部、四部的门口，透过玻璃窗，看见跟我一起招来的大学生，大多愁眉苦脸待在办公室，我又兴奋起来，好歹有个去的地方，不像他们还在苦苦等待。

可我需要的是保费，不是听人聊天，如果只是叫我去叙旧闲聊，我不知道该不该转身就走。我没心情听人闲聊，塞满脑子的只有保费，保费，保费。

银行门口没有随便停放的车辆，即便看不见张牙舞爪的明星级能人，我还是战战兢兢。我小心翼翼地望了望威严的警卫，尽量避免东张西望，怕人家说我"贼头鬼脑"。

沿着楼梯"橐橐"上去，我后悔穿了高跟鞋。楼道寂静无声，高跟鞋"橐橐"声格外响亮，怕惊扰人家轰我出来。

办公室门扇大多虚掩，里面的人说话轻言细语，让人觉得行为诡异。瞥见左边一间办公室两人推推搡搡，不知在干什么。我不去理会，蹑手蹑脚推开右边的门扇打听：请问，肖潇潇在吗？

面前这人西装笔挺，皮肤洁白，正低头看杂志。抬头看见我，他一愣怔，随即微微脸红，慌忙起身拖过椅子说：先请坐吧，肖潇潇刚被行长叫去。

我从对方的眼神和手忙脚乱的样子觉察到，至少面前这个人不可怕，我问：不影响你吧？

他好像害羞，不敢对视我眼睛，慌慌张张沏上茶低着头说：请喝水。

空调温度偏低，透心凉爽，有种说不出的愉快。我快速恢复那份矜持，微笑着问：尊姓？

别客气，我叫孔令文。

我正好看过《孔子》，饶有兴致地问：令字辈，孔圣人后裔？

孔令文喜出望外：你还知道这些？

可能他以为漂亮姑娘都不学无术，我不无骄傲地说：我跟肖潇潇是苏州大学同学，我叫吴上。

噢，同学，还是表妹？

他有些诧异，好像他听说过我。可我是谁的表妹？我没反问，怀疑大哥在他面前撒了谎，怕戳穿了。

办公室不算宽敞，只有两张桌子和一张靠窗的沙发。我坐到大哥那把椅子上，轻轻喝口茶，透过杯沿睃对方一眼，暗暗感叹：好英俊。

怕对方发现我走神，我带着一分调皮问：你们每天，就待在空调房间喝茶看杂志？

孔令文轻轻摇头，却只是甜甜地一笑，像姑娘家。我反而大胆些，盯住孔令文问：像你们，有任务吗？

有，还蛮多。

你们有什么任务？

比如拉存款，跟你们拉保费一样，到处求人。

哎——呀——

我稍微仰靠在椅背上，放松四肢说：还以为就我们命苦呢。

孔令文起身一边给我续茶，一边说：不见得苦，倒是很锻炼人。一生要经历多少事啊，哪样不求人，有人给我们发工资，工作就是学习求人，学会了都是自己的本事，有什么不好吗？

我盯着茶杯，尽量不看孔令文的眼睛，怕看得他不好意思又没话说。果然他就一口气说了这么多，我仰望着他赞叹：听你这一说，还真是这回事。

他从我的目光中得到鼓舞，不再那么局促，也不急于回到自己座位，抄起双手，半边屁股跨在桌沿，离我更近了。我闻到他身上散发着缕缕清香，同时留意到他皮鞋一尘不染，西装笔挺而柔软，一看就知道相当高档。

女人既善于制造喧嚣也善于营造宁静，完全取决于跟谁在一起。我现在感到安宁温馨，就自然而然降低音调，听上去像燕语呢喃，我说：可是我们，不像你们。

孔令文看着我侧面，听我声音如此轻柔，语气中透着几分可怜，他也自然而然降低音调，像温柔的安慰：不要紧，不难……

这时，门外响起急促的脚步声，随即就感到热风扑面而来，竟是洪姐姐。她大汗淋漓，看见我之后她瞠目结舌：你，怎么……

我欢天喜地地缠在她身上问：洪姐姐你怎么来了？

洪姐姐一把推开我，没心思理睬我，难以置信地问孔令文：你们，嫌回扣低？

孔令文显得很为难，侧身看着我说：都不容易。

洪姐姐并指戳向我，惊讶地问：给她了？

孔令文说：她是肖潇潇的表妹。

我别过脸掩饰尴尬。洪姐姐眼泪夺眶而出，横过手背抹一把说：还好，还好，还好不是给其他保险公司抢去。

她一步一步拖着沉重的脚步，缓缓离开。我嗫嚅嘴唇问：你们，这是？

　　有笔保险，本来一直跟洪萍联系。今天一早肖潇潇给我说，要给他表妹做。

　　我摇摇头说：这成什么了，我怎么能跟洪姐姐争抢。

　　孔令文十分着急地说：你可别推让，这笔业务必须今天做完全部手续。稍微漏出风声，其他保险公司就会铺天盖地找行长，我就帮不上你了。

　　我别过脸，走到窗台喃喃自语：洪姐姐一样地难啊。

　　我像第三者插入，怔怔俯视楼下，看见洪姐姐像遭到五雷轰顶，摇摇晃晃扑向她那辆矮小得不能再矮小的夏利车。我问：值得吗？

　　背后的孔令文说：上千万呢，还按百分之三收。

　　上千万？我猛然回头：简直是……

　　只好说晴天霹雳。如果按百分之三计收，这一笔就三十多万保费，是我一年的任务。而且，剔除返给银行的百分之十回扣，我能拿六万奖金。六万呀，我连一万都没见过，不能想象六万是多大一堆钱。但能想象到，父母不用再锔大缸，不用再修理破旧三轮车，我也能马上买辆漂亮自行车，再买两套衣服，还需要一个手包……

　　我再次俯瞰楼下，洪姐姐趴在方向盘上，双肩剧烈抽动，像在失声痛哭。

　　一阵喧哗声由远而近，拥进来好几个人，看样子是银行的客户。我看孔令文忙不过来，便主动帮忙沏茶。一位老头子粗声大气地问：这小姐怎么称呼？

　　我瞟向孔令文，不知这样的场合应该坦诚还是应该有所掩盖。正好孔令文也回眸，四目相对他倏然脸红，慌忙说：吴上，肖潇潇的表妹。

好像他很希望我是肖潇潇的表妹，而且仅仅是表妹。他又介绍那老头子：童老板，专门做工程车辆买卖。

童老板看着我大加赞赏：喂呀，走南闯北，头一次看到这么好看的姑娘，长得好，气质好。

孔令文像自己得到夸赞，有些难为情地睃向我。我含着羞涩递上茶说：童老板，请。

其实跟随童老板进来的一个女子，未必输给我。一副甜甜蜜蜜的样子，像是永远不会生气。不过能看出她不是少女，即便猜不出年龄，单看她目光随时都可能激情四射，就知道她已跨过羞羞答答的阶段。

她一身华丽套装，但不觉得珠光宝气，只是让人感到富有。她无拘无束，用大哥的茶杯喝着水，似乎她与大哥不分彼此。

她过来勾住我肩膀，像老朋友那样制止我说：别忙了，喝茶自己动手。

她抢过我手中的水瓶，将我按在椅子上，大大方方地自我介绍：我叫单茸。单就是那个孤单的单，茸就是松茸的茸，童老板的会计。

屋子里一下子拥进九个人，没这么多凳子，我便和单茸挤靠在一起。单茸香水用得很重，浓香熏人，我不经意地蹙了眉，马上就听到：太挤，去会客室吧。

蹙眉都被他看出来了？

斜对面的孔令文一边跟童老板寒暄，一边拿眼睛余光小心翼翼地瞟我，我感到像被温柔地拥抱着。

走廊鸦雀无声，像幽深莫测的洞穴，似乎隐藏无数秘密。孔令文"嘘"一声，示意童老板等人不要高声喧哗。

会客室在走廊尽头，当中盥洗间，斜对门挂了块醒目的行长门牌。房门虚掩，突然从里面传出近似咆哮的嘶吼：

存款存款存款，你拉的存款呢？干一年才拉两三百万存款，还想转正，还想取得贷款签字权，你休想。限你三个月，弄五百万存款来，否则肖潇潇，你给我走人。

随即传出一声：去哪里弄存款呀……

声音微弱得像哀鸟啼鸣，显得十分无助：这就是大哥，这就是大哥吗？

我也近似绝望地问过洪姐姐：去哪里拉保费呀？

没想到大哥也是如此，似乎比我还难，"否则……走人"。这就是说他已面临下岗威胁，还在尽力帮我拉笔保费。我鼻孔一酸，赶紧拐进盥洗间，如果这时大哥在身边，我可能会哭：怎么都这样难啊？

洗了手擦了眼睛，我也进入会客室。面前的人好像更加相信我是肖潇潇表妹，不然肖潇潇挨训我何至于如此尴尬，何至于一副毛骨悚然的样子。

我尽力装得若无其事。无意间瞥见单茸眼圈通红，我暗暗吃惊：她又是为什么？

我靠近孔令文坐下，孔令文侧身看着我说：这就办贷款手续吧。

我第一次独立操作业务，又是很不熟悉的贷款保证保险，不知道如何入手。我望着孔令文，孔令文马上就明白了，详细介绍：你才接手，恐怕洪萍还没跟你交接清楚。

孔令文拿出一份草拟的合同书，指着对面七位跟随童老板来的人说：他们七位从常州来，专门筑路修桥的，叫路桥人。七个人合伙开了家七巧路桥公司，问童老板购买二十台大型工程车。一千多万，一下子拿不出，如果用公司名义申请贷款，手续更加复杂，所以用他们七个人的名义，向我们申请个人贷款。个人贷款简单，只要保险公司愿意为他们做贷款保证保险，我们就发放。事先洪萍已经请示过了，你们CB公司可以做贷款保证保险，现在只要办手续。

我拿过合同看，贷款保证保险就是为贷款做担保。都是格式合同，大量工作是借款人、经销商与银行之间办手续，我只需要做三样：

把合同拿回去，请光明总经理签字盖章；

向公司内勤申请，开具保单；

凭保单把保险费收到手，一分不少地交给公司财务。

竟然如此简单，我露出了笑容。孔令文也笑了，满脸满眼都是喜悦，似乎他所做的一切都在讨我喜欢。

他们要制作大摞凭证和各式文件，我插不上手，又不愿意像个女秘乖乖地待在旁边。我起身出门，想听听行长门缝的愤怒嘶吼是否消失了？

这会儿我特别想见大哥，我的业务眼看就要做成，我对大哥感激不尽，没他介绍我不可能获得这机会。

站在走廊凝神静听，行长门缝不再传出声音。我"橐橐"走向那间已经熟悉的办公室，一团庞大身躯蜷缩在沙发上。可能觉察到了什么，他猛然回转身，蠕动身体，差不多滚下沙发，兴高采烈地说：以为你不来呢，这么大块肥肉，以为你不吃呢。

我柔柔地一笑说：都在办手续了。

大哥大概问了情况，得意扬扬地说：怎么样，肥厚吧？孔令文是我铁杆兄弟，说帮忙就帮忙。

我不知说什么好，刚才还想表达的感激一句也说不出。我忽然意识到，大哥不愿意给人知道他在银行根本不被领导器重，看他十分夸张的表情就知道他心情沉重，他在掩盖忧愁。

我绕到大哥那把椅子边坐下，沙发正对门口太显眼，孔令文那把椅子也很显露，此时此刻我很怕见人，尤其怕那愤怒的嘶吼冲来这里。

大哥光有一副强壮身体，同样是小人物。如果那愤怒嘶吼冲来，我完全能想象，大哥将是老鼠见到猫，肯定很可怜。说不定还会哭丧着脸哀求，给他点面子吧，不要让他在女同学面前丢脸。

大哥这把椅子背靠墙角，稍微隐蔽些，不容易被经过走廊的人看见。如果不是还要等合同，唉——

合同还没制作好，业务还没做成。现在是业务业务业务，没有什么比业务重要，那是捍卫尊严的金牌令箭，度人苦难的诺亚方舟，没有它，人就卑微卑下卑贱，拥有它才能傲视权贵，才能活得体面活得有尊严。

大哥看我默不作声，他一脸疑惑地问：这究竟……还有什么不满意嘛？

仍不知道怎么回答，我不善于直接表达思想和感情。犹豫一阵我含含糊糊地说：心情不好。从小就孤单，没有任何依靠，养成很不好的性格，一点小事就可能触动我伤心很久。有时根本就没什么事，也莫名其妙地伤心。

呔，情绪波动很正常。我这号人，梆梆硬汉，还烦恼呢。

"梆梆硬汉"，我特别喜欢他这句话，多少让我感到一丝力量，多少感到一丝振奋。

大哥在我对面的孔令文椅子上坐下，一时也没话说，只是翻看孔令文摊在桌面的杂志。

还是我打破沉寂，我试探着问：像你们，怎样才能拉到存款？

钱。

什么钱？

请客送礼的钱，不然谁给我存款。

见我一脸迷惑，大哥进一步道破：这些话你千万别出去讲，我们的秘密。比如孔令文，是我们科长，需要他做的买卖太多了，为什么还使劲卖力做这种小买卖——工程车辆贷款？就是拿保险回扣。这笔业务做成了，你们回扣百分之十，他就三万多，把这钱用在存款户身上，还怕拉不到存款吗？

科长？

我像闯进了殿宇神庙，距离诸神菩萨如此之近，随便一个白面小生也是科长。我问：你为什么不学他？

我没贷款签字权。没贷款签字权就搞不到费用，没费用就弄不到存款，没存款就不能转为正式信贷员，不是正式信贷员就没有贷款签字权……他妈的，这是个魔圈。

他怎么突破这魔圈？

他父母有钱。先花父母的钱启动，启动了就越有"权"越有钱，越有钱越有"权"。我父母是下岗工人，还在等我拿钱回去养家糊口呢。没本钱启动，就越没钱越没"权"，越没"权"越没钱。

哎——呀——我把这声感叹拖得很长很长，郁积在心头的忧闷忽然释放出来。我问：当真有钱就有存款？

当然。我铁杆兄弟多啦，路路都有熟人。只是工作时间尚短，还在给领导拎包跑腿。只要花点小钱，就能帮我疏通关节，打开一条通道，我就前程似锦。

看大哥眉飞色舞的样子，我相信他一定能打开通道，我带着一分调皮说：求我呀。要是这笔业务做成，不用操心钱，我至少拿到六万奖金。

大哥"咚"地一拳砸在桌上，豪情满怀地承诺：你这个投资，肯定能得到丰厚回报。

三

我发现合同比华丽服饰、珍贵手包、高级皮鞋还要迷人，尽管只是几张白纸黑字、几枚鲜艳图章、几个并不漂亮的签名，但我拿它的手竟然微微发抖。

只等保险公司签字盖章。只要光明总经理"唰唰"签名，再把公司合同章"啪啪"敲上，我就可以向公司内勤申请保单，就可以凭保单向路桥人收取三十多万保费，就可以返给孔令文三万多回扣，然后我心安理得拿到六万多奖金……

看我高兴得捏紧拳头轻轻捶胸口，像是心脏要蹦跳出来，孔令文说：快点回去签字盖章吧，我们都在等，中午童老板还要请客呢。

我"嗯"一声快步下楼，意识到姑娘家应该"裙裾轻摇、行不动尘"，又放慢脚步款款而行。

跟我一起招来的大学生，好多还在办公室发呆，又忧愁又着急又无奈，而我一年的任务马上就要完成。从此我尽可以喜笑颜开，尽可以跟人海阔天空闲聊，还可以哼唱几段古戏。

我心情好就想唱戏，评弹、昆剧、越剧都能唱几段。现在就禁不住小声哼唱《莫愁女》：

> 一见倾心三年前。
>
> 车如水，
>
> 客如云，
>
> 嘉宾满园。
>
> 偶遇见，
>
> 凭栏女青春娇艳。
>
> 惊喜间欲攀谈，
>
> 忙回避，
>
> 又回首，
>
> 神情慌乱……

我甩动双手推开业务二部办公室的门，室内空无一人。我不知要不要等洪姐姐回来。

按照CB公司操作流程，业务员完全独立操作，汇报工作直接找总经理，不用经过部门经理上传下达。之所以还想先给洪姐姐汇报，是想表明我尊重洪姐姐。

可是，这笔业务本该属于洪姐姐，我差不多算拦路抢劫。凑上去给洪姐姐汇报这笔业务马上就要做成，洪姐姐怎么想，会把我的喜悦当成得意扬扬吗？会再次搅动她的悲伤和难堪吗？……想来想去还是觉得应该闭口不谈，毕竟不太光彩。

我"橐橐"回到狭长曲折的楼道。必须经过业务一部、理赔部、资产保全部、人力资源部……再往前才是总经理办公室。

我凭少女的敏感，有一种直觉，光明总经理并不讨厌我。但并不表明我已经得宠，见到仰之弥高的光明总经理我照样紧张。

这回算得上给他报喜，我想直接闯进他的办公室，但又步履沉重，瞥见楼道两边的办公室不少人透过玻璃窗朝着兴冲冲的我怪模怪样地窃笑。

这样的窃笑我很熟悉。有时在电梯口或楼道碰见光明总经理，只要我稍微主动一点，冲着光明总经理甜甜蜜蜜地笑笑，马上就有怪模怪样的目光转向我，甚至招来一通夹枪带棒嘻嘻哈哈。我又不能见了总经理不打招呼，按照CB公司《员工行为守则》，见了领导和重要客户不仅要主动招呼，还必须侧身面对或者肃立，不能屁股朝向领导和重要客户。

怪模怪样的窃笑让我如芒在背，我尽可能视若无睹，继续昂首挺胸"橐橐"穿过楼道。鞋跟像鼓杵敲打在光亮可鉴的大理石上格外刺耳，有人探头出来张望：呵呵，怎么来楼道走猫步？

马上一通哈哈大笑。这笑声终于把我激怒，我也斜那些人，反而更加 大摇大摆。

秘书小姐是苏州大学法学院毕业，跟我算师姐妹，有种天然的亲密。她朝我眨眨眼，用手指向机密会议室，示意我小声。我十分着急地说：这合同必须马上签字盖章，好多人等着呢。

秘书小姐起身说：不是你小师妹的事，我才不去讨骂呢，老总火气大得很嘞。

她小心翼翼地推开机密会议室的门，一股浓重的香烟味飘出，就在这刹那间里面传出激烈的争吵声。

光明总经理挟带一身烟味出来，双眼通红，怒容满面，像发怒的雄狮，让人感到他随时可能发起攻击。然而他像被牛皮筋牵住，掉头又冲进机密会议室，愤怒地吼叫：我决不辞职。贷款保证保险，我请示过多少次啦？你们既不答复可以开展，也不答复不可以开展，现在说我擅自开展。开展一年了，你们眼睛遭裤裆蒙住啦，为什么一直不纠正？这会儿秋后算总账，休想！

他再次冲出来，"砰"的一声摔上门，由于用力太猛脚下一趔趄，差点跟我撞个满怀。他怔了怔问：什么事？

我慌忙递上合同，随即眼泪簌簌地流下来。显然这种贷款保证保险不能再做了，有人正在为此追究光明总经理的责任。

为什么不能再做呢？我一时蒙了，无法判断光明总经理将为此承担多大责任，只是尽力通过眼泪恳求：让我做完这一笔吧。即使属于擅自开办的违规业务，也让我这笔通过再关门刹车呀，我还一笔都没做呢。

光明总经理肯定看出我饱含泪水的哀求。好不容易才弄到的业务，还是这么大一笔，多需要他网开一面呀。

他可能被我的眼泪软化了，粗重地叹口气牵了我一把，大步进入那间整洁明亮的办公室。

我急忙尾随跟上，他反手扣上门问：这笔业务，公司里还有谁知道？

洪姐姐。

除她以外呢？

没有了。

噢，还好，她不会多嘴。

光明总经理缓缓坐下，冷峻地凝视我，似乎要看透我的五脏六腑。显然他在判断：这姑娘可靠吗？

我没回避他的目光，泪眼涟涟地望着他，差不多想说：让我做成这一笔吧，求您啦。

话却噎在喉咙，一句也说不出，憋得眼泪像成串的珠子晶莹地挂在腮帮。

光明总经理轻声说：别哭了，哭肿眼睛还当什么事呢。

他十分熟练地打开电脑，随着"噼噼啪啪"一通键盘响，旁边激光打印机"唰唰"吐出一张保单。他从保险柜拿出三枚印章"啪啪啪"分别盖在保单和合同上，稍微迟疑却又毅然决然地说：你要把我的话，每个字都记在心头。只要有丝毫差错，坐牢。

怎么会坐牢？

没等我开口问，光明总经理已将盖好印章的合同和保单，双手递给我，像是交出他的身家性命。

他十分严厉地叮嘱：不要在上面落下你的任何笔迹。今后要我们承担担保责任，一口咬定从没给过对方保单，也没签过什么合同。现在就凭这个去把保费收到手，一定要现金，绝对不要转账。把该给的回扣给清楚，剩下的你全部留在身边，用这个钱做活动经费，去争取合规业务。还有，拿到钱不要给对方发票，就说凭保单代替发票，私人老板不会坚持要发票。你听明白了吗？

我恍然大悟，这是在做一笔虚假的贷款保证保险，大学里老师介绍过类似案例，叫账外操作。

这是犯罪，我想说不愿意，可除非我放弃。而且这样做未必一定会暴露，只要银行能如期收回这笔贷款，我们的担保责任就随之解除，一切合同、保单都成废纸。

反正今后也是废纸，与现在就出具废纸一样的虚假合同、保单有什么两样？

除非这笔贷款出现风险。按照光明总经理的设计，如果贷款出现风险，银行要我们承担担保责任，就否认合同、保单是我们出具。都是打印的格式文件，没有任何笔迹，印章又是伪造，银行凭什么向保险公司追索。

光明总经理缓缓站起，心事重重地说：我还要开会，你快去办完手续，不要胡思乱想。规规矩矩走正道。我每天睡五六个小时，废寝忘食地干，还是这样错了那样错了。错就错吧，个人弄点钱花，也算对自己有个交代。

光明总经理背转身面向窗户，几乎遮住了所有的阳光。我发自内心地说：谢谢……

我知道不该说谢谢，这是犯罪，怎么能言谢？！但我确实饱含感激，这感激还不是一声谢谢能言尽。如此一来我就能将三十多万保费据为己有，而不仅仅是六万奖金，即使不少孔令文的回扣，即使再酬谢光明总经理一些，我也将获得丰厚回报。

我"橐橐"返回楼道，两边办公室里的目光再次纷纷投向我。我不想理睬那些目光，不想在意她们的指指点点。我有种说不出的好心情，一种近似丰收的喜悦。不知我想掩饰沉重，还是想掩饰喜悦，我想跟所有人示好，不想跟任何人斗气闹别扭。我主动点头问候：你好。

可能那些人不是非要跟我过不去，而是我太孤傲，让人觉得"非我族类"。现在我一声"你好"，那些人也友善地报以一声又一声：你好、你好……

我眼中的世界顿时变得十分美好。我喜出望外地发现：大哥、孔令文、洪姐姐、光明总经理……好人，好人，我遇到的都是好人。那几声尖酸刻薄，呔，完全可以忽略不计。

假如这时有人主动和我攀谈，我肯定十分乐意，我太需要释放心头的沉重，太需要有人分享我的喜悦。

业务二部仍旧空无一人，我不由得想：他们，整天在外面做些什么？

我油然而生一个念头：都有瑕疵才好……马上意识到这念头充满邪恶，我坐在椅子上想：怎么啦，我也这么阴暗？

我喜欢阳光，讨厌阴暗龌龊。这时的我特别需要倾诉，需要指引：是不是利令智昏啦？这是适应还是堕落？是在走向成功还是走向毁灭？

意识到不能给人看出我神情异常，我应该马上离开办公室，不能发呆犯傻。

下楼时我更加彷徨：如果现在就把合同、保单交给孔令文，将覆水难收，不得不将错就错。会造成多大的错？

虽然没落下自己笔迹，连印章都是伪造，但孔令文、大哥、童老板、单茸和那七个常州来的路桥人都是证人，我能矢口否认吗？如果不得不承认，又是什么后果，能推脱说这是光明总经理的安排吗？

想起光明总经理暴跳如雷的样子，显然他跟上面翻脸了。如果光明总经理被迫辞职……我油然而生一丝兴奋：这倒正好，更加方便我否认。我一个刚招来的学生，不可能签出合同、开出保单，人家会更加相信我的否认。如果光明总经理没有辞职，我就是奉命行事，一切都有光明总经理周旋，我至多算胁从。

但我还是心有余悸，一切的关键在于这笔贷款有没有风险。

只要这笔贷款没风险，这些担心就是庸人自扰，我完全可以将三十多万保费据为己有，公司内部没有登记这笔台账，除了光明总经理，谁知道我做过这么一笔业务？

如果这笔贷款存在风险，一定会追究到保险公司承担的担保责任，万一没法抵赖，万一不得不承认，就可能银铛入狱。

我渐渐理出头绪：暂时不交出合同、保单，首先弄明白这笔贷款有没有风险。

这会儿的银行三楼不再那么寂静，走廊里有人拉扯、有人推让，像是请去吃午饭。

我推开熟悉的办公室的门，一个庞大的身子蜷缩在靠窗的沙发上，一动不动望着窗外。我将装有合同、保单的挎包下意识地扯到胸前，像是怕人抢夺，其实是怕不当心露出来。

大哥被突然进入的我吓了一跳，他悚然回头问：手续办好啦？

我微微脸红，当面撒谎实在难为情。我硬着头皮说：我们总经理的意思，先要调查清楚，这笔贷款究竟有没有风险……

中午童老板请客，他以为大功告成了。

后来单茸告诉我，饭桌上童老板不断地跟单茸对视，又扫向七个路桥人，用眼神警告他们沉住气，不要表现出欣喜若狂的样子，免得乐极生悲露出马脚。

但童老板自己却兴奋得红光满面，兴奋得并拢巴掌使劲搓脸。他皱纹密布的厚皮老脸像干瘪气球灌进滚烫热气一样迅速鼓胀，脸上还有水珠儿，汗津津油光发亮。

童老板一手去厂家买回工程车辆，一手卖出去，从中赚取进销差价。生产工程车辆的企业常州就好几家，常州距离苏州只有两小时路程，客户直接去厂家买车很方便，为什么通过他转手，给他赚去一道差价？

主要靠他精于算计。比如，银行刚刚出台一项政策，个人购买工程车辆也能申请贷款，手续跟住房按揭贷款差不多，区别仅仅在于：工程车辆贷款必须有保险公司担保。

保险公司怎么肯担保？当中原因非常复杂，可能每笔担保后面都有故事，可能是给沉重的保费任务逼迫的。这保费可高啦，收取百分之三算便宜。

童老板仔细研究了这种贷款买车方式，发现存在很大的漏洞：住房不能移动，工程车辆满世界跑。借款人都是自然人，拿到车逃之夭夭，银行收不回贷款必定要求保险公司代偿，保险公司追不到车辆不会轻易代偿，肯定就翻脸。他们都翻脸了，不会有二次、三次合作，这种生意只能做一笔算一笔。

按照生意场通行的规则，做一笔算一笔叫一锤子买卖，就该逮住机会狠狠地捞一把。趁银行、保险公司的这项贷款还不完善，正是狠狠捞一把的大好时机。

童老板找来单茸商量：怎样才能狠狠地捞一把？

童老板对单茸深信不疑，整个公司的财务都交给单茸掌管，单茸几乎顶替了老板娘的角色。

她洒脱随意，看上去有些玩世不恭，实际上处处设防小心翼翼。她劝童老板不要因小失大，银行、保险公司多少高人能人呀，凭你童老板怎么跟他们玩猫鼠游戏？

童老板偏偏不信。他认为无论银行还是保险公司都犯下一个致命错误：所有制度的设计都以违法必究为前提。实际上不可能违法必究，最难的是执行，执行不力相当于违法不究，违法不究或者慢吞吞追究，看上去完美无缺的制度设计就千疮百孔。

单茸取得童老板信任的法宝之一是只提醒不阻拦，过后童老板成功，证明他人老成精，确实比单茸高明；如果失误，他只能自责，后悔没听单茸的劝告，更加觉得单茸知心。

提醒过童老板后，虽不十分情愿，单茸还是帮助童老板出谋划策。

他们发现一个更加简便又可以狠狠捞一把的途径，就是先做成虚假销售，再凭虚假的工程车辆买卖合同骗取银行贷款。如同根本没有买房，而是开发商找几个人，凭虚假的购房合同联手骗取按揭贷款一样。

正好童老板在常州那边雇了一群既负责销售又负责售后服务的业务员，十分可靠。童老板给其中的七个人购买了假身份证，假冒成路桥人来苏州申请贷款。

没有实际发生买卖，保险公司要求车辆抵押怎么办？

童老板已摸清底细，车管所不受理工程车辆抵押登记，但可以去工商局申请动产抵押。工商局受理动产抵押必须查验实物，童老板已托熟人疏通好，到时他们睁只眼闭只眼。

这会儿的饭桌上，孔令文说他已经办过几笔，连动产抵押都不需要，保险公司只要一纸抵押承诺就作为反担保。

这种抵押承诺也有一定约束力，但七个假冒的路桥人连名字都是假的，写下承诺有什么用，哪里找他们去？

童老板不动声色，但仍然汗水直冒，不停地用餐巾揩面，他兴奋得难以置信。做成这笔他就有一千多万到手，并且风险不大，他不是借款人，只是介绍人，只要把七个路桥人隐藏好，就严丝合缝。

实在倒霉透了，保险公司通过公安抓住这七个路桥人，也可以调解：如果坐牢，就不还贷款；还贷款，就不坐牢。

通常只会要求还钱，说不定还同意打折归还，就当这笔买卖白做了，也不亏什么呀。

何况他们敢报公安吗？保险公司收到三十多万保费，一旦报案就必须退出，舍得退出啊？

银行也拿了回扣，如果公安顺藤摸瓜一查到底，说不定拔出萝卜带出泥，保险公司和银行就一定不怕？

说不定更加心虚。区区一千多万，保险公司把它理赔了，或者银行把它核销了，也不是太难的事。当中的利弊得失，就算吴上、孔令文不清楚，他们的总经理和行长也不可能不清楚。

童老板满怀丰收的喜悦。带着这种喜悦心情，看饭桌对面的单茸跟肖潇潇拉拉扯扯，他也不生气，爱闹就闹一阵吧，只要做成生意。

他跟单茸相差三十多岁，不可能把单茸明媒正娶，也不可能一直据为己有。

单茸也吃准了童老板的容忍边界。旁人通常认为单茸在出卖色相，她却不这样看，童老板付给她很高的薪酬，还纵容她在公司颐指气使。除了有时感到羞涩，她从不拷问自己，也就没有那么多自找的耻辱感、堕落感、罪恶感。

包括与肖潇潇的交往。第一次接触她就对肖潇潇满怀好感，甚至一见倾心。肖潇潇跟她一样不爱怨天尤人，有再多艰难困苦都掩盖起来，始终乐呵呵地与人相处。

肖潇潇没有贷款签字权，贷款必须找科长孔令文。单茸经常借口找孔令文，跟肖潇潇眉来眼去，只是不敢贸然跨出一步。

跨出一步不是谈婚论嫁，单茸不敢也不想轻易嫁人，而是不能确定：肖潇潇敢不敢接受这种纯粹欢情？仅仅是欢情，因为单茸仍旧需要童老板，肖潇潇不能替代童老板……

看时候不早了，大哥跟孔令文耳语：吴上的总经理要求……孔令文心花怒放地说：好呀好好呀，都是为了工作，你也去。

孔令文提议散席，他对童老板说还要去常州实地调查，保险公司有这个要求。

童老板有些慌张，左右看看说：哎呀呀，我看不用吧。

必须实地调查，人家总经理有这个要求，缺了这道程序不就是吴上失职啦？

孔令文语气十分强硬，显然他很愿意陪同吴上去实地调查。

童老板迟疑着招呼单茸出门,叽咕几句回来说:好的,好的。那就单茸陪你们先上路,我的车速度快,先去办点事,跟手追赶你们。

四

一行人出饭店登上一辆豪华小客车,单茸、大哥并排窝在前头第二排,高靠背座椅几乎遮挡住我的视线,只能看见那两人头顶。从另外一个角度说,那两人也只能看见我头顶,即使同在一辆车上,不是专门窥探,甚至都听不清前头两人的窃窃私语。

孔令文最后一个上车,到处都是空位,他却像不知哪里落座好一样。我别过脸不看他,猜想他应该知道。果然他就来到我身边。一股男人气息扑面而来,我的心"怦怦"跳。

高靠背座椅很舒适,但两人间没有扶手隔阻,不得不肩靠肩窝在一起,差不多肌肤相亲。我本能地侧向车窗,略微背过身子,尽量挺直腰身。但这么笔挺身子很累,而且有些困倦,我起身去前头,要大哥跟我调换座位。

单茸抬手勾住我肩膀,我顺势歪靠过去。也许刚从饭店出来,我不再觉得单茸浓香熏人,反而觉得香水味特别好闻。我放松整个身体,柔柔软软地靠在单茸的肩上,感觉很舒服。单茸却皱起眉头,嗅了嗅我,轻轻一拍我说:头发有味道。

忙乎半天难免沾带汗味,我窘得脸皮发烧,最怕人家说我有体味。我坚决否定:怎么可能,每天早晚都洗。

单茸凑近我身子,再次闻了闻说:就嘴巴香,身上一点儿不香。你用的什么洗发香波？洗澡液呢，用的什么牌子？

她的直率让我更加羞窘，我轻轻摇头，单茸马上就明白了，她说：原先我也只好用香皂……我打断话：不说这些好吗，难为情死了。单茸却还要问：你很难吗？

我不想给人知道家境贫寒，单茸却一眼就看出来了。尽管我裙子式样别致，但是触摸就知道面料低档。皮鞋也太硬，还没有坤包，没有任何佩饰……我像被人戳穿伪装，感到无地自容，把脸埋在单茸胸口，额头冒汗。我再次想到：不要调查了，立即把合同、保单交出去，把保费收到手，马上购置一套单茸这样的华丽装束。

可是，这时候说不需要实地调查，显得我在撒谎。我不想给人知道总经理并未要求实地调查，不想给人知道是因为我把握不定才节外生枝。

单茸可能感受到胸前热乎乎一片，失声惊叫：哎呀，衣服给你汗湿一摊。

不过她满心欢喜，扳动我坐直，招呼司机：拐一趟弯，顺便回家换身衣服。

我满怀歉疚：你这么讲究呀？单茸喜滋滋地说：正好带你认个路，回头你要愿意，来我家玩。

其实她是正好找到借口。后来她对我说，童老板在饭店跟她叽叽咕咕，就是要她拖延时间，天黑再到常州，到时黑灯瞎火好蒙蔽。而童老板已抢在前头赶去常州，跟七个假冒的路桥人商量一出"八卦阵"。

汽车无声无息平稳停下，单茸招呼大家都去她家喝茶。我四顾张望：这什么地方呀，苏州还有这种地方？

虽然我知道，我家老房子是贫民窟，有点能耐的人都住进花园小区了。可我看见的花园小区无非楼房鳞次栉比，当中有些绿化，并无特别之处。面前这个小区简直是移山缩水的园林，没有高楼，到处绿树成荫、花团锦簇，还有池塘、溪流、假山，甚至还有仙鹤不惊不诧交颈嬉戏。

没等我看够满眼景色，就已进入一个大厅，很像宾馆的接待大厅，只是没有吧台、没有侍从而已。大理石地面光亮可鉴，墙面砖雕姑苏美景，四角摆放绿叶植物盆栽。一圈椅子十分别致，像是巨大的树根制成，但实际是水泥浇铸的。

楼梯宽敞通风，不像一般楼道阴暗狭窄。监控探头晶亮耀眼，让人感到时刻都有人保卫。单茸住在二楼，开门进去明光晃眼，黄色地板，黄色墙面，黄色真皮沙发，都是暖色但不显火爆，巨大的落地窗户外面正好是浓枝密叶的树梢，青翠欲滴满眼清凉。室内布局、装饰与室外景色浑然一体，恰到好处地吸收了苏州园林的特点。

单茸开启大功率空调，不消几分钟就感到丝丝寒意。窗外此时烈日炎炎。我一时不知道说什么好，我想赞扬，我想说羡慕，却油然而生一丝心酸，人家才是住在天堂。我也在苏州，可那幽深古巷里歪歪斜斜的瓦房肯定不算天堂，我还在用竹篮吊豆浆，还在用井水，还在卧室擦澡，还在用纸箱装衣服……反差太大了，我只好什么也不说。

单茸吩咐大哥、孔令文：自己泡茶，自己去冰箱拿水果、饮料。

她把我牵引去卧室。卧室大得不可思议，光衣柜就有八开门。单茸说：随便挑选一套喜欢的衣服，作为姐姐送的见面礼。

我暗暗想：等这笔业务做成，拿到保费，还她人情就是。

我没推让，我太需要衣服。在触摸衣柜的刹那，我仿佛触摸到婴儿皮肤，竟是那样的细腻光滑。我不禁问：什么家具呀？

单茸问：想长见识？

我说：别再翻出什么眼馋我。单茸却非要眼馋我，她说：反正时间还早，去体验我的浴室。我喜不自禁拍手说：这才正好呢。

从卧室边门进去，眼前的浴室金碧辉煌，墙面贴有五颜六色的陶瓷花砖，仅看光洁如玉的色泽就知道价格不菲。一间透明冲淋房，旁边还有宽大的涡漩桑拿橡木盆，单茸说：按照SPA会所设计的。

什么SPA会所？

单茸懒得解释：你不知道的太多了。

我再次感到羞窘，不再多问，只是环顾浴室：窗户大开，外面正好被一株塔松遮蔽，再远处是碧波荡漾的池塘，不用担心遭窥视。阳光从塔松顶上倾泻进来，满屋亮堂，还能感到习习凉风。两把雪白藤条躺椅正对窗外，晚上能看见星星、月亮。不知月光如水的夜晚，一个人披件浴袍躺在这里是怎样的感受，是寂寞惆怅还是怡然自得？

单茸说：最重要的是浴室。卧室、客厅弄不出什么花样，浴室才能体现生活质量。

我没有随声附和，我也想有间浴室，至少有个冲淋龙头。单茸打开水龙头，水像"汩汩"冒出的清泉，我惊叫一声：嘿——

涡漩桑拿橡木盆竟然波浪翻滚，我不再掩饰自己的孤陋寡闻，我感到单茸十分友好，不需要在这样的人面前过分掩饰。我伸手一摸水温正好，一丝不挂欢天喜地躺下，背心一股涌泉般冲浪，刺激我周身酥麻。太惬意了，我像第一次下水的孩子欢笑不止，还扑腾扑腾打出水花。

洗过热水澡神清气爽，单茸帮我吹干头发，扑上香水，顺便告诫我：像你这么漂亮，一定要用上好香水。妆容也很重要，打点粉底，描点睫毛膏，抹点腮红、唇膏，会更加媚人，不然光是漂亮。

我轻轻摇头说：得花多少钱呀，舍不得。

单茸笑而不答。等到把我收拾整齐了，她啧啧称赞：凭这天姿娇容，还怕没钱吗？

我马上想到出卖色相，转身捅她一把，嗔怪：还姐姐呢，净乱说。

单茸换上一件红色紧身T恤，几乎露出肚脐；下身白色N分裤，裤管只及腿肚。单茸刚洗过澡，容光焕发，看上去跟青春少女没什么两样。我把她扳来扳去，上下左右端详，禁不住感慨：姐姐真会打扮，这么简单一身也光彩照人。

什么，简单？单茸拍我一下说：好没眼力，不看什么牌子，这一身三千多。

哎哟，三千多？金缕玉衣啊。

我再次触摸单茸的衣服，确实非比寻常，手感光滑柔软，富有弹性但不紧绷在身上，突出应该突出的胸、臀，收紧应该收紧的腰身，愈是显得蜂腰纤细而不松软，乳房硕大而饱满。臀围滚圆，双腿修长匀称，还显得很有力。

我不自信，央求单茸：姐姐帮我挑一套吧，在你面前我像"乡窝囚"。单茸火辣辣地说：你以为呢，不就城里的乡巴佬吗！

她挑出一套欧迪芬内衣，又挑一身雪白的彬伊奴套装，把我从里到外替换了，还正好合身。

我对着衣镜旋转几圈，忐忑不安地等待单茸下结论。单茸稍微一皱眉说：太素净。

她翻出一个金边匣子，抖出一串绿莹莹的翡翠项链，颗颗都有鸽蛋大小，往我脖子一挂，颔首称赞：正好，正好。你比我年轻得多，端庄些好。

我十分不安地问：太贵了吧？

好啰唆，管什么价钱。等把这笔贷款做完，我陪你去商场，再给你买两身。

这笔贷款对你很重要？

单茸不回答，翻出一双新皮鞋，又送给我一个古驰坤包。我想拒绝，单看皮鞋、坤包的包装就知道不会便宜。可我确实需要，而且确实漂亮极了，我像发誓那样保证：姐姐，我一定帮你做成这笔贷款……

太阳落在树梢，我和孔令文先一步下楼，等了好久也不见大哥、单茸出来。

我问孔令文要过他皮包里的杂志，一边当扇子，一边随意翻看。孔令文单手撑在车门上问：怎么还不下来？

我不吱声，先一步上车，一目十行浏览杂志，竟然发现杂志上刊登了一首孔令文的小诗：

横竖钱堆砌，

层层官盖顶，

情生五颜六色，

冷门重重。

都说银行好大楼，

进去出来人，

几个堪回首？

"呜咽"一声笛箫怨，

锦绣浮华，笼罩湘妃竹，

斑斑点点无数……

我抿嘴笑，难怪他一直带着这本杂志，好像就是要在我面前炫耀，他会写诗。

感觉到孔令文也上车了，我别过脸看窗外，看他在哪里落座。他好像无可奈何，好像只能跟我并排坐在第二排。

终于等到大哥、单茸下楼，他们去最后一排，故意远离我们。

我有些困倦，眼睛半开半合。孔令文也真是好性子，就不来烦扰我，静悄悄地窝在椅子上一动不动。

两个多小时后，下了沪宁高速公路进入常州新区。暮霭沉沉中路灯亮了，但不是我想象的五光十色，而是灯影朦胧。

我转过身，轻轻捅了孔令文一下问：哎，下来怎么调查，怎么知道那些路桥人有没有偿还能力？

孔令文胸有成竹地说：不用你担心，贷款风险的实地调查是我们信贷员的专长，我知道怎么做。

汽车七拐八绕到了一家工厂门口，童老板等人早已等候在此。一眼望去工厂很大，影影绰绰看不清全貌。门卫没盘问就放我们进入。工厂里出来一位中年人，一身工作服把他完全掩盖。童老板介绍：这是销售经理。

销售经理点头哈腰说：童老板是我们最大的代理商。

路灯光线昏暗，看不清任何人的面孔。我们跌跌撞撞摸索到一个广场，这里密密麻麻停满各式各样工程车辆。孔令文问：都是存货？

销售经理在黑暗中回答：不不不，都开了票的，就等提货。

靠近工程车辆，销售经理好像有点生气，问路桥人：你们的二十台车哪天提走呀？

一位叫恽侃的路桥人——童老板叫他恽总，抢上回答：就这两天。童老板煞有介事地说：我已把车卖给你们，占用人家场地，该恽总你们出停车费。销售经理说：小钱小钱，再给你们免费停放三天。最多三天啊，不然我很为难。

恽总连忙表态：三天够了，明天拿到贷款，就跟童老板提货。你大方我也不小气，请你喝酒，再弄两条香烟抽。

他们哈哈笑起来。孔令文不听那些人对话，绕着工程车辆看得十分仔细，突然问：哪点看出这二十辆车已卖给你们？

没人回答，个个都张口结舌。沉默片刻，销售经理很不耐烦地说：我们有数，我们还不知道吗？去外头停车场看看，上百辆车都没记号，也没说就混淆不清。

童老板打圆场：认真认真，银行的人做事就讲认真。

销售经理似乎余怒未消，"啪啪"拍打身上的灰尘说：都看好了吧？一辆不少，我不陪了，还有客户等呢。

童老板殷勤备至地说：你忙你忙，我们也走。

将要出厂门，单茸问：考察就结束了？孔令文坚决地摇摇头说：路桥人不是还有他们的公司吗，去公司看看。单茸叽叽咕咕：好烦人呀，简单点嘛。

走出厂门孔令文还频频回头，好像疑窦不散。我感觉他像侦探，表面漫不经心，其实眼睛一直在逡巡，不放过任何蛛丝马迹。好像他非常专业，不相信任何解释，只相信亲眼所见。

童老板落在后面，迟迟不出厂门，单茸继续抱怨：哎呀，怎么都这么烦呀。

她笑眯眯地打童老板手机说：老板啊，没办法嘞，他们非要去看路桥人的公司……

仍旧坐上那辆豪华高靠背小客车，我和孔令文仍旧坐前头，单茸和大哥仍旧静悄悄地窝在最后。

汽车向南穿城而过，外面越来越黑，车内伸手不见五指。我低声问：怎么出城了？

黑暗中孔令文慢悠悠地解释：这是常州的特点，差不多一个集镇一个产业群。像我们现在去的卜弋，筑路修桥的路桥公司就非常集中。

前面越来越明亮，车内被路灯照得忽明忽暗，我十分惬意地舒展四肢问：到了吗？我都饿了。

孔令文喜气洋洋地逗我：不是为了你，我也不挨这顿饿。

我问：怎么是为我？

孔令文说：怕你上当呀，怕你担保失误呀。我又没风险，收不回贷款找你们保险公司代偿。

我心头一咯噔：你蠢，那合同、保单都是假的，你找得着吗？顿时一阵内疚：太对不起他，干吗骗他呢？

我大声说：嗨，别说你的我的，收不回贷款都不好过。用心查个底朝天，只要有风险就别做。

孔令文一副成竹在胸的样子，略微凑近我耳朵说：放心吧，只要我说有风险，你就不要担保。我说没风险，你就只管收保费。

我忽然想到：要他们现金支付保费，难吗？

不难。童老板先垫付，再由他跟路桥人清算。只要今晚查不出可疑，明天就把三十几万现金捧给你。

明天？

是，明天，高兴吧？

我又害怕了：真的不会有事吗？呔，想这么多干吗，反正一推了之，操作风险推给光明总经理，贷款风险推给孔令文，横竖跟我不相干。

汽车终于停下，围墙里黑乎乎一片，看上去好大一块地方。几个人恭候在门口，背对灯光。汽车径直开进不锈钢栅栏大门，面前耸立一幢楼，漆黑一团，只有门厅亮着微弱的灯光。借助那点灯光映照，我瞟了孔令文一眼，留心他怎么调查。只见他一脸严肃地问：占地多大？

恽总上来回答：五十六亩。

这地方土地批租价多少？

起码四十万一亩。

那就是说，光土地也值两千万？

是的是的，算上那些楼房、车间，这里面几千万资产。

你们路桥公司拿车间做什么？

浇铸预制件，还有好多配套，都自己做。

……

说话间进入门厅，有人抢步上前开灯，等到都上楼了"噼啪"将灯熄灭。一位路桥人解释：恽总教育我们，再有多少钱也不浪费一度电一滴水，不开无人灯、不留滴水管。

童老板对单茸说：回头也要教育我们员工，"食黍当念农夫之苦，衣帛不忘织女尚寒"，学习恽总的节俭。

我左右张望，黑洞洞的走廊没有灯光，借助楼道灯光辉映仍能依稀看出装潢奢华。我越看越高兴，仅凭拥有这么大的公司，就不用担心路桥人的偿债能力。工程车辆可以满世界跑，这么大个公司往哪里躲藏，果然不还贷款，查封这块地皮就足够抵偿了。

进入总经理办公室，两个多小时没喝水，有些口渴。可这总经理办公室一杯开水都没有，恽总解释：不知道要来看公司，事先什么都没准备。

他要打电话唤人来添茶倒水，童老板制止他说：不用啦，看看就走，不要多少时间。

恽总也不坚持，顺水推舟说：也好，那就快点，看了去饭店。饭店又来电话催，河豚鱼都杀好了。现在的野生河豚涨成天价，还不好找，这是专门给我们准备的。

我轻轻咂嘴，听到饭店就饥肠辘辘，我低声问孔令文：河豚鱼好吃吗？

孔令文正在全神贯注地看手中的报表，竟然听到一声河豚鱼好吃吗，他扮个鬼脸说：有毒，敢吃吗？

我被他笑得不好意思，使劲捅他一把。单茸催促孔令文：好了吧，还看什么呀？都饿了，走吧走吧。

单茸似乎有些慌张。可孔令文还要看。孔令文仰望墙上的营业执照小声咕哝：企业名称，七巧路桥公司，哦，就是七个人合伙。法人代表恽伲，注册资金三千万，唔，这可不少……单茸再次催促：哎呀，营业执照也要看半天。你一个人看吧，我们先走。

我也觉得孔令文过分细心，我上去扯了一下过孔令文说：又渴又饿，走了吧。

孔令文紧皱眉头，似乎还有疑虑。无奈我一再紧催，他只好挪步出门。

下楼我贴近孔令文，急不可耐地问：发现了什么？

好像确实有实力。

什么意思？

不用担心了呗。

那就是说我可以担保？

应该没问题。

那就是说做成了？

成了。

真的做成了？

真的做成了。

真的做成了？

哎，哄你干吗？

我一时不知该怎么表达此时此刻的感受。我猫身钻进汽车，临窗眺望，小镇灯影阑珊，千言万语涌上心头，却一句也说不出。

孔令文一副功德圆满的样子问：怎么不言不语呢？

我回转身，真想扑在这肩头大哭一场。太高兴了，这一来就不必担心承担担保责任，三十多万保费就可以毫无顾忌地收入腰包。还不祸害孔令文，孔令文的贷款也安全。也对得起单茸，总算帮单茸做成这笔贷款，童老板的生意也就做成了。

五

汽车再次停下，饭店灯火通明，巨大玻璃窗映照出我的影子：一袭雪白的彬伊奴套装，脖颈上绿莹莹的项链光彩夺目，斜挎古驰坤包。我昂起头，凛然扫了一圈，单茸也没我神采飞扬，也没我风光耀眼。

包厢富丽堂皇极尽奢华。颠簸半天，我有些疲乏，但踩在绿色长绒地毯上，马上精神一振。特大餐桌足以容纳二十人，餐桌当中放置一尊仿制的青玉雕琢观世音菩萨，仿制得很逼真，光泽温润通体透亮。

恽侂总经理入了当中主人位置，童老板落座副宾，我一把将孔令文推去主宾位，然后紧靠他坐下。我意识到靠孔令文太近，急忙挪开一些，旁边的单茸伸手把我顶住调笑：隔远了，他怎么帮你搛菜？

这时进来四位身着旗袍的服务小姐，容貌清丽笑意盈盈，说她们是模特也没人怀疑。服务小姐不仅姿容出色，举手投足都显得训练有素。她们熟练地收下多余餐具，其中一位将我坤包讨去挂在衣架上，又在我面前铺上鲜红的餐巾，退后几步毕恭毕敬侍立。

恽总"啪啪"甩出香烟，一人一包。我想说家里没人抽烟，可话没出口。路上听孔令文介绍，常州人发烟不是一人一根，是一人一包，乡下人都抽中华。

我仍不好意思，轻轻将面前的香烟推开。孔令文马上起身将香烟放进我坤包。我假装没看见，扭头问：餐桌上供尊菩萨什么讲究？

背后小姐上来，深深地弯下腰介绍：有的客人喜欢饭前许个心愿，满桌酒菜就当供给菩萨的进献，专门备份三牲贡品未必比这丰盛。还有的客人不忍杀生，要祷告几句。比如吃鸡的时候，默默念：公鸡母鸡都莫怨，不吃你的肉，就吃你的蛋。

在座的人都哈哈大笑。单茸问：那要吃鱼呢，怎么念？

大鱼小鱼都命苦，不做盘中餐，就遭禽兽捕。

吃猪肉呢？吃牛肉呢？……喊喊喳喳争先恐后发问，小姐一一回答：

除了吃喝就睡眠，不图吃猪肉，谁肯供养俺。

拉犁挤奶都是苦，不如给人吃，早死早超度。

……

似乎都是些谶语，不过也能激起一阵又一阵笑语欢声。童老板尤其高兴，大声说：恽总请客，我来招呼。吃鱼就要上白酒。

我有点怕，从没喝过白酒，怕醉了。孔令文鼓励我：没事，先尝一盅。

我扭头看单茸是不是上白酒，正好与单茸四目相对，发现她神情怪异，似乎很害怕，又像满含内疚，还像十分着急。可她又慌忙别过脸，不跟我对视，似乎怕泄露她内心的秘密。

其实单茸早就神情异常。从苏州出来她就很少说话，像小猫一样蜷缩在后排座椅上，肖潇潇讨好她，想将手搭在她肩膀上，遭她轻轻推开。她显得心事重重。肖潇潇以为是自己的冲动把她冒犯了，以为她在懊悔呢。

过后单茸给我说，她分明意识到，肖潇潇很快就要离她远去。她以为我当真是肖潇潇的表妹，只要这笔贷款诈骗成功，我就必定遭到祸害，肖潇潇就必定把她当作童老板的帮凶，一个女骗子，一个诈骗犯，从此她与肖潇潇之间就只有仇恨。

她不知道该不该阻止。只要她稍微暗示，以孔令文的精细必定警觉，或许就能粉碎童老板的诈骗图谋。然而这是对童老板的背叛，会对不起童老板。她这些苦恼无法对肖潇潇说，只能默默祈祷，但愿孔令文识破骗局，而不是她揭穿骗局。

路上听到孔令文跟我叽叽咕咕，好像非常老练、非常专业，她渐渐眉头舒展，以为真的骗不过孔令文。一旦被孔令文揭穿把戏，虽然不免尴尬，但不至于从此反目成仇。

然而到了工厂，到了公司，她的心又揪紧了。那些伪装太巧妙，把孔令文蒙骗了。她十分着急，假装厌烦，假装不停地催促，其实是暗示孔令文：她很心虚，很慌张。为什么心虚，为什么慌张？孔令文应该警觉，但孔令文没有警觉。她甚至说到"营业执照也要看半天"，这是在提醒孔令文，可得把营业执照看仔细了，可孔令文却没明白。

唉，唉，蠢啊，蠢啊，还是经验不足。只要更加细心点，不是不能发现破绽，营业执照明显是彩色复印机伪造的，为什么车间也黑咕隆咚不开灯……就怪该死的吴上，催催催，催命啊催，不看你是肖潇潇的表妹，骗死你活该。还不就是怕你上当受骗？还不都是因为你……

童老板豪情满怀地大声吆喝干杯，孔令文、大哥都满饮一杯，我也欢天喜地地举杯。以为万事大吉，大家都放松了，都尽兴喝酒庆祝。

单茸暗暗叫苦，再喝几杯个个热血沸腾，就什么暗示也觉察不到了。等到明天，贷款到手就无可挽回了。即使有所觉察，难道劳师动众再来核查？看孔令文自信满满的样子，现在都不能觉察，他明天怎么觉察？

不行啊，不行。

单茸挣扎着说服自己：孔令文还可以向保险公司追讨，吴上怎么办？做女人都不容易，何况她是肖潇潇的表妹，祸害她，肖潇潇肯定会恨死我啦。

单茸行事决不冒失，但也不是优柔寡断，打定主意她就毫不迟疑。她假装上洗手间，径直走出饭店。饭店旁边有一个杂货店，标明公用电话，她递上一百元小费，低声吩咐：不用找。过五分钟帮我拨打这个手机号，拨通后说"你上当了"，马上就挂断。

杂货店老板接过小费连声说：好嘞，好嘞，小姐放心，我个老老头，不多嘴……随即就记下手机号码。

再回包厢，单茸眉飞色舞地招呼：满桌酒菜供菩萨，不是贪嘴是心诚。添酒添酒，庆祝我们首次合作就十分顺利，全靠菩萨保佑。

在座的各位都欢欢喜喜起立，都觉得单茸这话说得特别好，仿佛真有菩萨保佑，一切都顺风顺水。于是先敬菩萨，再"乒乒乒乓"碰杯。

不一会儿孔令文手机响了，他接听后不言不语。果然这人聪明，立刻就意识到什么，他说：哎呀，刚接到个电话，有个常州的朋友要我去一趟。不好意思，必须先走一步。

单茸假装生气：就你事多。

童老板制止单茸抱怨：难免，难免，谁还没个急事。他吩咐司机：那就送过去，办完事接过来。又招呼餐厅小姐：通知厨房，河豚鱼不忙出菜。

孔令文急走几步又掉头回来说：不用等我，可能时间很长。司机也不用了，就几步路，出租车更方便。

他一边说一边盯着我，单茸哈哈大笑问：是不是要吴上陪去啊？我瞪了单茸一眼，不过也看出孔令文确实希望我一起去。我霍然起身说：好吧，陪你去。

出门我问：玩什么玄虚？

孔令文不吱声，上了出租车就急切催赶：去卜弋，快快快。

卜弋？我们不是刚从那边回来吗？

孔令文没说他接到个奇怪电话。可能他担心，假如有人恶作剧，就显得他特别可笑，一个莫名其妙的电话也当真。

这时的小镇行人稀少，路灯也昏暗，一时找不到刚才去过的七巧路桥公司。出租车司机将车停到一个饭店前，我和孔令文去打听，竟然打听不到七巧路桥公司。

我惊呆了：那么大个公司，怎么没人知道？

我紧紧扯住孔令文衣袖，再去一个饭店打听。饭店老板肯定地说：卜弋的大老板，我们都知道，没有叫恽偌的。路桥公司，也没有叫七巧的。

孔令文向他描述：地方蛮大，不临街，有幢楼好像是琉璃瓦盖顶。

饭店老板说：瞎说八道，那是预制件厂，老板是我饭店的常客。怎么叫恽侂？瞎扯，不信你自己去看，从那边绕，有个菜场，再钻进去。

按照饭店老板的指引，很快就到达了地点，这会儿连门房都熄灯了，透着森森寒意。借助车灯照射，分明地看见预制件厂招牌。为什么先前没看见这招牌？

哦——孔令文恍然大悟，原来之前是用两朵硕大绸花将招牌遮住了，如果揭去红绸就原形毕露了。孔令文冷笑一声说：难怪不开灯，难怪那营业执照，我看着就不对劲。

怎么办呢？

我声音都颤抖了，依然不相信这是骗局。

回到出租车上，孔令文翻出皮包里一沓资料，抽出七个借款人的身份证复印件说：去他们家，估量一下他们的家境。虽然公司可能有假，但毕竟是个人借款，如果七个人住址确定、住房也不错，也就还好。

他吩咐出租车司机：你的车我包了。从现在起，按照这身份证地址，带我们一家一家寻找。

再回市区，车子七拐八绕到了一个住宅小区。按照身份证地址，这小区的八十八幢住了两个借款人。可找来找去都没八十八幢，整个新村才五十幢房子。难道身份证也假的？

孔令文断定这一定是骗局。可我还不甘心，孔令文说：那就再去找他们总经理恽侘的家。

我已分辨不清东南西北，晕晕乎乎地望着窗外想：怎么可能连身份证都是假的？

孔令文还是不讲他接到的神秘电话，只是掏出手机回拨过去问：这是哪里电话？对方回答：公用电话。

再看区号，0519，确实是常州的区号。那会是谁呢？很可能是恽侘的手下，一个相当知情的人，因为跟恽侘结了怨，所以“拆烂污”戳穿底细……

没办法进一步了解，孔令文只能这样推断。不管怎么推断，仅凭身份证有假，就足以认定这是诈骗。

童老板知情吗？孔令文将整个事情的来龙去脉梳理一遍，似乎童老板也被蒙在鼓里，然而又觉得童老板不可能不知情。

孔令文说：这种事不能戳穿，更不能刨根问底。确实是诈骗，肯定就有不少人参与，揭穿底细就可能图穷匕见。只能回避，明天找个借口，说这笔贷款领导又不同意了。至于为什么不同意，不用多解释，他们做贼心虚就会知难而退，大家都不尴尬。

出租车在一个工厂宿舍停下，我抢步下车，几乎踉踉跄跄，多希望这一切是真的啊。我近乎惶恐地扑向一扇大门，门牌号与恽侘身份证的地址一模一样。房子里出来一对老年夫妇，说他们在这里住了二十多年，从没住过叫恽侘的人。

我感到天旋地转，一个人的住址与身份证地址不符，可能因为搬家。几个借款人都不在身份证地址居住，而且身份证地址明显属于伪造，一切都昭然若揭了。

我不知自己怎么上的车，仿佛孔令文在劝我吃碗面条，我不加理睬，只想回家，回到那三间歪歪斜斜的瓦房。

孔令文不停地安慰我，说是不幸中的万幸，如果不是他及时识破骗局，保险公司将为此承担上千万的赔偿。我不接他的话，不想跟他说话，孔令文还要叽叽呱呱，我厌烦透了，厉声呵斥他：闭嘴吧。

出租车急速奔驰，我望着窗外，脑子里一团乱麻，仍想理出点头绪：还有什么办法挽救吗？

如果继续坚持担保，明知是骗局也担保，以孔令文的精细，肯定怀疑合同、保单的真实性、有效性。万一他去保险公司核实，将暴露我也是骗子，还将戳穿光明总经理账外操作的把戏。

我痛心疾首，一切都怪自己：干吗来实地调查，接下来怎么给光明总经理解释？明明关照我："你要把我的话，每个字都记在心头……"

这下可好，三十多万保费化为乌有，还没法给光明总经理解释。也对不起单茸，单茸待我多好，送我那么多贵重礼物，我信誓旦旦，一定帮她做成这笔贷款。我以为她渴望这笔贷款的原因，仅仅是为了销售工程车辆，获得销售利润。现在孔令文不肯贷款，路桥人就不会找童老板进货，童老板就要怪单茸没跟银行、保险公司疏通好。

我越想越懊恼，越想越觉得孔令文太诡诈。都开席了，酒也喝两杯了，他又忽然想到什么问题。你想那么多干什么，非要戳穿显你能耐？你的能耐就是让大家不好过，你的能耐就是把我伤心到死？

我真想一头撞向车窗，心头像生吞蜈蚣——百爪抓心，翻涌一阵又一阵悲哀、凄凉：三十多万没有了，父母就要顶风冒雨，继续沿街吆喝"锔大缸"；这一身服饰也只好还给单茸，继续忍受同事的奚落"她好像只有一条裙子"；还有光明总经理的训斥，洪姐姐的惋惜……

出租车风驰电掣，没觉得时间飞快，已回到苏州。我想立即下车，不想听孔令文低沉的叹息。

叹息有什么用，我要的是保费保费保费，谁稀罕你叹息。可又意识到身上不到五十块钱，深夜坐公交车害怕，而要另外叫出租车，起码十几元。我在心头呜咽：

每一分钱都要节约……

苏州的通衢大道干将路夜间也施工，出租车七拐八绕。直到出现我熟悉的街道：古老的梧桐树，歪歪斜斜的房子，黑洞洞的巷道……我急忙喊：停车——

不想给孔令文知道我住在如此破旧的幽深古巷，我不需要同情，不需要怜悯，不稀罕这三十多万保费。

孔令文低声下气地央求：送到家门口吧，夜这么深了，不放心哪。

我下车就昂首阔步，维持我一贯的矜持。走进仓街，看见熟悉的苏州监狱，我打个寒噤。这地方不知走过多少趟，从没觉得监狱可怕，在我看来监狱与其他机关、企业一样，不过一群建筑物。至于里面的事，跟我没关系，即使听到江北人讲，也跟我毫不相干。然而现在，竟然心生莫名的恐惧。

我停下脚步，抬眼望去，监狱与苏州大学的本部，当中只隔一条正在拓宽的干将路，不知仅仅是巧合，还是另有寓意？

门口岗哨跟我面熟，看见我突然停步，他举手行礼。我想问一声江北人呢？

又把话咽回。幽深古巷大部分已拆除，可我还是觉得好长好长。脚步越来越沉重，我感到很累，伸手扶着灰墙往前走。前面一片漆黑，我有些害怕，挣扎着一阵小跑，直到隐隐传出低沉的歌谣，歌声太熟悉了：

> 锔缸锔缸锔大缸，
> 大缸里有个好姑娘。
> 多大啦？
> 十五了，
> 明年就该出嫁啦……

父母看见我，急忙围上来，有问不完的话，有道不尽的担心。我只是摇头，什么也不想说。

妈妈端出饭菜，热气腾腾，我终于禁不住，眼泪夺眶而出。却还是什么也不说，我直勾勾盯着桌上一碗泡饭，一碟青菜，一盅漂着蛋花的豆腐汤，这已算奢侈了。我很饿，本来想等河豚鱼，上桌，只吃了几口凉菜。现在饿得吃不消，我连饭带菜和着泪水吞咽，一样吃得津津有味。

忽然想起餐桌上分发的香烟，我拉开坤包，竟然两包。我很生气：谁稀罕你那包香烟。

我掏出香烟扔给爸爸，爸爸吓了一跳，问：介好的香烟，哪来的？

一听人家白给的，爸爸眉开眼笑地说：喂呀，拿去门口小店，起码卖一百块钱。

妈妈喜滋滋地告诉我，三轮车修好了，还是江北人来修的。江北人一直等到天黑才走，本来想等我回来见个面的。可惜，他明天就正式退伍了。

妈妈问：要不要明天请个假，去火车站说句话？

墙上那口漆迹斑驳的挂钟，正好"当当"敲响十二点，不知是在提醒一切都已结束，还是说一切都将重新开始？

童怀德给我讲了一个二十多年前的故事。

那地方虽不像广西的阳朔，也是塔山凌霄石柱林立，大地仿佛撕裂了一般，天坑地缝随处可见，正是历经了千万年造化的丹霞地貌——峭壁刀削，剑峰耸峙，太阳刚刚露脸就遭擎天峰嶂屏蔽。

山谷缺少光照，清晨的空气湿漉漉的，头顶的树叶、脚下的草地像雨淋过、水洗过，却不见溪流飞瀑，河沟干涸卵石裸露，只剩云雾弥漫，挟裹着有毒的瘴气翻涌回旋在笋岩之间，步行其间犹如腾云驾雾。

这天正是赶集的日子。我穿着阴丹蓝吊裆裤，上身配了件黑白相间的对襟褂子，头上缠了一条黑色头帕防止瘴气入脑，于幽深山谷的茂密灌丛中疾行。未几，面前出现了一道盘山石梯，正是当地人口中的"降龙毒道"。

二十多岁的我体力充沛，一步跨越两级石阶，一口气爬上了山顶隘口。我双手扶膝剧烈喘息，解开了粗布褂子，一边擦汗一边俯视隘口对面。

远古时代地面沉降，隘口对边凹陷出了一片近似天坑的盆地，又被称为降龙坝。过去血吸虫猖獗的时候，流传有一首民谣："人在降龙坝，头小肚子大，有女不生娃，生娃长不大。"如今血吸虫业已绝迹，可山民的生活仍旧困难得很，要啥没啥。

我稍微歇息后缓过气，翻过隘口走下山坡。

与往常一样，我斜挎着帆布挎包，手握电警棍，肩上背着斗笠大的一块信用社塑料招牌。

一老一少两个手挎竹篮的女人，悄无声息地走在我前面弯弯曲曲山路上。我加快步伐准备超过她们，走得近了才发觉那老女人眼熟，原来是熊太婆。她年轻时跟我奶奶一起拍过电影，虽然只是唱山歌的群众演员，也风光了好一阵。

我更留心的是她身后的姑娘。姑娘头裹蓝印花布，几乎将脸庞遮蔽，一对水灵灵眼睛怯生生地睃向我。我壮着胆子迎向她的目光，四目相对让她大红了脸，慌忙低垂眼帘。

我问：太婆，这就是你孙儿刚买的啊？

熊太婆垮下脸，嗫嚅着干瘪的嘴唇嘟囔道：咋说话呢，咋说买呢。

我嘻嘻哈哈道歉：是是，该叫妹妹还是嫂嫂？你们又去卖蘑菇？哎呀，野蘑菇值几个钱，不如留给自己吃。

熊太婆挥扬着枯瘦的胳膊驱赶道：童会计先走，我们赶不上你。

我扭身转向二人告辞：那我就先走一步了。

姑娘深深勾下头，有意无意地飞了我几眼，像抛出一团火球，烧得我热血沸腾，仿佛脚也不听使唤，浑身都木了。我走了几步又回头，看见姑娘掩嘴笑，却不正眼瞧我，便加快了脚步。集市没有银行，全靠我办理存贷业务，迟到不得。

本来上面要给我配一位助手，说所有业务都从我这儿"一手清"不符合"双人经手、交叉复核"的规定。可没人愿意当我助手，都嫌这工作太辛苦，徒步三十里山路，仅仅为了方便山民。山民又能有多少存款？银行以效益为中心，没存款就没效益，没效益就没奖金，没奖金还图个什么。

可上面不这样看，上面不光看效益，也看重地盘，如果信用社不下到山里，这地盘就要让给无孔不入的邮政储蓄了。再加上我一贯老实听话，领导就安排我独自一人充当降龙坝的流动银行。

七天一场的集市，摆设在遮天蔽日的黄桷树下一块空旷荒地。没有街道，照样熙熙攘攘，人语喧哗禽畜嘶鸣，乱哄哄的也算热闹。

当中一排醒目的砖瓦平房，悬挂一溜吊牌：乡党委、乡政府……我去乡政府借来一张长条板凳，高高搭在肩上，颇像样板戏《红灯记》里的磨刀人。集市人声鼎沸，我耳边嗡嗡响，浑未听到背后响起的怒喝声。

邮政储蓄员几步撵了上来，他肩挎绿色邮政包，手举电喇叭，毫不客气地拽住我衣袖抗声道：我也有储蓄任务，都给你抢走了，我吃啥？

我腾出手掏了根香烟递上：公平竞争嘛。

邮政储蓄员反手一挥，怒气冲冲地冲我嚷：你这又办存款又办贷款，我只办储蓄，咋跟你公平竞争？

我依旧不敢翻脸，只管赔笑道：这也不怪我呀。

许是忌惮我手中的电警棍，他没再纠缠下去，眼睁睁地看着我挤进摩肩接踵挑担背篓的人群。

集市自然划分出几类区间：水果山货、家禽家畜……我左顾右盼，见熊太婆和那姑娘坐在黄桷树下，便折身挤了过去。

黄桷树板根裸露、冠盖如伞，怎么看也得有几百年的树龄了，七八个人手牵手也未必能环抱一整圈。当地人都当它是神树，树枝上挂满了五颜六色的祈福经幡，靠近树干的黄泥巴地上重重叠叠插满了祭神残留的香蜡竹签。

我靠近熊太婆放下长条板凳，寻了一条粗壮的树枝挂上斗笠大的塑料招牌——"降龙坝农村信用合作社（筹）"。又从帆布挎包里掏出账簿、存单和贷款合同，一并叠码在脚踏牛踩过的黄泥巴地上，再用电警棍压住装有现金的帆布挎包。

一阵山风吹过，清爽惬意，我坐上长条板凳，悠闲地翘起二郎腿，一边侧向姑娘微笑，一边居高临下吆喝：踊跃储蓄，积少成多，支援国家建设……来啊来啊，存款自愿取款自由，为储户保密……钱藏家里遭虫蛀老鼠咬，存银行不光安全还有利息……

熊太婆盘腿坐在黄泥巴地上，不停地翻动面前一篮野蘑菇，向人展示她的蘑菇有多新鲜。只是再新鲜也没人问津，熊太婆叹息道：哪有钱存银行哦。

我说：没钱可以借嘛，我不光要存款，还放贷款。

熊太婆道：老了老了，想买口寿材，儿子说没钱，咱就采点野蘑菇卖，给自己挣口寿材。

我热情洋溢地鼓动熊太婆：靠野生蘑菇挣棺材钱？您人老瞌

睡多，净想好梦哪，不如听我劝，先贷款买口棺材，不然一直没指望。

熊太婆有些心酸，抬手揉揉眼睛，黝黑的皱皮老脸愁云密布。

我伸手拉她跟我并排坐上板凳，继续鼓动她：怕儿子不帮你还钱？不还钱法律找他，反正你只要有口寿材。

熊太婆侧身看向身边的姑娘。姑娘跪坐在脚后跟上，绣花长裙拖在黄泥巴地上，面前同样是一篮野蘑菇，同样是焦急地仰望来往人流，几乎是在用目光恳求着：买去吧，求求你……

熊太婆说：就为娶她，家里像水洗过、刀刮过。说罢起身离开板凳，重新盘腿坐回黄泥巴地。她弓背弯腰拣出竹篮里的蘑菇，整齐地铺展开，期盼过往山民注意到。

陆续围上来好多人，骈立一圈吵吵嚷嚷，当然不是要买熊太婆她们的蘑菇，而是把我围在当中。长条板凳至多坐两人，客户依次坐到我身边，我像个诊脉的郎中一样为其提供一对一服务。

刚卖完粮食的汉子大汗淋漓，捏着一沓湿漉漉的钞票坐上板凳。我凑到他耳边商量道：三百块存一个月，给你五块利息不少啦。

汉子问：人家一样地存，咋利息比我多？

我解释：人家是大客户，当然就跟你不一样。年底你家卖肥猪，要是钱都存给我，就利息再添三块，咋样？

汉子咧嘴笑，像是得到了额外照顾，讨来多大便宜，兴奋得张开巴掌使劲搓脸，搓得容光焕发。我马上警告他：不许给人讲我额外照顾你。我为储户保密，你也要为银行保密。

送走汉子，一位妇女急不可耐地大声嚷：快给我取钱，买化肥急用。

我朝她摆摆手，示意她当心露财招祸，又拍了拍身边板凳，妇女像候诊病人似的凑了过来。我掏出流水账簿翻看了看，悄悄问她：取几十？

妇女左右看看，忸怩道：化肥又涨价，不知接下来涨成啥样，不如多买点囤家里，把我两千四百六十二块连利息都支了吧。

我心头一惊：刚刚才吸储三百，这女人一下子就要支取两千多，如果支取多存钱少，今天就亏大了。

我巴不得所有人都只存不取，便进一步靠近女人热烘烘略带奶香的身体，张开巴掌晃动着。女人看不明白，我贴近她耳朵说：再多存一个月，给你添五块。

女人掰开指头算，一时算不出结果。我摸出计算器"嗒嗒"地算给她看：添五块，再加上原来的利息，就差不多六厘。哎哟，存一年我就要给你一百多块利息，好买两百斤谷子。现在取出来算提前支取，只能按活期计息，两百斤谷子就没有喽，可惜不可惜啊？

女人张了张嘴，迟疑了片刻，问道：利息多少就凭你一句话？

我合拢双掌当话筒，对准女人耳朵神秘兮兮道：利息都是国家规定的，我这是额外照顾你，你可要保密，不然就是出卖我。

女人抬手挡开我的手，坚决道：咱不欠你人情，不要你照顾，桥归桥路归路，照你原来说好的利息结账。

我倍感沮丧，眼睛余光留意到卖蘑菇的姑娘正冷眼旁观，不由浑身一激灵，意识自己到对身边这女人太过巴结了。我不无恼怒地拎起帆布挎包，抓出一捆十元面额新钞吼道：我们银行还缺你这点钱？加利息两千五百三十五，给你一千、两千、三千，你找我四百六十五。

我扭头喊：肖模范，轮到你了，坐板凳上来。

牛贩子肖模范夏天也穿长衫，他将长衫下摆一撩，翘腿坐上板凳，摘下草帽扇风，同时遮住了半边脸，伸出巴掌曲张手指比画，同时低声耳语：十岁公牛，开价五千，买回去催几个月膘，起码八千出手。

我翻出流水账簿问：你账上就一千零三十块，咋凑够五千？

肖模范横过手臂抹汗：所以嘛，问你贷四千，腊月间连本带息还你。

我有些犹豫，倒不是担心肖模范的还款能力，而是……啧，怎么说呢？

山里人养牛为耕田，决不轻易宰杀耕牛。近年来城里牛肉比猪肉贵，于是肖模范低价买下耕牛，添加配合饲料催肥，等养到膘肥肉厚再卖到城里，每年都能赚上两笔。

我主要担心，挎包里总共才一万备用现金，刚才支取两千多，如果再贷四千出去，万一还有人取款，拿不出钱就麻烦大了。山民之所以信任我，"取款自由"是最要紧的一点，从未发生延期支付现象。这不仅代表信誉，还代表实力。如果不能"取款自由"，他们就不会存钱给我，宁肯存到邮政储蓄。

我沉思片刻，还是拿出了一份贷款合同，竖起三根手指。

肖模范大吃一惊：三分息啊？

我瞪他一眼，示意他"为银行保密"，然后解释道：存款人都嫌利息低，没人存哪儿来的贷款，我只好高进高出。

肖模范低声恳求：原先才两分息，你不能黑吃黑啊……

我打断了他的话：就算扣了利息，你起码也能赚四根牛蹄，不然你牛尾巴都赚不到一根，总不能我出本钱净给你赚呀。

肖模范低头不语，掰开指头算：配合饲料八十块钱一袋，起码消耗五袋……算完账，狠狠地一巴掌拍在我肩膀上：两不反悔。

他伸出食指蘸上印泥，在贷款合同上狠狠地按下。

太阳稍微偏西，又被峭拔峰嶂遮挡，吹来一阵凉风，像是提醒日头不早了。

不远处的家禽家畜交易开始散场，电喇叭声便显得格外刺耳：邮政储蓄，国家储蓄，利率公开，贫富无欺……

我转身扫了一圈，大多数水果山货都乏人问津，熊太婆盘腿坐在黄泥巴地上昏昏欲睡，像是随时都能一头栽倒。姑娘的蘑菇也给太阳晒蔫了，再不脱手就要生蛆腐败。

我肚子饿了，站起来朝树荫下的面条摊贩喊：来碗面，加肉。

回头劝说姑娘：新鲜蘑菇哪经得起太阳晒，半天就长蛆了，没人买不如早点回去。

姑娘瞟向昏昏欲睡的熊太婆，缓缓摘下花布头巾，朝我嫣然一笑。

我两眼发钐，急忙揉了揉，不敢相信自己的眼睛。姑娘脸皮不算白嫩，但干干净净，没一粒雀斑、一颗黑痣。两条柳叶眉下，一对眼睛像浸泡在水中的晶亮珍珠，十分耀眼，晃得我不知所措。

姑娘一改先前的羞怯，竟敢火辣辣地注视我，几乎能看见她眼珠里的小人儿……直到面摊送来我的面条，姑娘才如梦初醒般难为情起来。

我撰起覆盖面条的肥肉，余光瞟见姑娘轻轻咂吧嘴唇，便捧上滚烫的面碗递了过去：你吃吧，我不饿。

姑娘倏然脸红，却不拒绝，她将双手在腰间擦了擦，接过面碗柔声谢道：咋谢大哥呢。说着还连续飞了我几眼，目光灼人，像是要把我点燃。我感到自己在熔化，身上骨酥肉软，手都不知道该往哪里放了，只管摘下头帕，抹了把汗津津的额头，下意识道：你说咋谢？

姑娘扮了个苦瓜脸，神秘地眨眨眼睛，示意我当心旁边的熊太婆。

我得寸进尺地追问道：你叫啥？

姑娘鼓起嘴，拿眼瞪着我，忽然又抿嘴吃吃笑。她侧身呼喊：奶奶，你吃。

熊太婆睁开眼，也不问是哪儿来的面条，捧起面碗嘬了口汤，连声赞叹：油水足，人家这面才油水足，哪像我们清汤寡水。

吃了几口，她将面碗塞给姑娘，心疼道：嫁过来没吃几回肉，你也吃几口解解馋。

姑娘推让道：我们都吃了，大哥吃啥。

熊太婆话里有话：给我们吃是人家的情，不吃就是薄了人家面子。

我赶紧表示：不饿，不饿。

熊太婆笑了笑：不饿才怪。

她又吃了几口，放下碗道：童会计，我看你还是太年轻，做事不动脑筋。你们银行的事我是不懂，听你半天吆喝大概也明白了，就是要人家存钱嘛。跟我们这些卖水果山货的人挤在一起，谁有钱存给你？你该找那些卖猪卖牛的。

我不爱听这话：咋叫不动脑筋？我动足了脑筋。我当然知道卖猪卖牛的人有钱，可那是人家邮储的地盘，非要挤过去抢人家饭碗，起冲突是避免不了的，最后只会是我吃亏——邮政储蓄是国家的，邮政储蓄员一个个都是地头蛇；我是个外来户，信用社也只是集体合作组织，好多方面还不规范，连存款利率都可以讨价还价，一旦给人捅出去，那就是非法吸储。我只能在这种穷乡僻壤的灰色地带寻求夹缝中生存，根本不敢当面锣对面鼓地跟邮储搞竞争，除非上面正式批准我来成立信用社。

可要成立信用社就要搭建一套班子，至少需要养十来个人。降龙坝穷成这样，还要跟邮储竞争，全部业务加起来连我一个人都难养活。我只能像现在这样搞暗箱操作，一面悄悄抬高贷款利率，一面尽量压低存款利率。

熊太婆见我不说话，以为我没听懂，进一步提点道：刘端公今天卖了两窝猪崽，少说也卖了一千，他家钱都埋地下，咋不找他？

我心头一动：这个刘端公我也听说过，专门给人看风水做道场，副业也搞得好，可惜不认识。我问：太婆能带我去一趟吗？不然面生，人家不相信我。

熊太婆将剩下的面条"嗞哩呼噜"连汤喝光，招呼姑娘：收摊吧。

姑娘朝我眨了眨眼。忽然想到午饭，我说：你们在前头等我。

太阳从两座峰嶂间露出半边脸，气温迅速升高，集市如退潮般散场。我买上两瓶烧酒、一块猪臀肉，照旧斜挎上帆布包、背上塑料招牌，手提电警棍向前追赶。

远远望见山坡上熊太婆和姑娘的背影，望见姑娘几步一回头，我差不多飞也似的赶了上去。

姑娘回转身帮我拎上肉，我问：我是不是像厚脸皮？

熊太婆接过话道：不跟你客气，将就你骨头熬你油。

我一时没明白熊太婆什么意思，拿眼睛瞟向姑娘。姑娘低声说：拿不出东西招待，害得你酒肉都自己买。

我"咳"了一声：这是给你们添麻烦，本来就该我请你们。

沿着崎岖山路，转向一块三面环抱的洼地，竹林茂密，歪歪斜斜的草房星星点点掩映其中。熊太婆指向一排近乎坍塌的草房，吩咐姑娘：花花，回去做饭。

熊太婆摇摇晃晃走在前头，我深一脚浅一脚紧随其后。遍地竹叶，踩上去"哗哗"响，惊起一阵狗吠。熊太婆大声喊：刘端公，你狗眼看人低，认钱不认人啦？

"哗啦"门响，里面用铁链反锁了。解开大门链锁，探出来一位瘦骨嶙峋的老头，只穿短裤，双腿胳膊像极了干枯的树枝。他喝住凶猛的黑狗，手摇蒲扇眯起眼睛问：又做啥？

熊太婆指着我介绍道：信用社的童会计，跟我屁相干，你们自己好说好商量。说罢转身离开，显得很不高兴。

刘端公愤怒地"啐"一口：欠我八百，半年不还，还像我欠她似的！

刘端公闪身让路，请我进去。土墙四合院方正宽敞，却脏乱不堪，遍地鸡屎、猪粪。散养的禽畜见人就围上，刘端公抬腿踢开，领我去堂屋。香案上供奉着祖宗牌位和三清神像，正墙悬挂一幅镇宅道符，如同描绘在黄纸上的鲜血淋漓女人。光线阴暗，不过很凉爽。

我问：家里人出门了？

刘端公"咔嘣"咬了口咸萝卜，捧起桌上半碗土豆稀饭说：等我吃完，不然凉了。

吃过稀饭，他抹嘴问：童会计有公事？

我左右张望，不太相信刘端公有钱，不过还是斟酌着试探道：看你这房子也潮，钱不好放家里，还是存银行好，不然受潮粘连就会霉烂掉，说不定还遭虫蛀老鼠咬。

刘端公垮下脸，挥动干枯胳膊说：不劳你操心，我有啥钱？那婆娘到处诬蔑我。我们家看上的儿媳妇，她非要抢给自己孙儿，说她有钱。到头来还是问我借了八百，说三个月还，半年都过了，她屁不出声不响，把孙儿支到外头躲债，说是出门打工挣钱。挣个屁，她孙儿只有蛮力，名字都不会写，去哪儿挣钱？怕是给黑砖窑买去做苦力喽。

我掏出香烟递上，饶有兴致地问：你说的是那个叫花花的姑娘吗？

刘端公接过香烟夹在耳根，望着门口，混浊的眼球像是凝固了。过了好一阵，他叹气道：我两个儿子娶一个婆娘，总不能长久，你说是吧？一直想再娶一房。正好她远房的侄孙女家里出了变故，娘病在床上没钱医，还有两个弟弟没长大，穷得饭都吃不饱，托她给花花找个人家。她来找我，开价一万五。我看花花模样标致，就答应了。结果聘金都付了，她又涨价到三万。我说三万也娶，哪怕砸锅卖铁。她又诬蔑我们家的女人大家用，女方就不肯嫁过来。其实是她孙儿看上花花了，两万就买回去了。她哪来的两万啊，只好到处借，她孙儿还去偷树，遭人家把屌割了。说来她也遭孽，孙儿在外头躲债，买回的孙媳妇中看不中用。我给她说，陪人睡觉也赚钱。她发了疯，说我是疯子。哪个疯了哇？童会计你评评理，我这是疯话吗？

我很是无语：这种话他居然也说得出口，真是一把年纪活到狗身上去了。

不过我很高兴，我看出刘端公没什么防备心，正好可以开导他拿出钱存银行，说不定还能把利率压得很低。我对这些山里人再了解不过：他们那所谓的机算浅薄得很，一戳就破，偏偏自己却浑然不知。对付这种山里人，我自认为有的是办法。

谁承想，好话歹话都说尽了，刘端公就是咬死了不存钱。

太阳沉入群山后，很快便风声四起。山里温差大，有太阳的时候晒得人毛焦火辣，只要一落山，立时便感到风萧萧凉飕飕。我垂头丧气地走出刘端公家，紧了紧对襟褂子，只觉得胃里像生吞蜈蚣般百爪抓心，饿得额头直冒虚汗。

回到那排几近坍塌的草房，肉香随风飘来，我深深地吸了几口。炊烟从东头飘出，屋檐下搭出四面敞露的灶房。紧靠的便是猪圈，两头十来斤大的猪崽"嗷嗷"尖叫，拱动猪圈"哐当哐当"响。

我顺手薅了把猪草抛进猪圈，靠近灶台问：还没做好吗？

花花抬臂抹汗，鼓起嘴说：她回来就睡，啥都我一个人做。

我放下塑料招牌、挎包、电警棍，坐到灶前添了把柴火，沮丧地向她倾诉：我看那个刘端公是老糊涂了，死活不肯存钱，一会儿说他没钱，一会儿又牛气冲天，说那点利息他瞧不上，前言不搭后语的。

花花没搭我的茬，许是讨厌飞短流长吧。她撩起围裙擦干了手，将我行装收起，左右看了看，道：这灶房不避风不遮光，咋能放你的贵重东西，你也去歇吧，不要你帮忙。

我跟随花花到隔壁，不大的一间卧室空空荡荡，泥墙上贴着双喜剪纸，除此之外看不出半点燕尔新婚的迹象。

花花将我行装搁床上，从墙角拖出四方木板，架在两张板凳上当桌子，有些难为情道：穷家穷日子，啥都将就。

我坐上低矮的方凳，歪斜身子伸直双腿，正好挡住门口。花花大步迈过我并拢的双腿出去端菜。回来的时候，我收腿准备让路，可方凳太矮，慌忙中我屈膝收腿，屁股一歪，"噗"的一声滑到地上。

花花笑着将菜搁桌上，想要伸手牵我，却犹豫着只是用围裙擦手。我双手撑在背后，仰面望着花花咧嘴笑，赖皮不起来。花花朝门外努努嘴，示意西头那屋就是熊太婆的卧室，让我不要胡闹。

她出门抱来饭甄，大声呼喊：奶奶，吃饭啦。

西头那边"吱呀"一声门响，熊太婆一摇一晃进来，什么话也不说，只管盘腿坐下。

我给熊太婆摆上碗筷，殷勤道：我来讨饭，你们还准备这么多菜。

熊太婆看也不看我一眼，闷声道：这蘑菇不吃也喂猪。

确实，桌上只有蘑菇，但花花做出了好几道菜：肥肉片炒蘑菇、肉骨头煨蘑菇、瘦肉丝汆蘑菇汤……

花花倒上烧酒，客气招呼道：都是花大哥你的钱，再讲客气话羞死我们啦。

我捧起酒碗，恭恭敬敬递到熊太婆面前：太婆先请。

熊太婆眯上眼"滋"了一口，搛了片肥肉塞进干瘪的嘴唇。她牙齿残缺不全，几乎全靠牙龈碾磨，仍能吃得津津有味。

夹了几筷子，熊太婆张开巴掌抹了抹眼睛，竟然抹出了泪水：年轻时跟你奶奶拍电影，其实没啥吃的，后来派我们给山里的部队唱山歌，那才大鱼大肉管够。半夜还有加餐，首长工作忙，半夜才有空听我们唱。唉，咋就老了呢？儿子儿媳又死在我前头，怕断了香火，娶个花花回来，一起吃苦喽。

我把酒碗递给花花，花花居然喝了一大口。

我安慰熊太婆道：孙儿在外头挣钱，你早晚享福。

熊太婆摇了摇头：没念过书，只靠蛮力，能给我挣口寿材就阿弥陀佛喽。

我一口干了碗中酒，让花花添满。又问熊太婆：刘端公到底有没有钱？

熊太婆放下筷子，拿指甲抠着牙龈，龇牙咧嘴问我：你跟刘端公说了些啥？

我省去刘端公说熊太婆的那些坏话，只道：说得口干舌燥，刘端公还是不肯钱存银行，他恐怕没钱吧？

熊太婆冷笑道：修坟造屋请他，养不出娃请他，治不好病请他，他会没钱？老怪物就会装神弄鬼，不光要钱还占女人便宜，两个儿子一房媳妇，还把儿子都赶出门挣钱。挣了钱埋地下，恐怕他是想死了带去孝敬阎王。

熊太婆在那里漫无边际地絮叨，我灵机一动：不如找个机会吓一吓刘端公，山里人胆小，尤其是面对阴曹地府之类的东西，一向充满恐惧。刘端公应该也不会例外，如果能让他感到把钱藏家里不安全，说不定就会找我存钱。

我酒量一般得很，没多久就头磕在桌上了。再睁开眼时已是黑夜，窗外起了雾，四周阒然无声。我蹬掉鞋子上床，拖过被子盖上，辛苦半天也确实累了，迷迷糊糊就进入梦乡。

山村的夜寂静得可怕，仿佛一切生命都沉睡了，只有风声"呜呜"接近凄厉。昼夜温差将近二十度，单薄的棉被不足以抵御寒冷，我生生被冻醒了，再无睡意。

继续想刘端公的存款。想来想去，最好能给刘端公演一出傩戏。正好我认识一个傩戏班子，不愁道具。可演戏需要一名助手，还必须足够可靠，否则露出马脚会惹上大麻烦。花花能做这样的助手吗？

我点燃煤油灯去茅房。雾已散尽，明亮的月光下，远处山冈的农舍都能看出大致轮廓，近处地面的竹叶、禽畜粪便清晰可见，反而给煤油灯晃得有点模糊。

我把煤油灯搁在屋檐下，走向房子背后靠近猪圈的粪坑。只有一扇篱笆遮拦，隐约听到声音，我扭头张望，月光下竟然有个女子，像是在挖地，一定是花花——我占了她的卧室，她说她跟奶奶挤一张床，谁承想深夜还出来挖地。

解完手的我莫名兴奋，想到今天的一切像是在做梦，却又像冥冥中天注定，可能这就是缘分。

至今我还单身，城里姑娘嫌我其貌不扬，我嫌农村姑娘日晒雨淋皮黑肉糙。没想到今天第一眼看到花花，就给她勾了魂……

可惜她已是名花有主。

我怅然若失，复而想到：如果那男人确实像刘端公说的，遭人家废了……

我干咳几声，尽量咳得响亮。回到屋檐下吹熄了煤油灯，我也抄起一把锄头，走向十几米外的山坡。

花花回头看了看我，道：大哥去歇吧，晚上凉快，白天太阳太大。

我看出这是在开荒，使劲挖了两锄，问道：开来种啥？

花花说：跟刘端公学的，也种川芎，他年轻时靠川芎赚了好多钱。

我父母也种过川芎，可近几年中药材滥市，价钱一跌再跌，根本赚不到钱。再说种中药材是需要技术的，不是想种就能种的。

我不便泼冷水，就尽可能帮花花多挖点。花花也不说话，可能是不知道该说啥好。为了打破这沉默，我心一横，把吓唬刘端公的想法全盘说给花花听，花花还是不说话。这下我也没话说了。

直到月亮变暗了，面对面都人影模糊了，我才问道：为啥不出门打工呢？

花花说：奶奶咋办？总不能丢下她喂狼。再说欠下那么多债，我走了，人家就要问我娘家讨债。我那两万块钱给娘看病，钱花光了病也没看好。爸爸累得皮包骨头，只剩一口气了……

这些话我真不想听，山里人的苦我知道，不想知道得更多。我又去想刘端公的存款，甚至想：从此就住在花花家，挨家挨户动员存款，然后把资金贷出去，肯定比七天赶集才来一趟效果好。

银行工作需要了解客户，赶集才来一趟当然不能充分了解客户。即使有所了解，像刘端公那样的人，也不会拿出钱来存。

可要住在花花家，必须得找个理由。继而想到：上面正在提倡干部下乡，恢复原来"同吃同住同劳动"的光荣传统，信用社职员大小也算是干部，或许就能以这理由常驻花花家。

第二天，我步行三十里回到县信用社。县信用社下辖六个乡信用社，至于另外三个未设信用社的乡，都有人像我这样以筹备的名义充当流动银行。

我跟主任说了我的想法：想扎根降龙坝，而不是赶集才去一趟。

他说：这是最好了，县里要求我们为农民服务，还要求我们下乡驻点，你这样直接住在下面，不仅响应了上面的号召，还不需要跑来跑去这么辛苦。

我也有所担心：下乡驻点肯定能多做业务，可当天的账和款咋办？三十里路不可能每天送款对账。

主任对此早有考虑，他说：咱信用社不比正规银行，真要是样样都按规矩来做，什么事都做不成。你就跟我搞承包，像农村联产承包责任制，我不给你一分钱，全靠你自己吸收存款；贷款风险也是你来承担，坏账你全额赔偿，这叫"包贷包还"。我只看利润，交给我十万利润，我奖励你一万，这一万包括你的工资奖金还有车马费，你看咋样？

我稍微盘算了下：目前我月工资一百多，全年不到两千，如果跟主任搞承包，只要能创造两万利润，就能挣够那点工资。两万利润并不难实现，贷款给人家的利率起码百分之二十，付给存款人的利率不到百分之十，做二十万贷款就能赚回这点利润。

黄昏时分，我回到花花家，像背了一座山来：两只硕大塑料编织袋叠压在背上，累得我汗如雨下。花花急忙卸下我背上的包袱，拿毛巾给我揩脸。

正好刘端公路过，他怪模怪样地眯起眼睛笑。

熊太婆朝他吼：又想看我们笑话？

刘端公嬉皮笑脸道：我看花花，咋越看越不像你孙儿媳妇？

怕他们吵起来，我给刘端公递上香烟，近似威吓般说道：还记得早先的干部蹲点吗？县里安排我来蹲点，就是恢复老传统。

刘端公悚然一抖，手中香烟抖落在地，他缓缓蹲下佝偻的身子，像是双腿突然软了。

我对刘端公的过去有所了解，估计他听到蹲点就会往"是不是又要'割资本主义尾巴'"上想——那时候，只要干部蹲点就意味着要搞运动，包括"割资本主义尾巴"。

那时大山里农田稀少，开荒山开出来的地没有多少地力，种不出粮食，刘端公就种川芎。川芎作为中药材也值钱，他又善于经营，很快就发家致富。

发家致富是"走资本主义道路"，刘端公便遭人家"割"了。之后他又操起了老本行，给人看风水、做道场。看风水、做道场是封建迷信，刘端公又成了"封资修"的残渣余孽……

往事历历在目，现在又听我说要下来蹲点，刘端公觉得自己凶多吉少。尽管他一再否认自己有钱，连房子都是土墙草房，可乡亲们都知道，他两个儿子比他年轻时还能挣钱，十几年前就是专业户、万元户了，不招人眼红才怪。

刘端公眯起眼睛瞅着我。

他在想什么，我大概能猜到：要么就是在想我是不是还会鼓动他存钱，要么就是在想我是不是盯上他了，又要把他打成"一小撮"。

末了，他沉痛地叹息一声，不无讨好地朝我双手抱拳道：童会计你忙，得空了给你汇报，听你指示。

我敞开对襟褂子，模仿着宣传画上的"好干部"，一手拿毛巾擦汗，一手卷捏草帽扇风，威风凛凛道：肯定要找你。

别看咱年纪不大，对农村工作是熟悉得很，知道山民怕天怕地更怕"官"，所以我要向刘端公亮明自己的身份：我是来蹲点的官，不是跟他做生意的买卖人。

总共两间半屋，一间是储藏粮食、杂物兼熊太婆的卧室，另外半间是灶房兼猪圈。我把全部行李都搬进花花的卧室，这卧室还兼着饭厅的功能。

熊太婆摇摇晃晃去后山，打算筢些松针回来做晚饭。花花将我行李塞进床下，道：乡下人不习惯出进锁门，值钱东西都藏起来。

我支应着，仔细聆听四周动静，除了风吹鸟啼没有异常，便又把吓唬刘端公的计划和花花讲了一遍。

这回花花总算点了头松了口。

半夜醒来，我点起煤油灯，去敲隔壁房间的门，压低了声音：时候差不多了，该演戏了。

花花出来，揉着惺忪睡眼问：要是他不怕鬼吓呢？

我没有回答这个问题。我相信到时候一定能吓得刘端公魂飞魄散。山里有句谚语："不修山神庙，鬼神就不到。"鬼神这东西吧，你不在意它，它就远离你，刘端公专门装神弄鬼，特别在意鬼神，想来也是最怕鬼神的。

我单腿跪地，从床下拖出塑料编织袋，取出钓大鱼的特大号粗钩、粗线，又取出两只鸽哨与从傩戏班子借来的牛头、马面两个面具，外加两件黑色长衫。

伪装妥当后，我吹熄了灯，蹑手蹑脚出了门。松涛"呜呜"呼啸，我停下脚步，仰望灿烂星空，觉得夜还不够黑。我伸手一摸，摸到花花的牛头面具在夜风中瑟瑟发抖，问道：害怕吗？

花花使劲摇头说：天这么黑，你路又不熟，要是他不怕鬼吓，反过来跟你拼命，黑灯瞎火的，你跑错路就要被抓住。

她担心我，我也不放心她。晚上吃饭前才给她讲的这出傩戏，她就是个临时凑合的演员，到时怯场就演砸啦。我再次关照她：千万别露出脸，走路摇摇摆摆，像鬼影那样飘飘忽忽，不要给刘端公看出破绽。

花花嫌我啰唆，为了表明她能胜任，她嘴里含着鸽哨，扭摆着身子走在前头。

花花熟门熟路走得飞快，我跌跌撞撞紧随其后。

"汪"的一声狗吠，随即听到黑狗扑向院子大门的声音。双扇木板大门裂开缝隙，我将预备好的粗钩粗线勾上晚饭剩下的红烧肉，一头塞进门缝。红烧肉不带骨头方便吞咽，立时便被里面的黑狗叼住。我稍一松手，感觉到黑狗已将红烧肉囫囵吞下，迅速收紧钓鱼线，递给身边的花花死死拉紧。上钩的黑狗挣不脱鱼钩，发不出声音，中间又隔着门板，就拼命地"哼哼"撞门。我翻上低矮院墙，纵身跳入院子。

里屋的刘端公大声问：咋啦？汪汪，出啥事喽？

他点亮煤油灯，"嘎吱"拉开卧室门，提着煤油灯出来。
骇然看见院子里站着一个黑衣马面人，吓得双腿一软"扑通"跪
下，煤油灯也摔在地上熄了火。

天神地神，这是哪路神啊？

我口含鸽哨，发出类似蒙古汉子"呼麦"那种抖音，故意让
自己的声音变声变调，颤颤悠悠道：幽——冥——地——府——
阎——君——差——遣——牛——头——马——面——勾——魂
——索——命——

刘端公长期给人看风水、做道场，不仅相信鬼神确实存在，
还知道牛头马面是阎王手下的两位鬼卒。现在马面就在眼前，另
外一位还不知道在哪里，这反倒更让他惊恐万分，拿出吃奶的劲
儿将头"咚咚"磕在三合土上哀求：阎王饶命，阎王饶命，牛头
马面两位神差在上，小民不敢有所欺瞒，从来诚心祭祀，三牲果
蔬、香蜡冥钱，节头上都专门去黄桷树下，上供拜祭……

他儿媳被吵醒，捧着煤油灯出来，照见自家黑狗头顶门板，
正在痛苦万状地垂死挣扎，大声问：汪汪，咋啦？着魔啦？

猛然看见院里的黑衣马面人，她吓得像被施了定身法似的，
木愣愣杵在原地一动不动。

我继续用口中鸽哨发出凄厉悠长的呼哨，然后抖着声音变调
唱念：幽冥地府，阎君有令，端公听令，下界苍凉，人间富饶，
派你四万，供奉上缴，不收冥钱，四万现钞，加封符咒，深埋秘
藏，黄桷树下，无常守望，三日为限，过时讨伐，敢有抗拒，报

应即到……

可能是我话中露了馅，通常鬼神只索取冥钱，哪有索取现钞的？刘端公略微抬头，瞟向大门。黑狗汪汪吞下巨大的鱼钩后，被门外鱼线紧紧拽住，已挣扎得气息奄奄。昏暗的煤油灯光下，刘端公看不见黑狗被鱼钩钓住，便以为它确实中了邪。

黑狗本是辟邪之物，能让黑狗中招的，那绝非凡人哪。想到这里，他不敢再有所怀疑，颤抖着撑起身子，慌慌张张回到卧室，很快又跌跌撞撞扑了出来，将一张十元钞票恭恭敬敬举过头顶，也不敢靠近我，怕我这马面一口吞了他。

我无声地"呸"了他一口，随即发出更加尖厉的呼哨，变声喝令道：四万现钞，三日为限，黄桷树下，深埋秘藏——

我假装怒不可遏，转身来到大门口，一手按住已放弃挣扎的黑狗，一手掏出裤兜小刀割断鱼线，飞快地拉开门闩铁链。

门外的花花快速收拢鱼线，也用嘴里的鸽哨发出凄厉呼哨。刺耳呼哨相互呼应，此起彼伏中，花花带上我朝着相反方向的黝黑丛林狂奔。在丛林里绕了几圈，我们各自脱下长衫，包裹上牛头马面面具，悄悄摸索回家。

太阳从土墙窗户透入，照见花花坐在床沿，端着白粥"咝咝"吹凉。见我醒了，她问：今晚还装鬼吓他不？

我摇了摇头。

昨晚回来后的我十分后怕：怕刘端公奋起抵抗撕开我的伪装，又或者遭刘端公的儿媳躲在黑暗中给我来上一记闷棍。而让我感到十分诧异的，则是花花与我的配合如此默契，好像事先演练过一般，一切都恰到好处。更没想到的是花花还颇有心计：她意识到我俩装神弄鬼之后不能马上回家，万一刘端公暗中尾随，事情就败露了。朝着相反方向钻进黑漆漆的林子里绕上几圈，才会不留一丝踪迹。

吃过早饭，我斜挎帆布背包，背上塑料招牌，拎上电警棍，像个走村串户的货郎一样，一路走一路吆喝：踊跃储蓄，积少成多，支援国家建设，来啊来啊，存款自愿取款自由，为储户保密……

来到刘端公的土墙院子前，只见大门口前刚刚烧过一堆纸钱，灰烬迎风四散。门扇上新贴了一幅"张天师在此"的镇宅道符，作为新上任的看家护院门神。我暗笑道：看来这回是把刘端公给吓住了。

我用力敲门，大声喊：刘端公，我来坐一歇，欢迎不？

过了片刻，"哗啦"一声门响，刘端公气喘吁吁开门，头戴儒巾身披黑袍，手持一把竹剑，不知是惊恐未散还是刚刚做完祛邪禳解的道场，脸上汗津津的。

院子墓地般寂静，屋檐下飘荡着几条彩色经幡，大门背后扎了一对口吐长舌头的牛头马面纸人。我明知故问：这是做啥道场？

刘端公丢下手中竹剑，摘去儒冠，解开黑布长袍，露出瘦骨嶙峋的脊梁，抓起蒲扇使劲扇了两把，叹息道：人在做天在看，没啥能瞒天瞒地。

我假装听不懂，拣张板凳坐下，放下塑料招牌、挎包、警棍，悠闲地翘起二郎腿问：啥意思？

刘端公去灶房捧了碗凉水出来：省吃俭用惯了，茶叶都舍不得买，只有清水招待。

我顺着他的话说：这么节俭又是图个啥呢？儿孙自有儿孙福，莫与儿孙做马牛。《增广贤文》这话说得好哦，像我奶奶，点心、水果从没断过，七十多岁还春风满面，那才叫会享福。

刘端公跌坐在板凳上，低头不语，只顾摇扇。

我又问：家里人呢？

刘端公忧心道：儿媳带上孙儿、孙女回娘家啦，害怕。

我问：怕啥？

刘端公不回答，直起腰环顾一圈，似乎担心"头上三尺有神灵"，不敢泄漏天机，更不敢抱怨。

少顷，他突然问我：童会计你说说看，政府当真敢与天斗与地斗吗？

我大气磅礴地猛一挥手：有啥不敢？以前"破四旧"的时候，挖坟毁庙哪样没做过。

刘端公撩起长衫揩了揩眼睛，显得很无助：政府要税，阎王要命，我是越活越糊涂喽，迁就哪边好呀？

我问：谁问你收税啦？

刘端公眯上眼，仿佛洞察了一切似的：你以为我当真老糊涂啦？那天你来，今天又来，苦口婆心绕这么多圈子，不就是要我交出钱、收我的税嘛。

我"扑哧"笑了出来，挪动板凳靠近他说：你真是老糊涂了，我们是银行，只是帮你保管钱，咋说问你收税呢？

刘端公仰了仰脖子，换上了一副饱经沧桑的口气：只要钱给了你，咋整还不都随你们？别说抽税，就是全部没收充公，我也只好两手一摊。

我哈哈大笑，笑得很夸张，笑得刘端公使劲摇扇。

见他恼怒起来，我开导他：当年整地主，是咋整的？听我奶奶讲就是打，一直打到你坦白交代，把藏在地下的金银财宝全都起出来。如果我们确实要整你，还跟你费这许多口舌作甚？

我拿出空白存单，指点给他看：喏，存折在你手里，这就是凭据，你看清楚了，以后凭存折向银行取钱。要是我把你的钱交税了，或者没收充公了，你可以凭存折告银行。如今都是法院说了算，银行也不能违法。

刘端公接过空白存单。他能画道符，可字识不了几个，不过还是看得很认真，一边看一边翻着眼珠瞅我，可能是在确认我的话几分真几分假。

他突然露出一脸狡黠的笑容：要是阎王问我要钱，我说钱存银行了，请阎王找你们银行要，你们给还是不给？

我估计没接这茬：哪有什么阎王，政府不信这个。

刘端公有些急了：你说没有就没有哩？这要是有咋办？找上门咋办？

我斩钉截铁地回答：你的钱，只能你自己来拿，其他人谁来都不行，哪怕是天王老子，也别想拿走一分。

刘端公轻轻地吁口气，似乎终于想到了万全之策。他不无促狭地笑道：到时候你们咋交涉，那是你们的事情，别攀扯上我啊，我是哪个都惹不起……

我从刘端公家出来，满脸喜色，脚下步伐却依旧不紧不慢，不想让刘端公看出我的失态。

回到花花家，关上门，我兴奋得忘乎所以。没想到刘端公如此有钱，竟然在家藏了九万多块。钱都藏在一个密封的陶罐里，埋在自家床底下的夯土里。有的钱已相互粘连，我费了好大劲才整理成捆，然后在捆钞封签上盖上私章，当场给他开出了存单。

刘端公以他两个儿子的名义分别存了两万，以他儿媳妇的名义存了一万零三百，余下四万用"阎君"这个化名存了八年定期。

我问他：为啥要用阎君的名义存？

他不解释，只是拖我去堂屋神龛前，要我诅咒发誓：如果他实在害怕，不得不把存折交给牛头马面，政府要替他撑腰。他怕阎王要不到钱，就派牛头马面来要他的命。

我向他保证：别说牛头马面了，就是阎王爷御驾亲征，我们也不怕。谁的钱进谁的账，就由谁支取，这是法律规定。法律管天管地，阳世都能管，还管不了他们小鬼阎王。

为了让刘端公彻底放心，我在存单上盖讫"收妥入账"章，再盖上我的私章和"降龙坝信用社（筹）"公章。刘端公双手捧着盖上鲜红公章的存单，他对公章充满敬畏，像是获得消灾避难的护身符，终于眉开眼笑，一定要额外酬谢我一元钱。

我拿出十元钱递给花花，说是酬谢花花，没有她帮我装神弄鬼，事情不会如此顺利。

花花接过钱藏在鞋底，却不道谢。她坐上床沿扭头望着土墙上的狭窄窗户，神情忧郁，似乎很悲伤。

可能没想到我才酬谢她十元钱吧。

我催促她赶紧做午饭，吃过午饭我要把钱带回信用社，这么多钱留在身边不安全。花花霍然起身，低下头急速跑去灶房。

昨晚几乎一夜未眠，我有些疲乏，将装钱的挎包压在枕头底下，眯上眼打瞌睡，很快就进入梦乡。

隐约听到詈骂声，随即有人哭泣。我睁开眼，看见熊太婆怒容满面责骂花花：伺候人也是生意，不给钱谁伺候？

瞧见我醒了，熊太婆"哼"了一声端上碗出门，撂下狠话：不然就滚。

我急忙问：咋啦？

花花抽泣着抹干眼泪，摆出酒碗说：她只认钱，把我藏在脚板下的十块钱都收了，还嫌少。

我皱起眉头解释：我每月才一百多块工资，这几天光是买肉打酒就花二十多了。

花花抬眼望着我枕头底下的挎包，难以置信地问道：那钱不是你的？

我下床上桌，"哧溜"喝了口酒，道：这是人家的存款，咋是我的。

花花问：费这么大心思，不是你的钱拿来做啥？

我不希望花花像熊太婆那样认钱不认人，极不耐烦地向她解释：拿这钱贷给人家，我只赚利息。

花花问：利息就是你的了？

我忍俊不禁，"扑哧"喷出一口酒，只觉得花花傻得可爱。我一把将酒碗塞到她面前，笑道：还是灌醉你吧，反正你一样都不懂，留下清醒做啥。

花花"咕咚"喝了一大口，面不改色，很有些酒量的模样。她倒满了两碗酒，道：我们拼，先醉出酒钱。

我迟疑了片刻：酒钱我出，但不要拼酒，我还要送钱回去。

花花不肯，非要拼酒。我扭身拿过挎包挂在自己脖子上，唯恐给人拿走。花花乜了我一眼，神情冰冷，似乎被激怒了，以为我在防备她偷钱。

她低下头，不声不响地推开酒，缓缓端起饭碗，眼泪簌簌掉下。

我一把夺下她饭碗：这是咋啦？

她咽了口泪水：不连累你，连行李也带走吧。

我实在不知道到底哪里出了问题：你这是咋啦？你到底要干啥？

花花横过手臂抹泪，一副哀怜无助的样子：奶奶只是要口寿材，一直想帮奶奶挣够寿材本儿，她是说走就走的人……

我恍然大悟，以为自己终于明白了：花花在我面前曲意逢迎，无非拿我当摇钱树，想从我身上多挣几个钱。不然单靠卖野蘑菇、开荒种川芎，是永远挣不够棺材本儿的。可一口棺材起码两三千，就算我每月贴补花花二三十块，也要十年八年啊。

花花看我愁容满面，红着脸道：不如问你借，你不是说，好贷款给奶奶买寿材吗？

我问：拿啥还呢？

花花低声道：把我典给你，给你当差，等我男人带钱回来赎。奶奶说以前山里人都这样，还不出钱就赎不出人。

这倒是个不错的主意。我确实需要一个跟班助手，以后就雇花花，还不出贷款就拿她工钱抵扣。我取下挎包说：趁酒没多喝，马上办贷款手续。

摊开贷款合同，我向她逐一解释：刘端公的存款要九厘息，我一分五贷给你，算是极便宜的了。

花花听不懂，也不识字，要她按手印，她倒是毫不含糊。我一五一十点给她三千现金，她恍恍惚惚像是在做梦。

不过很快她就反应过来，十分坚决地央求我：先别给奶奶讲，等买回寿材再告诉她，不然怕她不肯借钱。

我看时间不早了，匆忙吃过饭，背上挎包拎起电警棍就急速出门。

等到我再次回来，熊太婆说花花没影子了。我急忙赶去花花娘家，娘家人也不知她的去向。我怀疑她拿到三千贷款后，进城找她男人去了。

问责

胥孝华是我多年的朋友，他给我讲了他和成局的故事。

一座竹林掩映的土墙瓦房很不起眼，让人很难将它与千里之外的两江农本大案联系上。

那里的空气阴冷潮湿，冷得渗进骨头，衣服棉被像没晒干过，又没北方的供暖，没城里的空调，压上八斤重棉被也感不到暖和。我天亮就起来了，母亲在堂屋升出火炉，我靠近火炉坐下，打开唯一的十四英寸电视，画面颤抖模糊，只有《新闻联播》的图像是清晰的。

好在我只看《新闻联播》。母亲目不识丁，从不看电视，在一边嘀嘀咕咕：难得回来一趟，天天守着电视机，中吴看不到电视啊？

我不回答，不知怎么回答。说我不敢回中吴，老太太可能会被吓死；说我过几天就回去，可中吴那边一再要我别回去，回去就可能遭抓。

我目不转睛地盯着《新闻联播》，游动字幕滚动播出："九部委组成的专项检查组进驻中吴市，对农本集团进行全面检查……"可我得到的消息是：不是检查组，而是专案组，已把农本集团老板张初旸控制……甚至传说农行的xxx、建行的xxx和xxx、中行的xxx和xxx都已被控制。更惊人的是，中吴那边发在我手机上的小道消息还透露：中央相关领导听取了农本事件的汇报后，省委书记、省长同时赶到中吴……

我躲在四川陵阳县的龙正石鹅沟，无法核实手机上传播的消息的真伪。之前仅仅听说，各方面都感到压力巨大，关心我的领导和亲近的朋友都劝我三十六计走为上，远离是非之地。正好我公休假未休，就趁机躲回老家。

作为第一商业银行阳湖支行的行长，我却又满腹委屈，我确实同意向农本集团授信，但没有任何违规，我干吗躲藏？

这样的委屈向谁诉说？这时的第一商业银行中吴分行不归两江省分行管辖，是总行的直属行，行长临时缺额，新行长还没到任。我担任行长的阳湖支行，名义上归中吴市分行领导，但人事独立、财务独立、业务独立，连贷款审批都是备案制，单笔五千万以内的贷款自行决定，超过额度也仅仅是向中吴市分行备案。他们不可能替我分担责任，甚至懒得听我诉说委屈。

阳湖已由县级市改为市辖区，没有单设银监机构，阳湖的银行行长由中吴市银监分局直接管理。

我思来想去，犹豫了好久，还是鼓起勇气拨打了中吴市银监分局局长成局的手机，打算给他倾诉。

之所以犹豫好久，是因为农本事件爆发后，关于成局的负面议论也多起来。甚至手机里传言，专案组给成局表态，可能会向中国银监会推荐他出任两江省银监分局的副局长，但前提是，他必须配合好专案组严厉查处农本贷款的相关责任人。

虽说是小道消息，倒也符合逻辑，没有中吴市银监分局的积极配合，专案组人生地不熟，很难全面深入，毕竟银行贷款专业性很强，是否违规需要专业认定。成局才四十九岁，正是年富力强的时候，组建中吴银监分局就出任局长，无论从哪方面看这次都是他的绝好机会。我们阳湖区的几位行长，私下里都心惊胆战地相互提醒：宁肯信其有，不可信其无。

平时我跟成局无话不谈，这时反而不敢亲近，怕成局使出手段，把我们"引蛇出洞"然后"聚而歼之"。

吃过早饭，我还是拨通了成局的手机。不知他手机遭监控了，还是我的手机已被监控，或者他懒得听我啰唆，不容我多说就非常坚决地回答了两个字：回来。

我踽踽走出家门，在门口的水泥晒场来回踱步。四川的春天难得见到太阳，早晨八九点钟还阴霾沉沉，迎面的山沟罡风劲吹，松涛呜呜作响，如泣如诉，吹得我缩头缩脑裹进羽绒服。但感不到寒冷，我好像麻木了，仿佛整个人都失去了知觉，只有脑子里像放电影似的，反复出现公安抓捕罪犯的画面，其中的罪犯仿佛就有我：我几乎感受得到冰冷的手铐，却又像被关押在看守所，阳光从铁窗透进一缕，除此之外看不见任何外面的世界……我浑身一激灵，使劲跺脚，搓一搓手，哈几口热气，忧郁地望着山坡下的乡村公路，再次面临艰难的抉择：要不要回去？

从成局坚决的口气，我听得出他不是诓我回去。可是，回去不只是面对成局，还要面对专案组。面对成局我可以申辩，可以诉说委屈，甚至可以赌气撂挑子不干了……

怎么面对专案组？手机里传播：一位副厅级领导，平时习惯叼根香烟，被专案组传讯时也叼根香烟，遭到声色俱厉的呵斥，吓得他香烟、口水都从嘴里掉下……但也有人不怕，一位正处级领导，跟专案组拍桌子吼：错在哪里？张初旸就一个私人企业老板，没一分钱国有资本投入，不争国家资源，不偷不抢不盗，办个钢厂为什么非得你们同意？如果环保不达标，可以按《环保法》查处；占用的土地不合法，可以按《土地法》查处；偷税漏税，可以按《税法》查处……凭什么案件还没深入调查，媒体就铺天盖地报道"农本大案"，什么意思嘛……

以我对体制的了解，这样的传播是瞎编段子。体制内的人不可能跟专案组拍桌子，不是没胆量，而是纪律约束。假如真有人这样拍桌子，仅凭这点就是对抗组织调查，就足以进一步调查。

谁经得起进一步调查？我反复回想给农本集团授信的每一个环节，虽然都是按制度操作，却不敢理直气壮，仍然心头忐忑，仍然惴惴不安。主要是担心我手下的信贷员、信贷科长、二级支行行长，一定经得起调查吗？只要他们中的任何人出纰漏，就可能追究我的领导责任。而领导责任，说是多大责任就是多大责任。

除非成局帮我，帮我在专案组面前说好话，而不是见死不救甚至落井下石。只要他落井下石，以他丰富的专业经验，以他对中吴经济社会的了如指掌，任何一笔贷款，他都能找出存在的不足，都能找到应当承担的责任，都能查处相关责任人。何况还是对农本集团的贷款，农本集团的贷款已被专案组认定涉嫌严重违规。

做出严重违规的结论，并非如媒体所说："几个新华社记者在两江省搞调研，调研题目是非法占地。无意中听说中吴市有个企业在江边建钢厂，记者们直觉上认为，建钢厂肯定需要大量土地，或许就有非法占地的问题。他们致电国土资源部，得到的回复是不清楚这个项目。记者寻找到钢厂所在地，一篇题为《三千亩土地未征先用，环保评审未批先行》的内参就递到了高层。"

其实，究竟什么背景下做出的结论至今也不清楚。正面解释是：国家早已三令五申，坚决压缩低水平重复建设项目，坚决淘汰落后产能，坚决维护国家宏观调控政策，坚决执行项目审批制，然而张初旸一个私人企业老板，竟然擅自搞出年产一千万吨钢的农本集团。

一千万吨钢什么概念？当时宝钢的年产能力才一千六百万吨，武钢年产八百万吨，鞍钢也不过一千万吨。如果给张初旸搞成功，农本集团就会与鞍钢并称中国第二大钢铁集团。

他一个初中都没念过的农民，靠收购破铜烂铁起家，虽说也挣了点钱，但凭他搞出中国第二大钢铁集团，超过武钢赶上鞍钢直逼宝钢，是个人都会觉得他痴人说梦。

但中吴市阳湖区的银行，却鬼迷了心窍似的，争先恐后抢着给他贷款，已贷给他五十亿。地方政府也一路开绿灯，项目没有通过国家发改委审批，就占地一万亩轰轰烈烈地搞了起来，是不是都疯了？

这时的专案组正在火头上，正要拿胆大妄为的行长问罪，成局敢去求情吗？说不定早已跟专案组密切配合，正在协助专案组锁定银行贷款违规的证据。

中吴现象

1988 年我从四川调来中吴，业余爱好：寻古探幽，随着对中吴了解得越来越深入，我心中的疑团也越来越多。

像方言，通常是由于地理阻隔和民族传承形成。中吴一马平川，又是汉族聚集区，既无地理阻隔又无民族差异，怎么会不同的县、不同的乡镇甚至不同的村庄，都有语言差异？还不是"十里不同音百里不同俗"那种声调和习惯用语上的差异，有的词汇相互都听不懂。

像"㼚水带绷筛"。"㼚水"是吴语中的"撒尿"，"绷筛"是筛眼极细的筛子，意思是：连撒出的尿都要用绷筛筛一筛，唯恐尿里的"油水"漏出肥了外人田。

这是相当经典的一句俚语，把江南人的精细表现得淋漓尽致。可这句俚语有的乡村小孩都懂，有的乡村老人却都听不懂。

为什么呢？我请教中吴文史专家邵志强。他说：古太湖比现在大出许多，无锡大部分淹在水下，太湖北岸只有两个大的城池：中吴和苏州。中原豪强南迁，渡过长江首先抢占中吴，再往苏州、杭州迁徙。所以明朝建都南京后，中吴类似今天的首都门户天津，朱元璋派出他最信任的大将汤和镇守。

正因为地理位置特殊，又是富庶千年的膏腴之地，中原豪强迁入中吴后大肆圈地，形成一个又一个很大的庄园。中吴至今很多地名，像薛家、潘家、汤庄、崔桥、白家桥……就是当年的遗留。

那时一个庄园方圆几里甚至十几里，如同《红楼梦》的荣国府、宁国府，聚族而居构成自己独立的生活空间，语言习惯、文化特色自成一体，相对封闭，千百年传承下来就导致了方言差异。

不仅方言存在差异，中国长期处于自给自足的社会，这样的大庄园也是生产单位。他们与高度分散的自耕农不同，自耕农只是耕种自己的"一亩三分地"。而这种大庄园，已形成内部分工，除了耕种、饲养，还有手工作坊、集市贸易。明朝就已出现专门做工的工厂"机户"和专门做工的工人"机工"。中吴与内地很多地方不同，内地很多地方上查三代都是农民，中吴上查三代不少人做工。

整个中吴市不到五百万人，注册企业多达六万家，剔除丧失劳力的老人和未成年的孩子，平均三四十人就有一家企业。并且以制造业为主，有的家庭有几台织机就办成一个织布厂，有的家庭有两台注塑机就办成配件厂……当然也有几千甚至上万人的大型企业。

盘点中吴的产业发展历程，中吴搞中华多宝珍珠口服液时，还没有娃哈哈、健力宝，当时好多人还不知道保健饮料；搞国光计算机时，还没有清华同方、宏图高科，当时好多人还没见过电脑；搞洗衣机、电视机、冰箱、彩电、照相机、自行车、摩托车、汽车、火车、飞机、灯芯绒、牛仔布、高档西装……直至如今的手机、光伏、石墨烯、锂电池、碳纤维、智能机器人……凡是能想到的，中吴人好像都搞过。

中吴的工厂太多，不胜枚举，如果把中吴比喻为汪洋大海，那么水底下几乎是工厂的世界。

20世纪90年代担任中吴市阳湖区委书记的宋诚宇，给企业家颁奖时的奖品是一双鞋子。企业家们给宋书记说，全球采购兴起后，全球如同一部大机器，企业要生存就必须融入国际分工，争取成为其中的一部分，哪怕是一颗螺丝钉。为了找到属于自己的那颗螺丝钉，企业家们走遍千山万水历尽千辛万苦，不知走烂多少双鞋子。阳湖棉织厂厂长龚文龙说，当他双手接过宋书记奖励的鞋子时，当场就哭了。

这种精神被表述为："千变万化时代，千真万确无奈。千呼万唤买卖，千军万马下海。生意千差万别，商贾千姿百态。道路千回百转，市场千奇百怪。历经千辛万苦，叩开千门万户。走遍千山万水，说尽千言万语。心有千丝万缕，化作千头万绪。想过千方百计，仍旧千疮百孔。排除千难万险，终于万紫千红。千锤百炼锻造，千秋万代传颂。"

宋诚宇书记将这种"千百万"精神总结为"中吴现象"，也就是独具中吴特色的工匠精神：做专一、做精密、做高档、做到极致，哪怕小产品也做出大市场。直到如今，即使房地产是暴利行业，中吴的制造业老板们也不为所动，依然坚守在制造业，以至于中吴的房价始终炒不高。

由此而来的另一面，就是鲜有享誉国内外的终端产品，加之没有轰轰烈烈的房地产热炒，中吴的知名度越来越低，接近悄无声息。

20世纪80年代中央号召"全国中小城市学中吴"。那时的中吴没有待业人员，退休后都能二次就业或再创业；那时中吴率先告别"筒子楼"，如今遍地开花的封闭式住宅小区，中吴三十年前就已大规模建造；那时中央十五个部委投资中吴，包括商业部投资建设购物中心、文化部投资建设亚细亚影城、铁道部投资火车站改造、民航总局投资扩建飞机场、石油部投资中油大厦、地矿部投资恐龙园、外经贸部投资第一商业银行中吴第一办事处、国家计委投资华能江南办事处……

进入 90 年代，随着纺织、服装、轻工、电子、机械等行业的转型升级，加上国营企业改制全面启动，中吴制造的金狮自行车、玉河摩托车、幸福牌彩电、红梅照相机、福莱西宝城市客车、东风火车头、蓝翔直升飞机、潇翔高档西服、星科系列电子产品……几乎塌陷式消失，原来的经济板块急速漂移，不知把中吴漂移到哪里去了，媒体不断追问：中吴呢？中吴怎么啦？

商业承兑

走出飞机场，司机接上我直接驶向中国银行业监督管理委员会中吴监管分局。

一路上司机不停地讲：乱套了，乱得不成样子了，都打起来了……我默不作声，陷入了深深的懊悔中。

1997 年亚洲爆发金融危机，究其原因，归结为亚洲人不懂金融。

1998 年起，第一商业银行革故鼎新，进行脱胎换骨的自我改造：一方面消化吸收世界银行的信贷流程，把长期沿用的计划经济时代操作流程全部替换；另一方面学习欧美银行的经营方式、营销理念、风险控制措施、员工激励手段，委托英国新闻集团环球教育公司为第一商业银行专门编制一套原汁原味的《客户经理培训教材》。

环球教育公司提出，为了增强教材的针对性、实用性，最好与第一商业银行合作编写，第一商业银行就在全国挑选了十二位自己的专家与对方合作。

我有幸被选中。其实我更像第一批学员，对方专家每写一个章节，会先给我们十二个人学习，直到我们完全领会没有疑窦了，他们再进入下一章节的编写。如此整整持续四年，我们十二个人对西方银行进行了系统的原汁原味的吸收。

结束后我被借调到总行公司部，作为公司业务首席专家派驻数据大集中项目需求组，参与第一商业银行的流程再造，也就是"重建第一商业银行"。

那一年我三十七岁，在全国的公司处长中都算得上年轻。也许正因为如此，时间不长就有人向总行领导反映我只有中专学历。中专生作为第一商业银行的公司业务首席专家，好多方面都令人难以接受，无可奈何，我回到中吴，出任阳湖支行行长。

早先的第一商业银行是"小银行联合体"，每个城市的分支行都是独立法人。像中吴就有两个第一商业银行：一个是中吴市政府控股的第一商业银行中吴分行，另一个叫第一商业银行中吴分行第一办事处，是外经贸部下属的中国五矿的全资子公司，两家都是独立法人。

1994 年推动一级法人体制，取消所有分支行的法人资格，但遇到很大阻力。后来即便取消了分支行的法人资格，独立性依然很强，像阳湖支行，名义上归中吴分行领导，实际上也归阳湖市（区）领导。

这样的条线和块块双重管理，导致目标取向不同：中吴分行不希望阳湖支行独立性太强，要求我集中精力抓内部整顿，坚决压缩人员、压缩经费、稀释矛盾；而阳湖区委、区政府，则希望维持阳湖支行的独立性，要求我通过发展消化富余人员，通过发展改善员工待遇，通过发展化解内部矛盾。

最终我说服了中吴分行的领导，维持阳湖支行的现状，接受阳湖区委、区政府的建议，加速推动业务发展，而不是集中精力抓内部整顿。为此我主持起草了《第一商业银行阳湖支行三年改革发展规划》，获得中吴分行通过，并正式行文批复。

行文抄报阳湖人民银行、阳湖区政府、中吴市银监分局后，相关方面领导接连找我，主要问一个问题：为什么把商业承兑汇票贴现作为阳湖支行改革发展的抓手？尤其中吴银监分局的成局，问得特别详细。

我给成局汇报说：在跟环球教育公司编写教材的四年里，我学到一点，银行的利润不是收入减支出，而是收入减支出再减预期风险损失。

比如贷款，不能像以前只是形而上学判断有没有风险，凡是贷款就一定有风险，关键是把风险计算出来，究竟有多少预期损失。假如贷款利率5%，资金成本3%，预期风险损失超过2%，就要亏损了。

预期风险损失怎么计算？我在总行大集中项目需求组工作时，有机会跟一些银行的相关人员接触，他们告诉我：核心是损失概率。而损失概率，各家银行都作为核心参数掌握在决策者手中，不可能获取。

当时的国内银行，对于这些还没有清晰的概念，甚至没听说过，包括损失概率，国内银行连参数都没积累，不可能计算出预期风险损失。于是国内银行普遍采取最简单的贷款方式：全额抵押，将风险降到最低。可是如果抵押，哪家银行都能贷款，为什么非要找你？有的银行就退而求其次，要求借款人提供有效担保，将风险转移给担保人。可是无缘无故，谁会给人家担保？

只有一种情况，就是供应商已将货物交验对方，但是对方不能马上付钱，只是给张欠条。如果这张欠条是商业承兑汇票，就相当于获得担保，就可以据此向银行申请贴现，贴现也是贷款。

中吴市6万多家企业，看上去分散在千家万户，实际上紧密联系。像柴油机，并非柴油机厂一家企业生产，而是多家企业协同，有的生产连杆、有的生产机体、有的生产轴承、有的生产油管……最终由柴油机厂完成组装。协作配套过程中，上下游企业之间随着产品买卖，也存在相互拖欠资金的现象，如能凭欠条（商业承兑汇票）到银行贴现，就能解开他们的三角债，肯定会受到企业欢迎。

成局听了我的详细汇报，没有明确表态，不过马上就安排调查统计处王锁平处长，帮助我进一步论证推动商业承兑汇票贴现的可行性。

王锁平跟我熟悉得不能再熟悉，十多年来，我俩在工作上一直密切接触。他懒得听我多说，只要我表态：他同意的话会不会让成局为难？

我信誓旦旦：成局在人行当计划信贷处处长时，我是中国五矿全额投资的第一商业银行第一办事处信贷科长，成局就是我师傅；后来他升任人行副行长，分管计划信贷，我担任第一商业银行中吴分行计划处长，他是我领导，怎么可能让他为难。

锁平说：那就先试点，不要等我们银监分局的批复，试点成功了再来总结。

如今已试点大半年，算不算成功？

汽车驶入市中心，我的心再次悬吊起来：成局召我去，会不会就是要我汇报试点效果？

阳湖分管财税金融的张副区长，三个月前拍着我肩膀讲，好多企业向他反映，现在的阳湖第一商业银行不一样了，有想法，有办法，尤其是商业承兑汇票贴现，以前只是听说上海在搞。

可是，阳湖区兄弟银行的那些亲爱的同志们，说我扰乱金融秩序，说我搞不正当竞争。

这时期只有银行承兑汇票贴现，商业承兑汇票贴现属于创新业务，必须得到银监分局的批准。

我没有获得正式批复，就可以认定我是擅自开展；不仅擅自开展，我还准备一下子就搞到五十亿。

当时阳湖区全部银行贷款才一百八十亿，每年新增不过十来亿，如果阳湖第一商业银行一家就新增五十亿贴现贷款，就如同大水漫灌，必定导致阳湖地区的资金流动性过剩。资金不是无限需求，就像土地不可能无限吸收雨水，企业就要提前归还其他银行的贷款，其他银行怎么过日子？

不用成局告诉我，我也能想象到成局承受着多大的压力。之前面对这样的压力，他已让王锁平处长反复解释，只是允许第一商业银行试点，试点成功后再正式批复，到时各家银行都可以全面开展。

现在不是阳湖区的各家银行需要解释，而是传说专案组需要一个解释，如不能得到合情合理的解释，专案组就可能认定这是违规经营，是扰乱金融秩序，甚至会追究监管部门的渎职责任，连成局都可能被问责，而不是传说中的将要擢升。

我深深地后悔，不该搞这个创新，不该充当这个改革试验者。可后悔无济于事，关键是怎么面对。

不仅是面对成局，还要面对企业。我躲在四川的日子里，支行分管信贷的副行长薛尚定通过手机传话给我，好像成局的意思是立即停止商业承兑汇票贴现。我正好顺水推舟，果断地回复薛尚定：马上马上，坚决停止……

犹如冷水泼进油锅，马上就炸开了。发出这样的指令后，阳湖第一商业银行管辖的七个二级支行行长和信贷一、二、三科的几个科长，把我的手机打得滚烫，他们都一个腔调：没法执行。当初承诺了人家，保证贴现人家的商业承兑汇票，人家才把其他银行的贷款提前归还。突然不再贴现，商业承兑汇票就会变成一张废纸，企业怎么办？再去其他银行贷款，不是三天两天就能贷到款的。

他们希望我，哪怕给一个月的过渡期，也不会立刻绷断企业的资金链。突然釜底抽薪中断贴现，多少企业要遭逼死啊。

我垂头丧气地回答：再不中断，企业可能会缓过气来，可我就要断气了。

这会儿司机还在我耳边绘声绘色地描述：乱了套了……阳湖磷肥厂煽动工人，坐了满满两卡车，打算去区政府请愿，抗议阳湖第一商业银行不贴现他们的商业承兑汇票，导致工厂发不出工资，工厂被迫关门。

我在四川时，区政府的一位领导就打我手机说：两卡车工人，你给我弄走，还是我给你弄到银行去？

阳湖人民银行的领导也警告我：专案组刚刚进驻，就这样闹事，千万别让专案组误以为这是预谋。如果误以为这是为了阻挠对农本集团的调查而蓄意制造的事端，如果农本集团的几千工人再跟上来起哄，胥孝华，你就麻烦大啦。

中吴分行领导更是明确责令我：必须坚决平息，不能矛盾上交。

怎么平息？如果继续贴现他们的商业承兑汇票，一旦专案组认定商业承兑汇票贴现是违规操作，我就属于顶风，属于知错不改公然对抗。而要通过增加常规贷款，把商业承兑汇票贴现置换成常规贷款，哪来这么大贷款规模？

我走投无路，好像落进了自己给自己挖的陷阱，四面都是光溜溜的悬崖绝壁，靠自己根本爬不出去。除非上面的人拉我一把，可谁肯拉我一把？

高炉之谜

中吴金融大楼至少建成三十年了，仅从外观就能看出陈旧破败，与周围的现代化建筑相比犹如一块城市疤痕。

没有停车场，我从南来北往川流不息的疾驶车辆中差不多仓皇地越过马路，钻进大楼的电梯口，面前的电梯像极了工厂货梯，发出"轰隆隆"的声响。墙面贴满专治性病、打胎不疼之类牛皮癣广告，撕了又贴贴了又撕，大楼的物业管理者好像终于认输了，懒得再撕了。指示牌标明整幢大楼有五个单位入住，中国银行业监督管理委员会中吴监管分局只是租用了其中两层。

每回来此，我都油然而生一种难以言说的情感，不知是充满敬意还是感到陌生，通常银行大楼都美轮美奂，可掌管中吴所有银行的银监分局，竟然冷落在近似贫民窟的旧楼里。我不止一次听到银监分局的朋友抱怨：都怪成局，随便去哪家银行借两层楼，也不会这么寒酸。

可成局坚决不同意，不知他图什么，可能他只想自己高升。

我进入成局的办公室时，他正在抽烟。他皮肤干燥，似乎好久没休息了，又像极度营养不良。感觉他脸上皮肤很薄，薄得接近透明，但不是白皙，更像烘干的蚕茧，隐约可见皮下斑纹，让人油然想到蚕丝，想到李商隐的"春蚕到死丝方尽"，感觉他在被人抽丝剥茧。

2000 年，他担任人民银行副行长时，在办公室吐过血，吐出的血装了将近半痰盂。最终没查出病因，他半个月后就出院上班了。

他扔给我一根香烟，笑容满面地问：怎么想通了，还是回来了？我说：再不回来，可能闹得天翻地覆。我通知薛尚定，停止商业承兑汇票贴现，下面那些二级支行行长和三个信贷科的科长，跟企业串通一气，一起给我发难。

成局用指头"橐橐"敲敲桌面。他从不在我面前疾言厉色，即使生气也面带微笑语调平和，仅仅通过一些细微动作，比如敲敲桌面，或者挥动手臂，表达内心的真实。他微微皱紧眉头说：你们搞创新业务，我大局掌控、细节松动。细节就像关节，不松动就僵硬，僵硬了怎么创新？可我给你们松动，你们不能自己脱臼呀，像这商业承兑汇票，怎么能突然停止贴现？

我张口结舌，支行分管信贷的副行长薛尚定给我传话，说就是你成局要求停止贴现呀，难道是薛尚定假传圣旨？

不过转念又想，如果现在我就向成局求证，证实薛尚定确实假传圣旨，就暴露了支行的班子成员跟我离心离德，我已失去掌控班子的能力。薛尚定是我最信任的助手，我躲在四川期间全靠他维持支行的局面。况且推动商业承兑汇票贴现，他是最积极的参与者，包括签订"商业承兑汇票保证贴现额度"，都是他代表第一商业银行与企业接洽沟通，他最不希望终止贴现，终止贴现他将里外不是人。

我暗暗想：应该是成局假装糊涂。一方面通过他的管道放风给薛尚定，立即停止贴现。假如专案组认定商业承兑汇票贴现违规，他已尽到监管职责，已责令整改；另一方面，因为突然停止，企业不能获得资金，一旦哄闹起来，他又可以推诿说，已经批评胥孝华了，明确警告过胥孝华不能立即停止。

我默不作声，留心观察成局的表情。

成局起身给我沏茶，我发现他的手指在微微颤抖。油然想到在四川时，我去华西医院找专家咨询：我的乙肝表面抗原阳性，始终不能转阴，有没有办法治疗？

专家让我平直伸出双手，在我手背覆盖一张白纸，观察了差不多一分钟说：手指不见颤抖，问题不大。

成局的手指在颤抖，难道……我不敢妄加猜测，只好另起话题，试探着问：这趟专案组来，恐怕难过这个关了？

成局移位到我身边坐下，继续点上烟，像兄长一样温和地说：首先要正确面对。工作中确实有过失，不要回避，主动承担责任。另一方面，绝不能听信那些街谈巷议，必须相信专案组，那是政策水平、法律水平、专业水平最高的。街谈巷议的那些人，谁见过专案组？别说他们，我至今也没机会跟专案组接触，人家究竟什么目的，下一步怎么打算，估计市委、市政府的领导都不一定十分清楚。不要听信那些风言风语，该干什么干什么，该怎么干还得怎么干。只是呢，把稳健放在第一。

我一动不动地望着他，可能我已目瞪口呆：怎么可能，连成局都没机会接触专案组？那些关于成局提拔的传闻，关于成局配合专案组抓人的传闻，关于……难道都是谣言？

我像回放电影似的飞快地回放一遍近期的经历。我的大部分消息来自阳湖区几家兄弟银行的行长，他们通过手机发给我所谓"可靠消息"，包括专案组怎么了又怎么了，必须注意什么还有什么，谨防这样或者那样……我在阳湖连头带尾才工作两年，他们都是地头蛇，我以为他们树大根深渠道畅通深知内幕，以为他们的消息来源可靠可信。

我喉咙有些哽咽，内心涌动起恍然大悟后饱受委屈的酸楚。这么多日日夜夜，我依据那些既是竞争对手又是同病相怜兄弟发送的所谓"可靠消息"，躲在四川的石鹅沟六神无主。像半夜三更过坟山，不知吓出多少冷汗，不知做了多少噩梦，不知设想了多少种可怕的结局……到头来竟然都是捕风捉影，以讹传讹，竟然把我都给误导了。

成局转身拿过桌上的便笺，拈支圆珠笔在手，像是根本没把农本事件当回事，他轻描淡写地说：正好这会儿有空，你来给我讲讲，农本集团究竟怎么回事？张初旸究竟是个什么样的人？外面闹得风声鹤唳，我派王锁平去调查，听来听去也没听出个所以然。正好听听你说，不要做定性判断，只说你接触到的事实，万一专案组听取我的意见，也好汇报得全面些、客观些。

我大受鼓舞，这些日子里我一直希望有人听我说，而不是只听人家说，尤其不该听媒体说。专案组还没到达，媒体就铺天盖地报道"农本大案"，还没开展调查，怎么就断定是大案，怎么就认定银行被张初旸骗去五十亿？

我们阳湖的这些行长，虽说只是支行行长，但也不是轻易就能被骗的。如果农本确实一无是处，仅仅凭巧舌如簧的张初旸，就能骗到五十亿贷款，那也太小看我们了。即便能骗一个两个行长，我们这么多行长都能骗过吗？跟银行打过交道的都知道，任何一个企业，能同时把几大行的行长都蒙骗的，好像还没有先例。

我"咕咚咕咚"一口气喝干满杯水，仰面斜靠在沙发扶手上，有种心力交瘁的感觉。我感到极度疲乏，但又急不可耐，有千言万语需要倾诉，迫切需要给成局从头到尾详细汇报：

2002年12月，我出任阳湖支行行长。中吴市金属回收公司董事长姚津德给我说，他们公司原来一年只有几亿销售，现在能做几十亿。我刚到银行工作，就是做分管物资系统的信贷员，对他们的业务和人员非常了解，怎么可能突然暴富？姚津德说：主要是靠上一个大老板，叫张初旸。

新官上任，我也想一飞冲天创造惊人的业绩，也需要结识大老板，于是姚董事长就安排他的手下带我去拜访。

从中吴坐车一小时左右，便来到了阳湖区张村，距离工厂老远就感受到浓烟刺鼻。走近才发现，空气中充斥着可吸入颗粒物，几乎不见绿化，焦炭、铁矿砂、钢材堆积如山，卡车轰鸣南来北往十分繁忙。工厂占地面积至少两三百亩，但井然有序，这里看不见闲杂人员，看不见杂乱堆放。

工厂矗立着一幢醒目的办公大楼，釉面墙砖干干净净。进入大楼清风雅静，墙壁上没有大多数企业习惯张贴的应付检查的规章制度。来往人员步履匆忙，相互见面只是点头，不见扎堆闲聊，明显透露着高效的节奏和紧张的气氛。

进入董事长办公室，没有秘书，没有为董事长服务的任何工作人员，只有一个骨瘦如柴的中年人，孤零零地坐在宽大的办公桌前，一手接桌面电话，一手托举手机。

陪同我去的回收公司副总经理鲍生荣，体重超过两百斤，我习惯叫他鲍胖。他高门大嗓地喊：张总，我把胥行长给你请来了。

中年人挂断电话，面无表情，回头沏茶倒水。我抬腕看着手表说：张总别忙了，顺路看看，马上就走。

鲍胖看出张总不够殷勤，主动上去沏茶倒水。

张总回到自己的座位，招呼我在沙发坐下，扔过来一包香烟问：哪家银行的？

我不大痛快，事前鲍胖说：姚津德打电话给张初旸，说第一商业银行的胥行长要去他们厂，张初旸说求之不得。结果，他竟然不知道我哪家银行的？

我不回答，似笑非笑地问：张总这厂里，除了我，还有哪家银行来？

他可能听出了我语气中的蔑视,指向电话机,怒气冲天地说:全是来催款的,催得我天天像火烧房子。我哪来那么多钱?中行、建行、农行都答应给我贷款,一分钱没看见。工行的新行长前几天才到任,昨天就来了,也没谈好。

我暗暗笑,第一次遇到抱怨银行的。银行欠你什么,干吗非要给你贷款?人家催你付款,你付不出钱,关银行什么事?不过他能这么直率,我倒有些好感。我经常遇到一些企业,明明都资不抵债了,却还要强装笑脸掩盖。面前的企业红红火火,为什么反而叫苦不迭?

我满怀好奇地问:张老板也需要贷款?

张初旸三口两口就吸了半截烟,立即又接上一根,将剩下的半根烟狠狠地掐灭说:我从来不求银行。我这爿厂今年至少六十亿销售额,五六亿净利润,没一分银行贷款。光是守住这点,我哪样日子不好过,为什么求你们银行?就是你们非要我搞大,搞到三百亿销售额,追赶上海宝钢,你们又不给我贷款,我哪来这么多钱搞?

我瞠目结舌:三百亿销售额,追赶宝钢?

正好我刚刚去了宝钢。担任阳湖支行行长后,我发现支行的人主要跟乡镇企业交往,对现代化企业非常陌生,难免坐井观天夜郎自大。于是我抽出一个星期天,带上阳湖支行科长以上干部去宝钢参观,从原料码头开始,一路参观到成品仓库。

我的初衷是去切身感受现代化企业,不要只是看眼前的乡镇企业,日久天长就难免变成井底之蛙,故步自封。

参观结束,我们都感慨万千,代表中国最高水平的现代化企业确实名不虚传，无论设备、工艺、现场管理、仓储、企业文化，都深深地震撼着我们这些长期跑在田埂上的人。我们甚至找到了参照物，评价一个企业发展如何，就看与宝钢的差距有多大。

面前的张初旸，每年净销售六十亿，每年利润五六亿，这对于民营企业来说足以惊人，但要追赶宝钢，年销售突破三百亿，我感觉智商遭到了侮辱。

我近似调侃地问：你说的非要你搞大，搞到三百亿的是谁啊？

张初旸愣了愣，扭头问鲍胖：新来的吧？

我直接回答：是，我刚来阳湖，一来姚津德就向我推荐你。

他长长地叹一口气，好像万分失望，甚至流露出了厌烦情绪。不过他还是打起精神说：那就给你详细介绍一遍吧。只要新来个领导考察，就要从头到尾介绍一遍，都不知介绍多少遍了……

我很快就随着他的介绍，发现了他的坦率。虽是头次见面，他却毫不讳言地说：我不怕丢人，不怕揭丑，有一说一不会遮遮瞒瞒。

人家说我"人心不足蛇吞象"，小学毕业就想追赶宝钢。这是抬举我，我小学都没毕业。那时读书不要学费，不存在念不起书。但那会儿我吃不饱饭，天天挨饿。没心思上学，我就下河抓鱼，抓到鱼去河对岸卖，那边鱼价贵一点，卖了鱼再游回来。冬天也这样，当中没有桥，来去都靠游泳。回到家冻得瑟瑟发抖，胥行长你猜，我父亲会干什么？不是赶紧给我添衣服取暖，而是把我衣服全部脱下，从里到外反复翻找，怕我把卖鱼的钱纫缝在衣服里藏起来……那时我十一二岁，但不怨恨父亲，只是想：一定要多挣钱。

后来我发现捡垃圾比抓鱼更赚钱。正好 70 年代末发展社队企业，破铜烂铁、废纸塑料瓶都值钱，捡来卖给回收站，一天赚一两块钱。这是很大一笔钱，那时正式工人每月工资才三四十块钱。

很快我又发现回收站赚得更多。像废钢，我们卖给回收站每吨不到两百元，回收站卖给工厂每吨五六百。于是我就自己开回收站，从捡垃圾的小朋友那里收购，直接卖给工厂，没两年就赚二十多万。二十多万啊，当时万元户就不得了了。

这时我想到办工厂，工厂赚得还要多。像废钢，工厂收购五六百元一吨，拉延成建筑钢材每吨就超过两千。这种拉延很简单，无非把废钢熔化，就可拉延成线材，跟做面条差不多。

二十万办不起工厂，我就租了中吴钢厂的一个车间。中吴钢厂三天打鱼两天晒网，差不多停工，我租车间每月交给他们十多万，就是他们的日常开支。当然我赚得更多，租赁几年我赚了上千万。他们眼红了，不再给我租赁。我又去无锡租厂，去宜兴租厂，都一样，刚开始欢迎我，看我赚钱了，就把我撵走。

为什么我能赚钱他们不能？报纸上说叫"体制决定效益"。很简单，他们吃里爬外的人太多，个人捞好处，工厂就会亏损。像过磅，废钢进入工厂称重，称重五吨可能只有三吨废钢，其余两吨拿土渣、煤渣混充，就像卖给食堂带泥的萝卜，只要把过门关节疏通好，就能蒙混过关。以前几包香烟就能疏通，后来几块猪腿肉、几条青鱼就能疏通。

我把这些漏洞全部堵死，每吨废钢就比国营钢厂的成本降低三分之一，怎么可能不赚钱？

国营钢厂也懂这个，但他们谁敢堵死这些漏洞，堵死就是断人财路，多少人要跟你拼命啊。不堵就眼睁睁看我赚钱，工人怨气冲天，上面不好交代，就把我撵走。

一直遭人家撵来撵去，我只好自己建厂。这时已经允许私人建厂，我就在张村办起农本厂。以农为本，不跟人家争，只是生产废钢。收购废钢毕竟数量有限，如果能生产废钢，前景就大不一样了。

怎么生产呢？进口铁矿。当时进口铁矿每吨四百元左右，一点六吨铁矿就能生产一吨粗钢，再加二百元辅料、一百多元冶炼成本，拉延成建筑用钢材至少两千元一吨，剔除全部成本每吨净赚六七百元。

最关键的是，这样做不受人家控制，铁矿到处都能进口，钢材到处都需要，只要建起高炉，生产能力就能迅速扩大。

几年时间我就把生产能力扩大到将近两百万吨，每年五六十亿净销售，利润五六亿，还不要求你们银行。进口铁矿用九十天信用证，不要马上付款；买我钢材的客商都带款提货，有的还预先付款，资金上没压力。

我这人有个毛病，就想出人头地，那时捡垃圾都要充当垃圾王。看我的农本厂轻易就年产二百万吨，我又野心勃勃。

人家说我想赶宝钢，那是屁话，我在这圈子混了二十多年，还不知道宝钢什么实力，那是造我的谣，嘲笑我。

不过我倒真想超过鞍钢。鞍钢年产一千万吨，二十万人，假如我搞到一千万吨，测算过最多用五万人，仅仅用工就比他们少十多万人，每人两万元工资，就比他们节省人工成本三十来亿，每吨钢材就可比他们便宜三百元。两千元一吨的钢材，我比他们便宜三百元，怎么跟我竞争？

为什么他们要用二十万人？国有企业负担太重，不光退休工人，还有学校、医院、娱乐设施、社会保障，一个工厂一座城市，生老病死一切都要负担。

我不负担这些，甚至不需要太好的厂房。优质钢材才需要电炉将粗钢进一步冶炼，我不生产优质钢，只生产粗钢。生产粗钢只需要高炉，不需要现代化工厂，我的建设成本、人工成本都要节约好多。

只有一件事麻烦，张村不通铁路，水运也不便利，完全靠公路运输成本太大。正好中吴市大规模开发长江沿岸，于是我想，要能在江边征用一万亩地，建成新厂，运输就特别便利，万吨轮都可以直达。

这样的设想一开始只是空想，没想到政府全力支持。阳湖区政府还不高兴，如果我在张村发展，所有利税都交阳湖。去江边发展，那是新区的地盘，利税大部分分给新区。

最后中吴市政府出面协调，利益均沾，下来就一切都好协调了，不到一年就什么都办好了。你们看好了，最多再过一年，江边八百四十万吨的新厂就要全部投产……

寂静晚宴

20世纪90年代，中吴南郊的水稻田中央，拔地而起一组白色建筑群，这是阳湖区的行政中心。

阳湖依仗自己是全国百强县的翘楚，财大气粗比较任性，我们这些阳湖的银行行长们，也丝瓜当扁担——不晓得软硬。

这回终于晓得了。2004 年的春夏之交，距离阳湖行政中心不远，一幢单门独户流光溢彩的建筑，默默躲藏在路边浓密的树冠下，这就是人民银行阳湖支行。阳湖由县级市改为区后，没有设立银行业监督管理办公室，部分监管职能就由阳湖人民银行代为行使。

我每月至少来一次，不是开会就是汇报工作，跟在自己的银行差不多熟悉。然而今天，说不清什么原因，这里一切都是那样的陌生。

专案组已撤走，我没得到任何一条确切的消息，除了谣言，就是成局对我的忠告：永远不要怀疑领导，永远相信上级，绝对不能听信谣言……可除了谣言我什么也不知道，包括无数次向阳湖人民银行这些领导打听，他们也说自己一无所知。

然而这会儿却通知我来开会，听他们传达对农本贷款相关责任人的处理决定。

事前谁也没找我谈过话，谁也没听过我的陈述，更没听过我的申辩，我连专案组的人影都没见过，怎么就来听他们传达处理决定？

只有一种可能：他们都知道处理结果，仅仅对我隐瞒了。包括成局，那次在他办公室聊天，可能就是听我陈述，听我申辩，就是他代表组织给我做结论性谈话……我有一种上当受骗的感觉，当时没说是组织谈话呀，况且没有第三人在场，我也没对谈话内容签字确认，不能作为口供呀。

工、农、中、建和阳湖农村商业银行的几位行长也到了，我们相互对视一眼，没像以前见面就称兄道弟亲热打趣，甚至没寒暄。个个都没笑容，好像还含着敌意，仿佛自己遭对方出卖了。我禁不住勃然大怒：你们他妈的，还有怨气？

市里一位有机会接触专案组的领导，私下里反复问我一个问题：为什么农本集团的报表上，始终查不到第一商业银行给他们的贷款？其他银行都证实，第一商业银行肯定有贷款，贷款额度还不小。

一开始我也说：确实没给农本集团贷款。

但他们向第一商业银行中吴分行查证，分行证明：阳湖支行不仅给农本集团贷款，还曾经想独家包揽农本集团的五十亿贷款。

我只好如实陈述：准备向农本集团贷款时，发现一个问题，贷给谁？

农本集团名下有九家独立的法人企业，比如进口铁矿是一家独立的进出口公司，负责铁矿烧结又是一家独立公司，第一次粗炼再成立一家公司……连焦炭供应都专门成立一家公司，究竟哪个公司才是主体？农本集团只是把九家公司的报表汇总，自身并无实质性资产，也不单独生产经营，报表反映的销售是把九个独立法人的数字简单叠加，多次重复计算，不可能作为借款主体。

正好我在推动商业承兑汇票贴现，于是跟张初旸商量：给你十亿保证贴现额度，就是人家给你供货，你不必付款，只需要出具商业承兑汇票，相当于打个欠条，让供货商拿着农本出具的商业承兑汇票来我们银行，保证给他们贴现。

张初旸相当聪明，不仅一听就懂，还能进一步想到：农本打的欠条都能贴现，相当于第一商业银行买下我的欠条，这要传出去，我农本的实力更加不容怀疑喽？我说：是的，只要你珍惜我们对你的信任，往后给你增加到二十亿、三十亿额度都有可能。

张初旸马上就试一笔。中吴金属回收公司收购的废钢，五六百元一吨卖给张初旸，张初旸稍微拉延就两千多一吨卖出去，已赚得盆满钵满。现在他更进一步，连货款都不用付，只付给金属回收公司商业承兑汇票，回收公司来我们银行贴现，我们银行又把贴现后的商业承兑汇票背书转让给人民银行再贴现……一切都顺风顺水，皆大欢喜。

这一来贷款对象就不是农本，而是农本的供应商，比如回收公司，农本仅仅相当于贷款担保人，所以农本的报表中不可能出现第一商业银行的贷款。

其他银行不清楚这当中的过门关节，只知道张初旸获得了第一商业银行的大力支持，于是死死咬住我，一定说我给农本也有贷款。或许这就是"囚徒困境"，需要处分贷款银行的责任人时，把我也拉上。

我深恨那些兄弟不地道，虽说平时也有冲突，但仅仅是工作上的相互竞争。而在农本贷款上死死咬住我不放，非要拉我陪绑，就不仅仅是冲突，摆明了抱我一起跳楼。

我主动找到成局，道出我的愤懑，我说：听说那些兄弟，还找到专案组，说你成局袒护我，帮我隐瞒在农本的贷款。

当时成局少有的冷脸冷色说：又是听说，还听说什么？一再提醒你，不要去道听途说，你非要听。我也听说不少，可我听说的是，那些你说的兄弟，没有一个人咬住你不放，更没有什么人去找什么专案组。你这种无缘无故怀疑的毛病，必须改一改了，不然谁敢跟你继续交往？

可是，为什么我明明没给农本贷款，现在也被通知来开会，也来听他们宣布对农本贷款责任人的处理决定。

进入会议室，各人都对照自己的名牌落座，然后黑着脸，谁也不搭理谁。阳湖人民银行的几位领导尽量活跃气氛，说今晚成局请客，一个都不能少。仍然没人面露喜色，神情中都有种莫名的恐惧，不知下来将宣布怎样的处理决定。

建行的行长跟我座位紧邻，他发给我一支香烟，点烟时打火机掉地上，我弯腰帮他捡起，他噙着泪花说：没意思。我问：什么没意思？他摇摇头，侧过脸问：你们市分行没告诉你吗？我问：告诉什么？他再次摇摇头说：深沉，你们都玩深沉。

他侧身背对我，再也不理睬我。显然他已知道处理结果，至少知道自己的下场。可我确实一无所知，分行没有任何人告诉我将对我怎么处理，难道我侥幸幸免于难？

这也不太可能。虽说我确实没给农本贷款，但"保证贴现"也是授信，是对农本的承诺，相当于银行为农本的信誉担保。

这样的担保授信是否违规，完全看成局怎么自圆其说。比如他给专案组解释：这是银监分局同意的，允许第一商业银行阳湖支行先行一步试点。而且人民银行也受理了这种贴现的再贴现，没有任何损失。这样我就可以免责。

但我免责了，如果专案组认定商业承兑汇票试点也是违规，成局就可能被追责。他正是青云直上的时候，他会来背上这个责任吗？

成局进入会议室，似乎脸色更加苍白，但他仍旧面带微笑，只是没跟人打趣说笑，坐下来就不停地抽烟。我以为他在等候阳湖区的领导，所以才不急于宣布开会。

往常我们行长碰头，即便成局不到场，阳湖区分管财税金融的领导也一定到场，这甚至形成了惯例。比如每年的正月初九，一定是阳湖区跟银行团拜。晚上阳湖区四套班子领导、各部委办局领导，还会集体宴请银行行长。每家银行的市分行行长、阳湖支行的正副行长，大多无一缺席。最后区委、区政府领导，还要感谢银行对地方经济的支持，用分管财税金融的张副区长的话说：1998 年前，银行是政府的组成部门，那时我们是上下级。1998年以后银行归中央，我们之间的关系名义上是上下级，实际上"卡齐了"（吴方言：客气了）。

相当多的人以为，随着银行竞争的加剧，银行的强势地位遭到严重削弱，得罪一家银行可以找另外的银行。殊不知银行间的内在联系十分紧密，加上银监分局的干预，银行竞争被控制在允许范围内。支持谁、控制谁、起诉谁，每月一次的行长联系会议，你一言我一语可能就做出了统一的行动方案。

像农本的贷款，当时只是有关方面的领导来到行长联系会上，明确表达有关方面的意见：非常希望各家银行全力支持……最终确定：工、农、中、建每家银行给十五亿，第一商业银行和阳湖农商行各给十亿。

接下来，中国银行的领导一个月去了十二次农本，每个环节都实地查看，亲自论证；工商银行的领导跟张初旸大吵一场，具体原因不清楚，只知道他们吵翻了脸；农业银行抢先十五亿贷款到位；建设银行、第一商业银行都放出话说：希望独家包揽农本集团的五十亿贷款……

假如没有政府与银行长期积累的信任，仅凭他张初旸，再好的项目也很难获得几十亿授信。那时的土地转让价，每亩五万左右，中吴市中心的土地出让价才每亩三十万，几十亿可以买下一座县城。

政府领导十分清楚银行行长手中掌握着多大的资源，更清楚掌管所有银行行长的银监局长是什么角色。

可是，成局抽了一根烟又一根烟，始终不见区领导到场。可能没有通知区领导，也可能区领导不方便出场，会议室寂静无声。

成局终于掐灭了烟头，他好像极其沉痛，缓缓地说：一直在想怎么给你们说，从昨天想到昨晚，昨晚想到天亮，天亮想到现在。本来想请你们的市分行领导分别找你们谈话。他们都不肯做这个歹人，说是无法面对你们。我理解，连他们都难以接受，怎么让你们接受。可是同志们，我只能说，我尽力了……

最终成局也没说出处理结果，而是说：一起看电视吧。

晚餐包厢经过特意安排，两张餐桌一部电视机。平时领导坐一桌，工作人员坐一桌。今天领导大多憋着气，不去陪成局，只好工作人员顶上。包厢内几乎没人说话，服务员来倒酒，全都抬手挡开。烟雾弥漫，不知多少人在抽烟，会抽不会抽好像都在抽。满桌的菜没一个人动筷，甚至饮料都没人喝，一个个面部表情僵硬，都望着电视。

一直到《新闻联播》响起播音员声色俱厉的声音，历数农本集团的斑斑罪恶，正义凛然地宣布：根据对违规贷款的银行严厉查处，撤销 xx 银行 xxx 行长职务，撤销 xx 银行 xxx 行长、xx 副行长职务……我恍恍惚惚，整个人都木了，目不转睛地盯着电视，泪水在眼眶打转，耳朵里始终回响着一个声音：撤职，撤职，撤职……

行长大多身无长技，不会做工也不会种地，哪怕做点小买卖，也受不了低三下四的央求。而要继续留在银行，又难以面对大家的冷眼冷脸。我们大多才四十来岁，总不能从此就赋闲，而要东山再起，首先得有座容身的山，又有哪座山愿意收留撤职的行长？

播音员的声音突然变调，变得喜气洋洋，但我一直没有听到我的名字，不知遗漏了还是我躲过一劫。

我回头看其他人，想进一步确认：是不是我没听清楚？但他们有的起身离开，有的深深地低下头，眼中饱含着泪水。

没人跟成局道别，成局也别过脸不看他们，可能成局同样难过，同样难以面对。服务员小声问：热菜可以上了吗？没有一个人回答，很快包厢就曲终人散了。

银监分局的副局长耿大姐后来告诉我，结束后她跟成局一起乘的电梯，走出电梯成局就"噗"地喷出了鲜血……

行长葬礼

分行组织部通知我：给宋行长开追悼会，你也要参加。

"也"字像吃饭吞进鱼刺，扎在我喉咙，吐不出也咽不下。我愤然撂下电话，很想问：凭什么我不是必须参加，而是也要参加？

多年后成局告诉我，在决定对相关贷款责任人的处理时，争论非常大，最终代表金融机构进驻专案组的领导谈了他的意见，他认为不能用今天的尺子去量昨天的身高，不能用今天的秤去称昨天的重量。有些事昨天是昨天的尺度，用的是昨天的度量衡，今天看即便错了，也不能怪昨天的人错。

正因为代表金融机构进驻专案组的领导旗帜鲜明，最后责任认定很客观，没有被舆论左右。包括对农本集团的保证贴现额度，没有认定为违规授信，没有追究我的任何责任。阳湖区几大行的行长中，我和工行的行长没有过失，他已被提升为分行副行长。

可我却被宣布"不再担任阳湖支行行长……"只是注明"原职级待遇不变"。

原职级是什么级？第一商业银行中吴分行是总行的直属行，我被借调到总行公司部时是公司处处长，明确告诉我是正处级，后来回到阳湖支行担任行长也是正处级。

可是 2005 年，在我不再担任阳湖支行行长半年后，中吴分行被降格了，归属两江省分行管辖，我的"原职级待遇"是不是就变了？

好多人怂恿我去总行讨个明确的答复，这一年我四十岁，不能讨个说法，一生就可能被断送了。

我没有听从他们的怂恿，有人就冒用我的名字给总行写信，夸大其词，描述中吴分行被降格后"人怨沸腾……"

据说新到任的中吴分行行长，看到总行转来的这封信说：胥孝华不会写这种信，我了解他。

新来的行长让组织部长带话给我：正好把身体调理好，调理好了要重用……

可参加宋行长的追悼会，全体中层干部包括副职都必须参加，我却是"也要参加",难道我的"原职级"确实已被取消?

我跟自己别扭了半天,最终还是准时赶到殡仪馆。

老远就看见成局,我想回避,却被他抬手招呼:怎么啦,那几个遭撤了职,怨恨我,你也见都不想见我?

我不尴不尬地笑笑说:赋闲了,无颜面对老领导。

成局不说话,只是笑眯眯地看着我,明显在等我开口,给他做个解释。我却不言不语,不知怎么解释。

不再担任阳湖支行行长后,我找到他的办公室问:为什么?他说:我还在等你解释呢,你在捣什么鬼?我问:我捣什么鬼了?他加快语速问:捣什么鬼你自己不知道?自己做的事你自己不知道?我更加诧异:我做什么了?

他很生气地背转身,使劲摆手说:这时候了,还跟我耍心眼,胥孝华,你就是心眼太多。好啦好啦,我跟诚实的人讲诚实,跟坦率的人讲坦率。哪怕你确实错了,明白给我讲,究竟有多错,我也好判断怎么帮你。我最不能容忍的就是装,装糊涂,装无辜,装委屈,装什么呀装?

我提高嗓门问:我装什么啦?我哪样在装?成局缓和口气说:好好好,不装就好,是我误会了。对不起您,请吧请吧,请回吧……

我沮丧到极点,显然成局对我存在很大的误会。但我并没有去努力澄清,一来我不知道究竟发生了什么误会;二来我同样生气,跟他不是认识一天两天、一年两年,还对我这么不信任,人家轻易挑拨他就相信。我跟自己赌气也跟他赌气:既然如此,就等时间来澄清吧。

这又过去一年了，我仍不知道发生了什么事让他误会，以至于生我这么大的气。而且到了现在，他还是不肯挑明了说，还要等我开口解释，或者等我主动认错。

这是他的习惯，他从不把人骂得狗血喷头，也从未见他毫不留情地揭穿谁的错误，他始终婉转含蓄。他说：听话听音，说话中听。话这东西是用来愉悦的，不是用来针锋相对的。

包括他自己被误会，也一笑置之，从未见他跟人争辩，更没见他为自己申辩。

农本事件处理那么多行长，对他的负面议论就更多了，至今还在传播。一开始传说他没有担当，为了自己升副厅，一味讨好迎合专案组。事后却证明，他并没升任省局副局长，反而听说恰恰相反，要不是他把责任扛下来了，那么多行长，不可能只是撤职，还要抓人。

市委书记在一个小型会议上讲：农本这么大的事，惊动了中央，搅动了海内外，但结果证明，虽然我们工作有失误，有教训，但我们的干部经受住了考验，没有一个干部涉嫌违法，单就这一点而言，非常值得肯定。

或许正是由于没有一个干部涉嫌违法，所有干部都经受住了考验，于是社会上才有了传言：一个都不敢担当，一个都不敢挺身而出，个个都避之犹恐不及。包括成局，他在当中究竟担下多少责任，究竟帮了多少人，究竟承受了多大压力？他一个字都不透露。不像有些部门的领导，包括有的副司长，过后把自己说成"仰不愧于天，俯不祚于地"，实际就是他们碓窝里春夜叉——捣鬼，好多莫须有的事就是他们倒腾出来的。

成局不为自己说点什么，人家就继续说他。有人甚至说他在下一盘很大的棋：通过农本事件，阳湖的几位一把手行长全部被挪窝，正好腾笼换鸟，换上成局的亲信。不仅如此，连阳湖农村商业银行的行长也遭撤了，成局一把抓，连农商行都抓在自己手头。

为什么抓农商行？其他银行是总行、省行的派出机构，行长任免主要由上级决定。而且国有银行的行长不过是纸上行长，一张任免通知就决定去留，命运不掌握在自己手中。只有农商行，有独立的法人机构，坊间传说成局在悄悄做工作，打算把全市所有的农商行合并，引入民营资本，改造成股份制金融集团，实际就是私有化，他出任董事长。他连省局副局长都不去争，虽然那是副厅，但是徒有空架子，不像农商行的董事长，年薪至少二百万，还有股份。

这样的消息有鼻子有眼，连我都不得不相信。中国银监会的朋友也证实，成局经常去北京，确实在为中吴的农村商业银行改制忙碌，确实打算以阳湖农商行为基础，组建江南农村商业银行。

我已差不多退出江湖，无从证实这些传闻，就懒得去费心费力证实。

不再担任阳湖支行行长后，分行把我安排在兰陵支行，没有任何职务，只一间办公室和一纸"原职级待遇不变"的护身公文。

兰陵支行行长姚仰德，是金属回收公司董事长姚津德的弟弟。农本事件中，金属回收公司也受到查处，姚津德被免去董事长职务。更不幸的是，他二十七岁的独生子在这节骨眼上遇车祸身亡，他和妻子晚年失独，整个人都崩溃了。有人看见这对老夫妇，逢人就笑，一直笑，笑得眼眶里净是泪水，一直流，看得人心酸……

姚仰德知道我是他哥哥的朋友，对我十分照顾，把我奉为老师，执弟子之礼。支行其他人也不为难我，时时处处把我当老领导，彬彬有礼中什么事都不给我做。可我才四十岁，总不能当真就赋闲，总不能一直等待分行重新启用，我也要给自己找点事做。

我妻子西南财经大学毕业，又去上海财经大学读了研究生，先在苏州丝绸工学院教书，后来交流到中吴的化工学院。她想申报教授职称，还缺点文章，我就结合当年跟随英国新闻集团环球教育公司编写教材学到的内容，跟她合写一篇论文《论预期风险损失》。没想到论文不仅被核心期刊作为封面文章发表，还寄来一笔不小的稿费。

这让我更加强烈地意识到，当年那个教材很有价值。据说第一商业银行总行为此付给新闻集团很大一笔费用，并签署了十年的知识产权保护协定，十年内第一商业银行独家使用教材的全部内容。可惜第一商业银行一次都没使用，就全部废弃了。

2002年我借调在总行时，公司部方总问我：花那么多钱、动用那么多人力编出来的教材，不能就废弃了呀，还有点办法吗？我说：最大的问题是看不懂。我们十二个参与编写的人，差不多四年才消化，全行客户经理上千人，还要包括分支行行长、副行长、处长、科长，要他们完全利用业余时间，完全凭多媒体视频自学，确实很难学懂。

我给方总建议：可以通过案例来教学。假定一个主人公，从未在银行工作过，突然当上客户经理，应该怎么做？给他设置不同的场景，比如开户，以前的银行开户审核需要哪些资料，按照教材要求应该审核哪些资料？通过讲故事的方式教学，不至于枯燥乏味。

方总安排我：那就你来写这个案例。

我的业余爱好就是写小说。于是虚构了一个人物叫井上李，凭借我的生活积累、工作经历和对教材融会贯通的理解，写出了第一章。看过的人都大加赞赏，鼓励我继续写下去。然而就在这时，我离开总行了。

中吴分行已归属两江省分行管辖，我不可能越级去总行沟通，总行也不再需要我，于是我就想：自己单干。如能写出这部案例，如能出版发行，也是给自己创造机会。

从此我差不多闭门谢客，花了七个月时间，写完了初稿。

即便完成了初稿，小说中的人物还会像幽灵一样在我眼前忽闪忽现。包括现在，成局就在面前，我有些恍惚，还沉浸在小说中，还没脱离那种虚构的时空环境。

直到有人招呼追悼会开始了，我含着泪水走进灵堂，木愣愣地望着宋行长遗像，跟随悼念的队伍机械地移动脚步。来到宋行长的夫人赵阿姨面前，赵阿姨紧紧攥住我的手说：小胥，他们整你，宋行长知道……我喉咙哽咽说不出话，强咽下眼泪勉强挤出一句：阿姨，我辜负了你们的信任，没脸见你们……这是由衷之言，没有宋行长就没有我的今天。

1988 年我从四川陵阳县统计局调往两江省统计局农业处，我夫人从苏州丝绸工学院管理系调往两江省统计局人口处，两边的档案都调去了，就等调令，结果等来了档案退回。至今都不知道什么原因，可能是我学历太低。

两头调动都落空，我夫人就从苏州丝绸工学院交流到中吴的化工学院，化工学院承诺，将我调到学校财务处。可是等我夫人调到中吴，化工学院却背信承诺，拿我只有中专学历为理由，拒绝接收。

正好当时在组建第一商业银行中吴分行，我被人才交流中心安排到第一商业银行做柜面出纳，这是比储蓄员还要低级的岗位。之前我在四川，名义上是统计局农村组组长，实际是国家调查总队陵阳县农调队的负责人，如今被安排在这么低级的岗位，我实在不甘心，就写信给两江省统计局局长程仪。

不久程仪局长就回信，说他已退位去省人大了。回信中附了一封推荐信，要我去找中吴市统计局方子寿局长。

方局长在办公室接待我，他笑容满面地说：程局长给我推荐了一位大才，往后你就叫我老师兄吧。

显然他跟程局长通过电话了，对我的情况已然了解，他当即就表态：一点没问题，我给你们宋修高行长打个电话，马上调你来统计局。

我喜出望外，一时不知说什么好，就故作谦虚地说：我只是中专。方局长喜笑颜开地说：别人不知道，我可是很清楚，四川统计学校，是国家统计局直属的干部速成学校，我 1965 年在那里集训过三个月，所以你该叫我老师兄。

事隔三十多年再来回想，那确实是一所值得自豪的专门学校，尽管只是中专，也足以将我们从高中生集训为特殊的工作人员。

我档案里对此虽有记载，但局外人看不懂，绝大多数人不知道统计局里面还有调查队，更不知道调查队是干什么的。

宋行长得知我的情况后，竟然舍不得放我了，他说第一商业银行刚刚组建，最缺的就是业务骨干，尤其像我这种已在政府机关工作六年，政治上已成熟的年轻人。

很快我就被任命为信贷科长，二十九岁被任命为支行副行长，三十一岁出任计划处处长……

随着职位的迅速升迁，我与宋行长的关系反而越来越疏远。无论市里还是上级分行，都嫌他"碍手碍脚"。我也觉得他老人家不够灵活，但老人家一再警告我：银行工作绝不能灵活，灵活就是找死。

尤其他离休后，只要有机会就敲打我：小胥啊，你很聪明，但不要太聪明……包括赵阿姨都婉转地提醒：小胥，你宋行长见过的比你多，少年得志一定要沉得住气，千万别轻飘飘啊！

听到他们的谆谆教诲，我如芒在背，如同叛逆期的孩子不肯听父母的唠叨。现在听到赵阿姨说：他们整你，你宋行长知道……我只能狠狠地责备自己：活该，都是报应。

冷箭

我的长篇案例终于定稿，交付时代文艺出版社，他们提出：首先明确，你的稿子究竟是小说还是教材？我说：非虚构小说。结构、语言、叙述方式遵循小说写法，但细节"有据可查，力求文献般真实"。

出版社不接受我这种解释，最后折中：总体上按照小说要求，但保留案例精华，书名定为《地下钱庄》。

我拿到样书后，第一个想到的就是送给成局。

赋闲两年多也没安排我的工作，我再也坐不住了。红星美凯龙的监事会主席潘宁把我推荐给浦东发展银行，他们准备在中吴成立分行；我也主动给华夏银行董事长吴建写信，听说华夏银行要在中吴设立分行……他们都回答，可以接收我，但需要我作出解释：为什么不再担任阳湖支行行长，而又不安排我新的职务？

我不知该怎么解释，我自己都不知道为什么不再担任阳湖支行行长，更不知道为什么不安排我新的职务。

我不止一次问分行组织部长，他每次都支支吾吾地说：你知道的，干部任免的酝酿和决定过程，不能泄密。

分行其他副行长也躲躲闪闪，要我直接问一把手，他们不便透露。一把手始终不肯见我，只是让组织部长传话：胥孝华急什么？不少他一分钱，正好把身体调理好，后面一定会重用他的呀……

可是，浦发银行的领导明确告诉我：不能给个解释，说明就有疑点，疑点不排除，怎么重用？哪怕确实犯了错误，比如因为农本贷款被问责，也可以理解。但你又说没犯过任何错误，没受过任何处分，让我们怎么理解，是不是隐瞒了什么？

华夏银行总行人力资源部的李娜，更是直截了当地说：董事长很重视你，但你也要配合我们，不然怎么上党委会？准备成立的华夏银行中吴分行是总行的直属行，部门总经理都处级，董事长亲自把你引进来，肯定不是只做部门总经理，你明白吗？

我当然明白，并由衷地感激吴建董事长。他在担任第一商业银行总行副行长时分管组织人事，可能对我印象不错，接到我的自荐信后，他很快就安排人力资源部的李娜来中吴找我。

然而我确实不知道该怎么解释。当中我也找过成局，请求他透露详情，至少给我一个解释，为什么我会落到这一步？

那是个星期六，成局有个习惯，星期六必定在办公室加班。他要把上周的工作做个系统梳理，对下周的工作形成详细计划，以便星期一的办公会上布置落实。

可能那天他心情不好，或者千头万绪的工作搅得他有点烦，明显不希望我再来添堵。他冷冰冰地说：胥孝华，你我之间说话，半句就懂了，非要说得那么明白吗？什么都挑明了，你尴尬还是我尴尬？

我只差没诅咒发誓了，切切恳求他：我真的不知道自己做错了什么，都到这一步了，还有必要跟你隐瞒吗？

成局摇摇头，显然对我彻底失望，他喃喃自语：你问我，我还要问你呢，究竟怎么想的？不能说你愚蠢，至少做的事情对不起我们吧，拿我们当猴耍，朝我们脸上吐口水？好啦好啦，你不说我也不想听，相互都不信任了，说出来也是假话……

后来我才终于搞清楚，我确实被深深地误会了。

农本事件后，成局给我们分行新到任的一把手说：第一商业银行跟农本事件没有任何牵连，这一页就翻过去了。通知胥孝华继续大胆创新，不要因噎废食，争取做出榜样来，做出成绩来，做出经验来，表明阳湖的银行界并没有因为农本事件就一蹶不振。

他这么说有他的明确指向。但其他银行还在叽叽咕咕：第一商业银行也对农本授信，为什么不处分胥孝华？

我们第一商业银行内部也在叽叽咕咕：胥孝华跟张初旸，个人间能一点事都没有？

亲爱的同志们非常希望我有点事，能借此机会把我撤了，好收回阳湖支行。

一直以来他们都认为，阳湖支行太独立了，人事独立、财务独立、业务独立，自主性太强了，几乎不受分行控制，他们时刻都想把阳湖支行收回来，实现他们的权利一统。

没想到我不仅没被撤职，成局的态度还如此明确，显然就是表明他要保我，不许任何人兴风作浪。

新到任的中吴分行一把手，跟成局有没有私交我不清楚，仅仅知道他们早就熟悉。

听了成局的明确态度，他提议专门开个党委会，把第一商业银行阳湖支行与农本事件没有任何牵连、胥孝华同志在农本事件中没有过错的事实，形成一个组织结论，免得日后有人翻旧账。

党委会星期五晚上召开。星期五下午，分行组织部长通知我，阳湖支行科长以上干部和全体信贷员，立即赶到分行开会。

我不知道会议的内容。赶到后，分行一把手要我跟他两人坐在主席台，他一个人讲。主要肯定我在阳湖支行工作期间，不到两年的时间里，就"带好了班子、培养了苗子、新搭了架子、开创了路子，引领第一商业银行在阳湖地区站对了位子、扎下了根子、举起了旗子……"他要求阳湖支行全体干部员工："必须明白，胥孝华同志是我在阳湖支行的授权委托人，他在阳湖就代表我，就像我在中吴代表总行的领导……"

这时我才恍然大悟，他在制造舆论，也就是统一思想。他刚

来中吴任职，班子成员未必都服从他，如果晚上的党委会发生严
重分歧，怎么收场？所以他急忙召集这个吹风会，会后一定有人
把他的讲话扩散，班子成员就明白他要支持我。如果晚上的党委
会还有人拿我说事，就是跟他针锋相对，如同成局已给他明确表
明保我的态度，如果他还拿我说事，就是跟成局过不去了。

我由衷地感激他，当然更感激成局，成局总是在最关键的时
候，看似轻描淡写，实则一言九鼎地帮我一把，而且一帮就到位。

可是第二天早晨，银监分局的朋友给我透露：今天一早成局
就把监管一处的处长叫去加班，好像不对劲。

我没在意，也没给成局去个电话探听虚实。星期一早晨，阳
湖区委组织部的朋友给我透露：你们分行的一把手，一上班就找
书记、区长，书记、区长都生你的气呢。

我仍没在意，完全没去想可能发生了什么变故。同时也是因
为农本事件中听到太多的小道消息，听得每天都神经绷紧，渐渐
就麻木了，懒得去打听，懒得去猜想，只想好好休息几天，甚至
想住院。

1993年我就查出携带乙肝病毒，这些年继续抽烟喝酒，经常
熬夜，生活很不规律，工作上又着急上火，对肝脏造成持续戕害，
迫切需要静养保肝。

大约过了一个星期，分行一把手找我谈话，说分行党委研究
决定，并征得中吴市银监分局和阳湖区委、区政府领导同意：胥
孝华同志不再担任阳湖支行行长，原职级待遇不变……

他不说个中原因，我就直接找到成局和区委、区政府领导，
想弄明白这是为什么。他们或者叹息，或者说：吸取教训吧。或

者说：你让我们太失望了……除此而外什么也不讲。

我知道他们不便讲，干部任免过程属于党内秘密，任何人都不能泄露。他们都是多年的领导，纪律性很强。

我一直想弄明白，却始终不明所以。直到两年多以后，也就是上个星期天，我才从一位知情人那里详细了解到：

那个星期五下午的吹风会结束后，分行一把手回到他的办公室，看见门缝里塞进一封信。他抽出来看，一眼就看出是我的笔迹，竟然是我手写的辞职申请，坚决要求辞去阳湖支行行长职务。

他立即叫来组织部长。不知他当时什么表情，只知道他说：胥孝华这是朝我脸上吐口水。我自己都要给自己吐几口，呸呸呸，算我瞎了眼。传出去才好笑哦，十分钟前我还在给胥孝华撑腰，为他背书，结果人家辞职了，还他妈的是寄来的辞职申请，面都不想跟我见，我就非要跪下来求他吗？

组织部长仔细看了笔迹，还有行文的语气，同样很生气地说：他就这毛病，不知道什么时候就干出想都想不到的事，像在阳湖搞什么商业承兑汇票贴现，只有他能想出。

晚上的党委会照样开，不过内容变为酝酿阳湖支行的行长人选。

会后一把手给成局电话里详细汇报，成局也无可奈何地说：弄到这一步了，我也不能一票否决，我也要尊重你们党委的决定。

第二天成局就安排监管一处处长，受理第一商业银行关于阳湖支行行长变更的请示。同时一把手又亲自去阳湖区委组织部，寻求区委、区政府的理解支持……

这时我才想起，阳湖支行的办公室主任曾经提醒我，桌面上不要摆放资料，尤其是手写的资料。可那时我不会电脑打字，又喜欢亲自起草文件，桌面上经常摆满手写的草稿。

显然是有心人花了好大的力气，一直在模仿我的字迹和语气，帮我"辞职"了。而且时机拿捏精准，足以达到颠覆我的目的。

这些人是谁我一清二楚，可我无可奈何，包括那封冒名的"辞职信"，肯定早已被销毁，无论组织部长还是其他领导，没有一个人提起那封信，似乎根本就不存在那封信。

我也不便提起那封信，提起人家就矢口否认。说不定还深入追查"胥孝华怎么知道那封信？"就会把那位给我透露消息的知情人牵扯出来……

又是一个星期六，我借口送书，来找成局，但不是给他解释：我终于明白为什么误会了。

解释已没有意义，反而显得滑稽可笑。当时他至少应该当面问一问我，是不是真的辞职？仅凭一封信，就做出影响我一生的决定，是不是太草率了？

他们绝不会承认草率，决不会承认仅仅是凭一封信，说不定在党委会的记录里，已积累了我足够的事实，表明我确实不宜继续担任阳湖支行行长。

我尽量去理解，他们也有好多无奈，他们也经常面临挥泪斩马谡的迫不得已。现在我来找成局，只想做一个试探：成局还会帮我吗？

内部又在传说，中吴市组建江南农村商业银行的申请已得到中国银监会批准，而且确实允许引进民营资本，成局有可能出任董事长。

果然如此的话，我的机遇也该到了。浦发银行、华夏银行都因为我不能解释为什么不再担任阳湖支行行长，对我心存疑窦。如果我能调去新组建的江南银行，如果成局恢复对我的信任，一切就都可以重新开始，我可能会因目前这点挫折而因祸得福。

结局

中吴市劳动西路，三十年没多大变化。一幢低矮的楼房相对独立，一眼就看出陈旧，仅仅因外表刚刚装饰过，才显得有些雅静，这就是中吴银监分局的新址。

星期六的大楼空空荡荡，我步行上楼梯。三楼的"活动之家"大门敞开，我顺道溜进去，看见墙面挂着好多荣誉证书：文明单位、五一劳动奖状、模范职工之家……

局外人很难理解这些荣誉的意义。作为体制内的人我能理解，他们工作的好坏并不取决于口碑，老百姓不会知道他们做了什么；也不取决于被监管单位对他们的评价，监管是把"双刃剑"，监管越有力越可能伤害自己。工作的好坏主要取决于获得的荣誉，以及荣誉的层级。这样的荣誉相当于上级和有关方面的确认，没有这样的确认领导不算称职，职工也难以获得相应待遇，甚至前途受阻、机遇丧失。克尽职守的表现就是获得荣誉，围绕荣誉努力的过程同样相当艰辛。

耿大姐说，2005 年 1 月 4 日，成局再次大吐血。省银监局终于下定决心，卸下成局的担子，让他安心休养。然而那时的中吴分局只有耿大姐一名副局长，即便省局再派来一位副局长，也不能马上接下成局的担子。

银监局长是本地区所有银行的实际领导，是稳定本地金融秩序的定海神针，其肩负的责任可想而知，不是想卸去就能卸去的。

成局躺在病床上，一边输液还一边主持党委会。仅仅一个多月，他就又回到了办公室。

成局的办公室布置得比以前还要显得单调，任何一个行长的办公室都比他这里富丽堂皇。他对生活似乎只有一个额外要求，就是吸烟。我也吸烟，中医给我讲，肝功能不好最好别戒烟，虽然吸烟伤肺，但有助于平息怒火，肝功能不好的人特别容易暴怒。

临近晚饭时间，我进入成局办公室，差点后退一步，满屋烟味。几个月不见成局还是气宇轩昂，还是显得很亢奋，但镜片背后的眼睛却暗淡无光，仿佛已耗尽所有体力精力。

领导健康属于秘密，我不便贸然打听，就笼而统之一问：是不是病了？

成局不回答，抬起软绵绵的手，指一指沙发。

我把刚刚出版的小说《地下钱庄》奉上，他十分诧异地问：你写的？

他翻开扉页，看着作者简介，脸上忽然像飘来霞光，泛出红晕。他"哗啦哗啦"飞快地翻开浏览，激动不已地说：这个好，这个好。我一直说嘛，胥孝华我还是了解的，毛病就是任性。下来继续写，多总结，多思考，多学习，对你没坏处。才四十出头，有你忙的时候，等到忙起来就没机会悠闲写书了。

我说：可是，我现在就想出来工作。听说您要去江南银行当董事长，把我调去吧。

成局把我的书往桌上一杵，像是很扫兴，窝在椅子上冷冰冰地问：还听说什么了？

我照实回答：听说你去当董事长，年薪至少两百万，我跟你去干，起码也百十来万吧？

他苦笑着，续上一根烟说：那时你们传，我要去省局升副厅，升了吗？现在不传我升官，又来传我发财，如果我回答你，根本不可能，你相信吗？

我使劲摇头说：不相信，为什么不可能？只要你愿意，谁比你更有资格？而且这么高的年薪，还有股权激励，谁不愿意去？

成局拿起我的《地下钱庄》拍拍说：有时候想，还真的羡慕你闲置起来，不担惊受怕，不吃苦受累，不委曲求全，不熬更守夜，不给人家说三道四，不再如履薄冰如临深渊。给你说吧，我就是一个披袈裟的。这件事重要，让银监分局负责，就扔件袈裟给我披上；那件事重要，也让银监分局负责，再扔件袈裟给我披上。跟银行有关的事，跟钱有关的事，哪件不重要？一件接一件袈裟给我披上，我就算是马是驴，能驮多少？夏天再热也取不下来，遇到农本事件那样的暴风骤雨，袈裟全部淋湿，不遭压垮也跟跟跄跄，你说我能坚持多久？

我说：去江南银行也是正处级，哪点不比您现在好？

成局扭头望着窗外，大口吐出烟雾，不再说话，好像有些悲伤，又像有些怨气，但他什么也不说。

沉默了好一阵，他突然起身，一边挥手逐客，一边说：不要去传播小道消息，一再提醒你，你怎么就不听呢？干部成熟的标志之一就是守口如瓶，道听途说的小道消息都传播，谁敢相信你能保守秘密？不跟你多说了，事实将证明，你们传播的一切都是胡说八道……

后来，我从江南银行筹委会得到准确消息，江南银行的董事长确实不可能是成局，省里要安排一位副厅级领导担任。

这一天，我接到成局的电话，他说有位老朋友从加拿大回来，要请一顿便饭。我不便问哪位老朋友，能让我作陪，我已感到很温暖。

我如约赶到饭店。进入包厢就看到了一群熟人，都是当年的计划处长，那时成局是人民银行副行长，分管计划信贷，我们这些计划处长被称为他的子弟兵。大多是老姐姐，能够称为小弟的，就我和另外一家银行的计划处长，那哥们儿和我都三十出头就当上了计划处长。

外界知道银行的信贷处长权力大，其实计划处长权力更大。银行的全部资金都归计划处长掌控，全部考核由计划处长执行，包括贷款规模、费用安排。计划处长只对一把手负责，副行长都不能对其指手画脚。

几位老姐姐叽叽喳喳一拥而上，团团围住我问：胥孝华你发嗲个神经，怎么失踪了？手机也关了，托人带话给你，也不回话……

我不知道怎么回答，我相信她们真的惦记我。我始终避而不见，同样是因为不知怎么给她们解释。

成局看我遭几个老姐姐纠缠得有些狼狈，转换话题介绍：胥孝华一直躲起来，是在写小说。

那些老姐姐将信将疑，不过也把话题转移到我写小说的事上。

今天的成局有些异样。他一直皱紧眉头，好像忍受着剧烈的疼痛，不停地拿右手按压腹腔。几位老姐姐看情形不对，看成局脸色都蜡黄了，好说歹说把他弄去医院。

惊人的消息很快就在小范围内传开，上海的医院最终确诊，成局患上一种罕见的肝病。体检验血不能发现，做彩色 B 超也不能发现，这次是手术打开腹腔，才发现肝脏已大面积严重硬化。

怎么会患上这样的怪病？一位老中医说：就是憋的，又哭又闹的人反而身体好。

成局自制力太强，什么都埋在心头，喜怒哀乐不形于色。成局工作压力又那么大，每天都要面对不如意的事，面对不喜欢的人。他又是对上不使性子，对人不给脸色，不拿下属出气泄愤的人，就自己憋，导致肝气郁结湿热不散，时间长了肝脏像一直浸泡在苦涩的盐水里，最终腌渍成纤维化。

成局的儿子说：即使到了医院，他还在憋。他疼得从床上滚到地下，疼得用输液瓶砸自己，还是咬紧牙憋着，还是不肯多说话。到这一步了也不说他有没有苦，不说他有没有怨，不说他有没有委屈。

医生说：如果找不到适配的肝源，不能顺利换肝，他就什么也说不出了……

胥孝华找到我说：我是当事人，不便自己写自己。你是金融作家，这个题材你写最合适。尤其成局，他不肯说你就写出来，写出我们这些局里人，让更多的局外人知道银行的人和事。

一

　　胥孝华带我去瑞金医院探视他的朋友肖文质，给我说肖文质有故事，只是他不方便写，还是由我来写。

　　肖文质说：我在办公桌上叠加一把椅子，爬上去更换烧坏的日光灯镇流器，同时居高临下俯瞰整个办公区。办公区比篮球场还大，八根大理石圆柱分割出逻辑上而非物理上的八个区间，每个区间都有醒目的名牌粘贴在圆柱上。

　　区间之间没有隔离，但区间内的座位都是半封闭的：面前办公桌、侧面电脑桌、身后储藏柜，蓝色弧形玻璃像驾驶舱一样把每个座位都圈起一半，基本阻断了声音的干扰，左邻右舍也仅能大概看见。

　　每个区间都有五六个这样的半封闭座位，但目前只坐了一个人，助手还没到位，这就是刚刚组建的第一商业银行大集中总体需求组。

　　早先的第一商业银行是"小银行联合体"，总行叫总管理处，分支行都是各自为政的独立法人。

改组为全国一级法人后，需要重新设计业务流程，从操作平台到风险控制、后台支持都必须另起炉灶，把现有的数据系统（云）、核心系统（管）、终端系统（端）全部更新，然后整体移植。相当于新建一座时间上连续、空间上可无限扩展的空中花园，把全国所有分支行、所有客户都搬进花园，通过网络和其他物理通道互联互通。

我们大集中总体需求组，主要工作就是设计未来的空中花园，项目分为八个板块，总行相关部门各自派来首席专家，负责各自的板块。

我是总行公司部派来的，负责客户关系管理（CRM），类似给未来的空中花园设计楼梯、过道、车道、管道、线路等有形无形的通道。

现代银行以客户为中心，必须首先满足客户的合理需求，包括通道。客户进入银行的任何一个网点，都要能方便快捷地通向每一个目的地办理任何业务，如同进入超市购物。

谁代表客户呢？就是我领导的CRM团队，团队不仅仅站在银行的立场，更多的是从满足客户需求角度，创新设计未来的空中花园通道。

黄绵绵是总行授信部派来的。她本来是纽约分行的高级经理，也就是处长，被召回来专门负责设计授信敞口的控制，类似给未来的空中花园设计门禁。她的团队完全站在银行立场，不让客户如入无人之境，有的通道必须关闭，有些通道限制进出，部分通道只能备用……

其他人马还在召集中，我们八位首席专家也是刚刚聚拢，连后勤保障都没到位，头顶日光灯坏了也要自己动手。

黄绵绵刚好进门，上来帮我扶着办公桌上的椅子腿。跳下时我脚下踩滑一个趔趄，黄绵绵下意识地伸出手，我也下意识地倒向她。

我才三十多岁，一个人在上海，当时就浑身木了，脑子里迷迷糊糊地想：为什么她从不穿外套？每天都是贴身的鲜艳衬衣，罩一件雪白或者湖蓝或者橙红或者天青……每天换个花色的羊绒背心。她下身穿着毛料裙子，光洁得像缎面。没有耳环、胸针、戒指一类的坚硬佩饰，浑身都柔柔软软，软绵绵像是刚起床，又像马上要上床睡觉。

办公区二十四小时监控，我假装若无其事，脸都没红，只是不敢面对黄绵绵的眼睛。我低下头把座椅复位，拿出抹布揩干净桌面，去盥洗间清洗。

回来时，桌面上的内线电话响起，蒋负责通知开会，在三号会议室。

我条件反射般睃向斜对面二十米开外的黄绵绵，她已起身，手拎古驰包包，径直走向大门口。

我快步撵出工作区，急忙跟进电梯。黄绵绵撳住电梯开门按钮，直到十几个人鱼贯而入才松手。下降到三楼，我尽量后退，让其他人先行。黄绵绵也往后退，她也准备尾随。最终电梯里只剩我们俩，黄绵绵往前一步，我尾随着她。

三号会议室像接待室，高靠背的软面沙发环绕一圈，茶几都在扶手边，鹅黄色长绒地毯，白色镶边不见任何污渍。我低头看自己脚尖，皮鞋锃亮，踩上地毯没鞋印。我用眼睛余光瞟见黄绵绵落座了，便疾走两步靠她坐下。

我对面是杜总，整个大集中项目的三把手。他右边是郭副行长，大集中项目二把手。左边是蒋处长，八位首席专家都归他联系，他是总行一把手的联络员，我们叫他蒋负责。

郭副行长翘起二郎腿，单手托举青花瓷茶杯，另一只手揭开杯盖，侧身面向杜总说：八位首席专家，一人领导一个板块，担子很重啊。总行党委定下选任标准，要求四十五岁以下，年龄太大难以创新。他们已是处级，每个人都要配备四五个助手，每个助手领导几十位编写需求的专业人员，还要跟乙方的软件工程师紧密衔接，没有很强的组织能力怎么行？业务上必须是专家，不能光有学历职称，所以要求总行相关部门，自己推荐自己的首席专家，谁推荐谁负责。政治上要绝对可靠，光是第一期的软件开发费初步预算就四十八亿，不可靠能放心交给他们吗？

杜总也不过四十多岁，肤色白净仪表堂堂，有种不怒自威的气势。他左手撑在膝盖上，高大的身躯略微前倾，右手指向黄绵绵和我说：这两个才三十多岁，黄绵绵芝加哥大学的博士，肖文质是中国银监会支持我们的优秀人才，年纪轻轻已当了五年处长。

郭副行长放下茶杯，回转身体。坐在他背后的秘书递上A4纸打印的文件，杜总宣布会议开始。郭副行长双手展开A4纸，用一口标准的普通话念：同志们……

黄绵绵托举笔记本遮挡脸面，朝我燕语呢喃般问：十几个人的会也念稿子？我缩下上身伸展两腿，几乎窝在沙发上，也用笔记本遮掩脸面，更加小声地说：说明这会重要，讲话稿要存档，不能脱稿讲。

很快黄绵绵和我就不再交头接耳，尽管知道郭副行长的讲话会印发给我们，但还是在笔记本上"唰唰"记录。郭副行长讲的都是非常核心的内容，也是内部机密，包括工作纪律，随着"绝对不许……决不允许……坚决禁止……"铿锵有力的声音撞击耳膜，我手心都冒汗了。

散会后，郭副行长跟大家逐一握手。握到我时他说：等到废弃原来那套系统，全部移植到新的系统，第一商业银行就像整体搬入新家了，如果到时候客户晕头转向，银行内部也混乱无序，你就责任大啦。你们公司部是客户的代表，就是要架桥铺路埋线钻洞，把银行内部的门尽可能打开，把阻塞的楼道、管道打通，客户进了银行就跟进自己家一样。可是打开门容易，楼道口、管道口敞开也容易，风险怎么防范？意外怎么处置？其他板块，尤其授信部、营运中心，站在防范风险的角度，决不会允许客户进入银行后畅行无阻。就算物理上的门打开，逻辑上的门照样存在，包括权力阀门。

二

黄绵绵、蒋负责这些上海本地人，五点下班就回家了。我们外地借调来的，在餐厅吃过晚饭，六点左右才三三两两登上停在门口的考斯特面包车。

我打开车窗，仰望面前的人字形建筑：第一商业银行研究开发总部，夕阳下像麦田的稻草人，孤零零地插在张江科技园。

这时的张江科技园，满眼都是钢结构的标准厂房，弧形屋顶被涂装成白色、红色、绿色，像广阔田野上搭出的一望无际帐篷。看不见居民区，看不见购物街道，甚至很难看见行人，却集中了当时国内顶尖的研发队伍，被称为"中国硅谷"。

我收回目光，打开笔记本电脑搜索外网。工作区完全屏蔽，工作信息只能通过内部局域网传送。可我需要参考资料，必须登录外网查询。

大约半小时后，我们回到徐汇区田林宾馆。我们这些专家之间还互相不熟悉，也可能都是领导干部，都有自己的私密，不会轻易裹成一伙。下车大家就散开了，谁也不问谁下来干什么，也不去人家房间打扰，这是成年人的世界，遵守成年人的禁忌。

我掏出手绢捂紧鼻孔，尽量快速地登上三楼，几乎小跑着穿过中间走廊，进入303房间。打开全部窗户，开启空调，地毯很旧了，散发出刺鼻的呛人霉味。一天两天能忍受，一直住在这样的环境，我总要挖鼻孔，已诱发鼻炎，每天至少吃两粒阿莫西林抗生素消炎，不然鼻腔就阻塞。

洗过澡出来好像适应地毯的霉味了，我坐上靠窗书桌，窗外是路边的塔松。夕阳完全消失，街道灯光闪烁，远处高楼的外墙装饰了彩管，不断变化出几何图案，炫人眼目。一点没觉得那是美景，只感到光污染，我关闭窗户拉上窗帘，开启台灯，再次打开手提电脑。

我业余爱好京剧，嘴里哼着于魁智的《将相和》唱词："这样的相待，我荣耀非常。忙催车辆，赵府而往……"同时移动鼠标进入我的文档，打开CRM文件夹，里面压缩了将近一个G的文件，是我从外网搜集的，国外银行的客户关系管理流程图和文字、照片，相当于人家的图纸，我先消化，才能着手自己的创新设计。

可消化谈何容易。最大的难处是，涉及核心机密的内容人家就不可能暴露，而不掌握对方的核心机密，我就只能猜测，破解起来像盲人骑瞎马，十天半月一年两年也未必取得进展。目前对于CRM的研究，国内没人可跟我讨论，而国外同行，因为涉及核心机密，不可能帮我释疑解惑，我只能孤独求索。

工作许久，我感觉到肚子很饿，看了下时间，已凌晨一点。这样的熬夜我习以为常，经常不知不觉就六七个小时过去了。我冲了一杯牛奶，拆开一袋饼干，吃过后隐隐感到腹腔疼。

多年前我就查出胆囊炎，但一直没当回事。现在我也不相信可能是胆囊炎发作，或许仅仅是熬夜时间太长稍有不适。

我强迫自己睡下，第二天将近七点醒来。洗漱了下楼，其他人也到了，坐上专门接送我们的考斯特面包车，八点左右到达研究开发总部。我掏出贴了照片、盖了钢印的工作证刷卡进入，工作证内置防水防火防磨损芯片，相当于智能门禁卡，还加载了电子钱包。

刷卡进入后，我直接去一楼。餐厅很大，等到大集中的人马全部到位，这里将有几百人。电子钱包的钱足够，但只能在餐厅消费，无法取现也无法转账。餐厅的食品分门别类，每类配备一台刷卡器，我刷了好几次，肉食、点心、沙拉、饮料、水果、坚果装了两个托盘，托举到空位就埋头不声不响地食用起来。

饭饱后我轻轻打个嗝。我抽出纸巾捂住嘴，自己都笑起来：这么好的胃口，能有什么病？

我把托盘收起放到指定位置，不无自得地哼着《空城计》唱词："官做到武乡侯，执掌帅印……"

进入电梯直达八楼，我再次掏出智能卡，给守候在门口的警卫看了工作证。刷卡进入办公区，一眼看见授信部区间空空荡荡的。我转动身体，把整个办公区都环视一圈，甚至注视了盥洗间，确实没看见黄绵绵。

我有些不安地进入自己座位，搁下随身携带的手提包，打开电脑中的绘图软件，把昨晚理出的一点头绪，按照编写需求的流程图格式描绘。

不知不觉中，我猛然发现电脑显示时间已过十一点。我扭头看授信部区间，还是空无一人。我下身鼓胀得快要破裂，我健步如飞地冲进盥洗间，痛痛快快地一泻千里，舒畅得打个激灵，哼唱："我面前缺少个，知——音的人……"

每个人都埋头做自己的事，蒋负责代表总行宣布的工作纪律中，明确规定禁止串岗。

能坐到这里工作的，不是三十六洞仙也是七十二岛主。像负责国际业务板块的王起、负责私人金融板块的盛谦，已经是分行副行长了。而且大家都明白，来到这里就像追随唐僧西天取经，回不去了，再苦再累也要一路朝前，等待功成名就后成佛成仙。

感觉门口飘来一团光影，我揉揉眼睛，确实是黄绵绵，她头戴红色翘檐遮阳帽，上身仍旧穿着羊绒背心、贴身的鲜艳衬衣，下身还是高帮皮靴、毛料筒裙，右手挽个乳白色古驰包包。我不由自主地快步上去，一时不知该不该接过她的包包，或者帮忙拿遮阳帽，就双手交叉在前使劲搓几把，嘿嘿笑着说：以为，你退出项目组了呢。

黄绵绵含笑摘下遮阳帽说：把我从海外分行召回来，专门搞这个项目，能放我走吗？再说，恐怕这就是我一生的事业。

说着她从我身边擦过，去她的授信部区间。我坐下继续工作。

听到"橐橐"响，我抬头看见面前蓝色弧形玻璃外，黄绵绵竖起指头朝自己嘴巴点点。我马上关上电脑，拎上工作证撵上去。

电梯下到一楼，我尾随黄绵绵进入餐厅自助吧台。她的工作证连刷几次都没反应，无论哪类食品的刷卡器都不显示已付金额。我递上自己的卡说：用我的吧。黄绵绵收回她的卡，选了三个水煮鸡蛋、大杯牛奶还有培根、德国肉肠、黑面包加奶酪……我再次迷惑：怎么吃这么多？

第一次见到她我就惊讶她胃口好，却不见身体脂肪堆积，甚至偏瘦，还有点病态，似乎总是精力不足，感觉她一直在熬夜。

黄绵绵也意识到自己吃得太多，脸上泛起红晕，很不好意思地双手托着餐盘寻找冷清的餐桌，尽量远离大家。可她像浑身散发着魔力似的，坐哪里都吸引不少人靠过去，我差不多全靠抢，才能在她的对面坐下。

她不回答任何人的问题，也不接任何人的话，埋头吃过了，收拾起托盘就走。

我三步并作两步追上去，以为像往常那样，中午会去三楼会议室，沏杯茶搁在旁边的茶几上，然后窝在宽大的软面沙发上舒舒服服地休息。

黄绵绵却揿了八楼按钮，低声说：明天起，我要休息一段时间，把手头的事抓紧处理一下。

我也急忙揿住三楼按钮，不松手直到取消，有些涎皮赖脸地说：我中午也加个班。

八楼工作区空无一人，连门口警卫都不知去哪里了。

工作区确实没必要戒备森严，虽说也涉及机密，但这些机密只是商业秘密，只对非常有限的人管用。

像对软件公司，就有很大吸引力，仅仅第一期的软件开发费预算就四十八亿。世界各地的软件巨头都在争这个"权重标"，其分量相当于秤砣，不仅仅是几十亿，更大的影响还在于，第一商业银行在为中国的金融改革试水探路，每一项成果都可能被推广，谁能伴随它探索，谁就可能嵌入中国金融改革的心脏，尤其软件开发。

软件开发是甲乙双方的啮合，甲方提出需求，乙方根据需求编写程序。虽然一定会通过招投标挑选乙方，但众所周知，甲方需求主要由我们八位首席专家提出，如果我们设计出图纸，乙方无法满足我们的需求，即便他们是行业翘楚，也难以合作。而要我们削足适履，完全根据乙方的编程能力来提出需求，就是出卖，是背叛。

因此纪律规定，没有最终确定合作对象（乙方）前，不许暴露我们的需求细节，不许擅自与软件商接触，防止我们被收买。

其实没必要这么提防我们。我们已经熬到这一步，什么样的诱惑没面临过，如果轻易就被糖衣炮弹打倒，科长阶段、支行行长阶段就可能中箭落马了。

但自律归自律，他律归他律，二十四小时的监控使得我和黄绵绵，哪怕孤男寡女，还是各自进入各自的区间。

我有个习惯，一旦进入工作状态，很容易忘我，甚至忘记喝水、上厕所。

不知今天怎么回事，黄绵绵不断地来打搅我。先是问：我的电子钱包，找谁修复？我说：下班给我，我去找人。

过一会儿她又来说：修好留你手头，中午欠你的餐费，从我卡里你自己刷吧。

我使劲一挥手：这也算事啊？

再过一阵儿她来说：回到国内，我好像成了外国人。

不知她这话什么意思，是水土不服吗？我停下手头活，站起来面对弧形蓝色玻璃问：国内国外，有多大落差？

黄绵绵笑笑回到自己座位，可能我没听懂她的话，或者她还有话说，但咽回去了。

十天以后，半个月以后，一个月以后……我明明知道纪律规定男女同事必须保持必要的距离，但还是禁不住去三楼，进入蒋负责的办公室问：黄博士，她怎么，不来了吗？

蒋负责脸庞瘦削，不苟言笑，好像他的职责就是防止我们的生理渴望超越现实恩赐。他曾经说，研发总部的人大多从全国各地借调来，还有海外分行召回的，最短也要借调几个月，有的已借调几年，逢年过节才回家一趟，《新婚别》《无家别》《垂老别》的故事在他们中经常上演。难免激情出轨，最后落个处分，断送大好前程。所以纪律规定，严禁男女同事过度关心。蒋负责挤出笑容问：黄博士来不来，跟你有关吗？

我拿过蒋负责面前的铅笔，在作废的纸张背面一边涂画一边说：我跟她像钥匙和锁，我代表客户，千方百计打开她的锁。也像习武，"光说不练肯定操蛋"，哪怕纸上作业也要经常对打演练，起码把我的设想告诉她，看她怎么见招拆招。你说有关吗？

蒋负责端起桌上的茶杯，轻轻喝一口，再喝一口，又喝一口，"咚"的一声搁下说：她在国外时间太长，观念不对头。像个人的健康，我们看来是组织关心，但她认为是个人隐私，绝对不许任何人打听，你也别打听。另一方面，她没耽误工作，虽然请了假，但她领导的板块照样按进度推进。杜总对她的工作很满意，总行授信部老总也说没人可替代她。

我不相信：病啦？但又不得不相信，否则怎么可能一个月不来。

三

大集中第一期的项目计划五年完成，我到上海才三个月。时令已是盛夏，也是除了人不长霉哪都长霉的江南梅雨季。特别是地毯，几乎能感觉到霉菌在生长，如果不是服务员每天用吸尘器"呜呜呜"惊天动地反复吸尘，估计我的303房间已像绿茵草坪了。

我不止一次地问：为什么不撤了地毯？

无论大堂经理还是服务员都回答：不知道。

随后借调来的人中，包括总行公司部派给我的一位助手胥孝华，都住在第一商业银行的招待所。

我本来想趁机向蒋负责申请：能不能我们也住招待所，或者换个宾馆？

可又担心：其他专家都不开口，我去开口会不会影响不好？

报到的第一天郭副行长就给我们讲：你们是来接受考验的，不是来锻打金身的；是来为总行排忧解难的，不是来给总行出难题的；是来为第一商业银行的事业做牺牲的，不是来要待遇讲享受的……

最终我和其他专家一样都不开口，免得损害自身形象。回到房间我就把空调温度降到最低，低到要盖被子。这是国有宾馆，虽然没星级，地毯霉味太重，但也有连五星级宾馆都难以企及的配置。比如空调功率，大得几分钟就能从三十几度降到十来度。热水也是难以想象的充沛，花洒一开像下起了倾盆大雨。

两张床的标准间只住一个人，不算逼仄，除了书桌还有一张椭圆形餐桌。书桌摆放了电脑、书籍和纸质材料。我把餐桌挪到窗边，用果盘做了个鸟巢，每天都撒点鸟食，一直撒到窗台，将窗户裂开一条缝，跟窗前的塔松树冠几乎连接。

我注意到，窗前树干枝杈上有个鸟窝，横竖几根枯枝搭建得极其简陋，漏风透光，三四只雏鸟躲在里面不时地伸出小脑袋。一只像鸽子的斑鸠，棕色扇贝斑纹，很不容易被发现。我在房间的时候，它从不光临我的窗台。但傍晚下班回来，鸟食会被吃得精光，果盘做的鸟巢里还有鸟粪。

傍晚下班回来是我一天中最开心的时候。我悄悄呼唤：嘿，朋友，吃了我的鸟食，谢都不谢一声吗？我矮下身子，透过窗帘缝隙蹑手蹑脚窥探。夜色笼罩树冠，斑鸠发出"ku-ku-ku"的鸣叫声，非常像"哭哭哭"，我油然想起"江晚正愁余，山深闻鹧鸪"。

这不是深山，我朝它唱京剧，低声唱于魁智的《空城计》："我本是，卧龙岗，散——散淡的人……"唱着唱着鼻子便有些发酸。我站起来拉开窗帘，拿抹布揩餐桌，抹窗台，白天没关严窗户，梅雨天淅淅沥沥的雨点飘进来，满地狼藉。

收拾干净后，窗外的斑鸠不再鸣叫，我不知道该做点什么。

手提电脑里将近一个G的压缩文件和图片，我都看过了，能搜索的线索也搜索过了。办公区的工作电脑被屏蔽保护，下班后不能进入。

我再次打开手提电脑看小说，刚看几页就觉得索然无味，心头总像是有什么东西沉甸甸地压着，不能释放，又不能解除。我起身下楼，在背后的田林中学操场跑几圈，回来冲了澡，还是不知道干什么好。我坐在窗前看越来越浓的夜色，猜想其他人在干什么。

负责私人金融板块的盛谦是重庆人，曾经来敲门请我去他房间喝一口，我说不沾酒，他就不再敲门了。负责国际业务板块的王起，问我会不会玩篮球，我自惭形秽地说：才一米七，我这身高打篮球，是不是拿不出手啊？他也不再搭理我。

负责营运板块的刘香，虽说五官也过得去，还是女性，但她一句话就让我避之犹恐不及。她说自己乘电梯从不触碰按钮，那按钮不知被多少人摸过，不知多脏，又不可能杀菌消毒。我马上想到：万一她跟我触碰了，会不会回到房间就把自己浸泡在福尔马林溶液中？我隐约闻到她身上真的有股福尔马林气味……

其实可能是因为黄绵绵占据了我心中的全部空间，没留一点空隙给其他人。只要清静下来，我眼前就是黄绵绵的影子。睡下去却难以梦见她，只有半睡半醒时，她才走进我的梦里。甚至扑上来说，她患了一种罕见的病，需要大量进食，却不能消化吸收，必须借助药物。

然而，黄绵绵从没亲口告诉过我她病了，她连我的电话都不接。我主动打她手机，她一概掐断，只回一个短信："有事吗？见面再谈。"我发电子邮件，她也只回一个"收到"，再无下文。可能是我的邮件写得太隐晦：不便于问她身体，不便于问她什么时候上班，不便于问她需要什么帮助，更不敢问她住在哪……邮件里，我谈的全是工作。

我跟她说，我在做一个尝试，打算对客户进行价值评估。一旦建成这个模型，任何一个客户进入第一商业银行，马上就能提示相关部门：这个客户已为我们创造多大价值。如果他提出新的需求，马上就联机计算出这个需求将为我们增加多少价值……相关部门包括授信部，就能适时决断如何满足对方需求。

前提是能够准确计算贷款的预期风险损失。这就必须得到黄绵绵的帮助，不仅因为她是授信部的代表，还在于只有她才能帮助我解决"损失概率"这个天大的难题。

我把这一切都表达在邮件里，她的回复只是"收到"。不知她是病情很重无法回复，还是正在帮我查找方法搜索资料，需要假以时日，不能马上回复。

不好再打搅她，我就在半睡半醒中跟她见面。弗洛伊德说"梦是欲望的无意识发现与满足"。我这种半睡半醒中的梦，是欲望的有意识发现与满足，几乎能按照我的心愿做梦，几乎能满足我的全部欲望。

可是只要睁开眼，一切就都结束了。我侧身看着窗外，希望树冠里的斑鸠再次鸣叫，哪怕是叫声有点凄凉的"ku-ku-ku"，也是"关关雎鸠"。窗外却淅淅沥沥地下着江南梅雨，一直下，一直下。我喃喃自语，念了首诗："雨打芭蕉叶，侬愁十万滴。凭窗卷帘人，未曾言相思。"

四

除了吃饭睡觉，我几乎生活在电脑世界，两点一线日复一日单调地重复。

今天跟往常一样，考斯特面包车把我们从田林宾馆接到张江科技园，刷卡进入麦田当中的人字形建筑。

一楼的餐厅需要排队了。大批人马从四面八方调来，都是各个省市和海外分行推荐的精英，大多二三十岁。他们跟我当初一样，走路蹦蹦跳跳，说话眉飞色舞，兴奋之情溢于言表。我差不多以为第一商业银行的历史靠他们书写，第一商业银行的未来靠他们设计。

不断有人叫我肖老师，我含糊支吾，不太搭理他们，明显感到有代沟。银行的更新太快，相差十岁就像隔了一代人，像资产负债板块的首席专家张辉，原先是浙江大学的副教授，不过四十多岁，就跟我在认知上有很大的差异。

他习惯只做形而上学的判断，比如把客户分为好、中、差，风险分为高、中、低。我问：什么叫好？什么叫中？什么叫差？

我习惯的是数理分析，包括风险。银行利润不是收入减支出，而是收入减支出再减预期风险损失，风险也是成本。

黄绵绵跟我就没代沟，她受到的是更加严格的数理训练。她一开始就给我提出：怎么建立预期风险损失的计算模型？

核心是损失概率。黄绵绵说这是银行的核心参数，掌握在高层，不可能泄露，如同"国之重器不可示人"。

目前国内没有一家银行积累自己的损失概率，没有一家银行能够计算预期风险损失，只是以"剥备"代替。"剥备"是从利润中剥离坏账准备金，跟预期风险损失的差异如同"日晷""沙漏"与电子钟，虽然都是用来计算时间，但精确度差异很大。银行竞争到后来利率差会越来越小，甚至可能只有零点几的利率差，必须非常精确，哪怕偏离零点几，就会一个得到机会，一个失去机会。

黄绵绵说她在芝加哥大学攻读博士时，就开始关注损失概率。她说可以试一试，看看能不能帮我建立起第一商业银行的损失概率测定系统。如果成功，并代入预期风险损失计算模型，以后的贷款审批就不需要做有风险还是没风险的形而上学判断。

贷款肯定有风险，关键是多大的风险，能承受还是不能承受。如果能承受，有什么理由否定？如果不能承受，为什么发放？一旦贷款风险可量化，权力阀门就逐步关闭，权力寻租机会就逐步消失，贷款的受理、审批、发放就不需要内部营销，只需要模型锁定、程序控制。

如果更进一步，在大集中项目中植入这套程序，将计算模型内置在程序中，下来的授信管理就像驾驶智能汽车，甚至可以无人驾驶：网上申请贷款、网上完成审批、网上就可发放……

　　可黄绵绵一直不回复我的邮件，我越来越担心：她不是能力不及，而是心有余力不足，可能病情恶化了。

　　吃过早饭我进入工作区，照例进门就引颈眺望，希望看见熟悉的身影。

　　果然看见一袭雪白的丝裙，好像只有白色，皮肤也雪白，只有眼珠像浸泡在水中的黑色珍珠，几乎一动不动地朝向我。我差点奔过去，但头顶二十四小时的监控，其他人也都正襟危坐目不斜视。我假装心如止水，只是朝黄绵绵点点头。

　　点头的同时我隐约感到，黄绵绵在用眼神暗示我打开电脑。我通过局域网，链接上黄绵绵的工作电脑，惊得微微张开嘴。我不由自主地站起来，朝黄绵绵方向望去。她已坐在自己的电脑前，四个助手环绕在她身边，显然她在给助手安排工作。

　　我重新坐下，迅速打开她通过局域网发给我的文件，加上图片差不多有2G，是她搜集的中国所有上市公司的相关资料，她逐一计算：贷款风险与哪些财务指标、非财务指标高度相关。然后根据相关系数选择自变量，拟合回归方程，寻找损失概率的分布……

　　身为同行我明白，任何一个数据的背后，都付出了巨大的艰辛，不仅需要逻辑上推导，数理上演算，还要有实验论证。不用说我也能想到，即使在治疗期间，她也在帮我。不仅帮我，如果确实建立起预期风险损失计算模型，植入大集中项目的程序中，就可能会带动银行的一场深刻变革。

　　我急不可耐地快速浏览，仿佛看见一个苍白的面孔，深夜还坐在电脑前工作。"噼啪噼啪"的键盘声像敲击在我心头的鼓点，一直不停，一直不停……

我不知道自己有没有泪眼模糊，只知道我在阅读的，不仅仅是她的成果，更像是教材，她教给了我很多，包括芝加哥大学令人毛骨悚然的魔鬼学风。比如，决不允许出现任何大概、差不多、估计一类结论，每个结论都必须讲清楚依据什么，怎么证明你的依据可靠。即便只是专业文件，我也看得心潮起伏，看得沉浸其中，几乎物我两忘。

突然我听到惊叫声，随即是一阵慌乱，接着警卫、蒋负责冲进来。我不知道自己这一刻是不是"假死"了，我没有任何反应，甚至没离开自己座位，只看见医护人员也冲进来，只听到一位穿白大褂的人说：绝对不能上班，只能安心静养。

黄绵绵的四位助手争先恐后地说：太累了，三个多小时，黄老师一直讲，一直讲，像是要把她知道的一切，都告诉我们……

我还是坐在303房间的窗前，看我用果盘做的鸟巢，看撒在窗台的鸟食，看塔松枝杈的斑鸠窝……

五年过去了，不知多少小鸟长大了，远走高飞了，我不希望它们回来，我也要走了。

损失概率的计算模型，最终还是没能建起来，只怪我能力不足。黄绵绵已给我编出教材，我还是没能如她所愿，不知她会有多失望，我只能说对不起，只能给她说：我努力过了。真的，五年里我与鸟窝为伴，好多都舍弃了，包括健康。

瑞金医院的吴亮博士，确诊我不是胆囊炎，而是胆管肿瘤，必须长期住院治疗。

蒋负责说：黄绵绵也住在瑞金医院。

　　我稍微振奋，希望在医院里见到她。她还欠我钱呢……这么一想我咧开嘴笑，笑得泪流满面。

　　四年前蒋负责就说，当时黄绵绵被抬上救护车，微弱地对蒋负责说：欠肖文质的六十二元餐费，还没还呢。

　　我当时泣不成声：什么时候了，还说这个……

"无穷的远方，无数的人们，都和我有关"

2018年8月2日，我至今都不知道发生了什么事。我登上成都飞兰州的下午航班，系好安全带给王华发出微信："准点。"他回复："好。"大约五点过，透过舷窗已隐约可以看见兰州，广播突然宣布：必须返回成都。

六点半左右飞机回到成都降落，却不许乘客下飞机，要在机上等候。我马上打开手机，准备给王华发消息，看到他早已发出的消息："我在兰州机场等到消息，你们的航班取消了，我就回去了。"

大约七点钟，飞机重新起飞，我再次发出微信："预计八点半到兰州……"

我感觉像在捉弄王华，等候行李又花去不少时间，坐上他开的汽车已是夜里十点左右。

车外倾盆大雨，王华说：兰州很少下这么大的雨，傍晚开始就一直下。

他好像不习惯雨中驾驶，或者雨雪天开车给他留下过什么阴影，他显得很紧张。也可能因为疲劳，兰州市区到机场将近八十公里，暴雨中行驶至少一个半小时，王华一来一返，再一来一返，傍晚到现在已开了五个多小时。白天卡车限行，夜晚的高速公路上，重装卡车几乎首尾相连，我提议歇一歇，王华说高速公路边没有饭店。我俩终于进入一家二十四小时营业的牛肉面馆，已是午夜。

第二天约好八点见，我提前几分钟到宾馆大堂，王华已等候在此。

王华陪我熟悉兰州，我们先到甘肃省博物馆。他一路给我介绍，从大地湾文化、马家窑文化到中国第一件青铜器，直到《资治通鉴》所说的"天下称富庶者，无如陇右"……虽专业程度与讲解员相比稍有差距，但已足以令我刮目相看。

之前交通银行总行给了我一些王华的背景资料，他只是一名司机。

从博物馆出来，我差不多把他当老师，他的生活阅历，不是书斋里的学者能相提并论的。像敦煌、麦积山，他说不知去过多少回了。那时帮领导开车，领导带客人去参观，他尾随其后默默地听，听得多了就懂一些。他还自修了大专课程，对历史、地理、民俗很感兴趣。我问：除了旅游景点，还有哪些值得看？他说：明天我开车，去扶贫点。

王华夫人马琳也在交通银行甘肃省分行工作，属于派遣制员工，第二天星期六，她正好有空一同去扶贫点。她七点钟就赶到了宾馆。

上车后我发现，马琳买了矿泉水、香瓜、梨、牛肉干，我嘴上虽然什么也没说，心头却暗暗地想：安排得好细致啊。以前我想象中的西北人是粗粗拉拉大大咧咧的，这对夫妇却是格外细心。包括早餐，王华点了粗、细、极细三种牛肉面，让我先挑。我一向不吃粗面，面越细越好，这一点他都考虑到了。

王华甘南口音很重，我不能完全听懂。好在马琳是兰州城里人，普通话很标准。吃完早饭，我们前往扶贫地，仍旧是王华开车，向西过永登县朝祁连山方向行驶。

我已恶补了地理常识，知道甘肃像巨大的楔子，插在宁夏、内蒙、新疆、青海之间，把蒙藏回汉等民族既联系起来又适当分割。像我们驶向的天祝，就是新中国成立后的第一个民族自治县。天祝早先是戎羌、月氏、匈奴的驻牧地，后来归入吐蕃，长期属于凉州地区，就是《凉州词》里"一片孤城万仞山"那一带。

兰州到天祝不到两百公里。马琳说：十多年前王华在天祝蹲点扶贫时，没有高速公路，路况很差，乘车需要四五个小时。王华一两个月也不一定回来一趟，隔两个星期我就带孩子去找他。不光到县城，王华还经常蹲在乡下。像在距县城还有一百八十公里的哈溪镇蹲点时，公路经常遭洪水冲毁或者大雪封堵。

马琳说那时她才三十来岁，想想人家老婆孩子热炕头，而自己像孟姜女，她就眼泪簌簌地流。还不好跟人说，说出来人家也不理解，反而可能说她得了便宜还卖乖。毕竟王华只是司机，突然被抽调出来，代表交通银行总行长期驻点天祝县，完成国务院交给交通银行的定点脱贫任务，不管怎么说也是重用，而且是破格重用，有多少苦她也只能和着泪水咽回去。

我仰靠在椅背上，侧过脸望着车窗外，道路两边高山耸峙，不是秀山奇峰，也不是荒山秃岭，而是石灰岩或者花岗岩横七竖八堆积而成，堆积得很高很险，巉岩狰狞乱石嶙峋，好像随时都可能崩塌。公路挤压在狭窄的山沟，沿途不断穿越幽长的隧道，有的隧道长达十多公里。车在隧道里行驶，我感觉呼吸都堵塞了，仿佛在随着幽暗的隧道逐渐进入地心世界。

行驶途中，除了车辆看不见行人，看不见田野，看不见庄稼，看不见劳作的身影，好像只有山，至多看见癞痢头一样稀疏的植被和泥浆般浑浊的河水。

王华说：刚去天祝时公路都不畅通，有时洪水天、大雪天半路受阻，就只能露宿荒野。我的前任就在天祝出车祸了，他出车祸才派我去，结果我也出车祸了，连人带车滚进山沟。

他说得轻描淡写，我听得心头一片苍凉，油然想到纳兰性德的词："山一程，水一程，身向榆关那畔行，夜深千帐灯。风一更，雪一更，聒碎乡心梦不成，故园无此声。"

马琳说：现在好多了。国家拨款修建提灌站，把黄河水抽到山顶上，蓄在水库，自上而下灌溉，所以山坡变绿了。

这就叫变绿了？这就叫好多了？我长期生活在成都平原和苏南水乡，看惯了绿水青山，看惯了沃野千里，很难想象这里以前什么样子，只能去想象"不毛之地""飞沙走石"的画面，去想象杜甫诗中"岁暮百草零，疾风高冈裂"的景象。

王华打开车载光盘，播放降央卓玛的歌《天上的祝愿》：

仰望天上的珠穆朗玛

五星红旗高高飘扬

让我们西藏各族人民

手捧洁白的哈达

举起青稞美酒

跳起锅庄舞啰

……

王华的车技相当好，单手就能娴熟地掌控方向盘。但也显得很累，他问：抽烟吗？我摇头说：你随意。他果然就点上烟。我有三十年烟龄，虽然刚刚戒掉，也算烟鬼，仅仅从他吸烟的动作，就可看出他烟瘾不小。然而从前天晚上接我，到昨天陪我，竟然没见他抽过一支烟。我问：你抽几年烟了？

马琳接过话说：他原先从不抽烟。到了天祝扶贫，天天跟藏民一起，什么烟都抽。特别是出了那场车祸，大雪天连人带车翻进山沟，抢救过来总是说头痛，整夜整夜睡不着，就抽烟。

王华别过脸，显得十分难为情，很不愿意妻子揭他的短，他粗重地吐口烟雾说：我能控制，就再也没点第二支烟。

临近中午，沿途开始出现异域风光，红色房顶、黄色装饰、蓝色陪衬，还有白色墙面、黑色包边，整个感觉五颜六色，建筑物和街道像电视里见过的西藏。途中不断出现"华藏"字样，王华说这就是天祝的县城，根据附近的华藏寺取名华藏镇，天祝也是根据天堂寺、祝贡寺而得名。

王华将车开到县政府门口的广场，我下车吸进一口特别清爽的空气。这里的紫外线非常强烈，皮肤明显感到灼痛，太阳下不敢大睁眼睛。王华从后备厢拿出伞，他自己不撑，他好像已完全适应高原气候。

步行去饭店的路上，王华说他刚来天祝时，整个县城才两家饭店，一家是县政府招待所，另一家是牛肉面馆。乡下一家饭店都没有，只能自己做饭。县城没有煤气，而且经常停电。柴火、牛粪要自己上山捡拾，水也要自己去河沟担，遇到下雨，河水就变得浑浊不堪，需要自己澄清。但这里的水可能缺少人体必需的矿物质，也可能重金属含量超标，喝了之后当地人容易生怪病，所以当地人能不喝水就不喝水，能不用水就不用水。

这样说我才想起，从兰州出来到这儿，没见王华喝过水。我把手中的矿泉水递给他，他说：习惯了，不渴。

广场上雕塑了三头牦牛，不知为什么，我一下子就把王华与特别耐旱、耐寒、耐饥、耐劳的牦牛联系了起来，我想起孔镇长说：牦牛是黑的，挤出的奶是雪白的。

孔镇长是孔子的第七十二代孙，庆字辈，至今还保留着盖了"衍圣公府"大印的家谱。但他是藏族，儒释两种文化已根植在他骨髓里，在他血液里合二为一。

孔镇长文秀儒雅，很在乎待人的礼节。明文规定不能喝酒，可藏族人待客不能缺酒，孔镇长去家里取来自己的酒。敬酒时他用无名指弹飞三滴，表明敬天敬地敬父母，再敬客人。他说：歌不歇酒不停。王华急忙为我解围，挡住说：徐老师不沾酒。

王华也滴酒不沾，显得孔镇长很没面子，看场面有点尴尬，刘书记提议马琳代喝。马琳颇有几分豪气，马上就把气氛调动起来。

王华和孔镇长、刘书记曾经蹲在一个点上，跟村民（牧民）"同吃同住同劳动"。后来他们一个升了镇长，一个担任扶贫点第一书记，王华不是党员，所以只是个没有官阶没有品级的扶贫干事。

但王华照样快乐地跟他们一起回忆蹲点的生活。孔镇长、刘书记接连朝王华也跷起大拇指，说王华干了几件大事，都是实事，造福于民的好事，使好几个乡镇都脱了贫。县委县政府领导说到王华也赞不绝口，甘肃电视台还为王华做了个专集：《雪域高原筑梦人——交通银行员工王华》。

中国金融工会安排我采访王华，我从接触到的每一个人嘴里，去了解王华究竟做了什么。

这一天，我们走进乡政府，我差点以为到了农家小院。院子当中一排平房，竖列两排厢房，大门口悬挂一溜吊牌：乡党委、乡政府……连派出所、土管所、电管所等厕所都集中在这里。可能因为是星期天，四周寂静无声。

我想上厕所，王华唤住看门人问：厕所在哪儿？

看门人前面领路，带我来到正房背后，这里一座砖砌的小房子。我推门进去，前脚没落地就赶快后退，"嗡"的一声苍蝇扑面而来，不是一只两只，不是十只八只，只感到眼前一黑，我浑身肉皮发麻……

王华给我解释：这里的人直到现在，还用旱厕。旱厕就是地上挖个沟槽，大小便堆积在沟槽，完全裸露。没水冲洗，苍蝇密密麻麻覆盖着。

马琳接过话说：那时儿子才六岁，想爸爸，我就把儿子送到王华身边。三天后儿子给我打电话，哭着说肚皮痛。我说怎么会肚皮痛？儿子说三天没大便，厕所里净是苍蝇，他害怕。我叫儿子去外面草地上，随便找个地方。结果儿子说：老师说不能随地大小便……

我从兰州赶来，接上儿子回去，路上四五个小时，我的眼泪没干过，一直哭一直哭，就算把儿子接回去了，丈夫不还在那儿吗？

王华说：这点苦，算什么！

王华不肯讲自己吃了多少苦，还一再叮嘱我：不要把所有的苦都写出来，写得太苦不好。藏族人说"大小河都有两岸，大小事都有两面"。

我说：你是来扶贫的，不把贫苦写出来，怎么体现扶贫的意义？

王华才勉强同意我写一个片段。

他说祁连山东北，天祝县的中间，有条东西走向的乌鞘岭，是陇中高原与河西走廊的分界线。他曾在这里的哈溪镇定点帮扶。哈溪镇距离县城一百多公里，距离临近的武威市也将近一百公里。海拔超过三千米，自然条件很差，卫生条件更差，这里的人一年到头不洗一次澡，大便后都没手纸，也不可能冲洗。不少疾病因此而生，但人们生病了又得不到有效治疗。

王华去卫生院查看，发现所谓的手术室竟然升起火炭炉子，门窗紧闭，空气污浊。院长说：没办法，买不起空调，光溜溜地躺在手术台上冷。

王华去看产房，这里的产房很像影视剧里用于刑讯逼供的刑房：锈迹斑斑的铁链手铐，把产妇仰面八叉固定在木板上，四肢不能动弹……婴儿就这样被拖出子宫，难产孕妇就这样被切开肚皮。产房地面血水流淌，并且方圆百十公里内只有这里算得上是医院。

王华说他以前只是服从派遣，不得不来扶贫。但自从深深地扎下根后，就跟当地人呼吸与共了，扶贫就不仅仅是帮助别人，也是升华自己。从此他像藏族民歌唱的那样："黑色大地是我用身体量过来的，白色的云彩是我用手指数过来的，陡峭山崖我像爬梯子一样攀上，平坦的草原我像读经书一样掀过……"

他无数次回到兰州，无数次去上海，找到交通银行甘肃省分行的领导，找到交通银行总行的领导申请扶贫资金，不是托钵化缘，不是乞求布施，而是像五体投地磕长头的藏民："行不远数千里，历数月经年，风餐露宿，匍匐于沙石冰雪流水上，执着地向目的地进发。手套护具，双手合十，不断地趴下又起来，起来又趴下，不惧千难万苦，心存虔诚之念，朝向圣山圣湖。尽管尘埃满面，甚至额头磕出血痕，但脸上不见痛苦，平和得像高原的天空一尘不染……"

他的行为感动了好多人，交通银行总行原党委书记董事长牛锡明、新任党委书记董事长彭纯、总行行长任德奇、总行工会常务副主席徐明、总行宣传部长帅师，还有具体管理扶危济困事务的方征、徐莹、包小玲等处长、主任，一个接一个赶来，带来交通银行十万员工的心意，带来国务院赋予交通银行的脱贫攻坚使命。

"我升起风马，只为守候你的到来"

王华带我去他的第二故乡：临夏回族自治州。

汽车沿着大夏河由北向南溯流而上，公路两边明显变得开阔。河滩两岸冲击出小块平原，种植了小麦、油菜、玉米、青稞。这里的农作物一年一熟，没有夏粮秋粮之分，八月份油菜花依然盛开，恍若南方的四月天。我抬头仰望，山势险峻，但植被茂密，这一带的自然条件明显优越。

过了三甲集，远远看见山坡上、村寨里、河谷平坝一座接一座清真寺。清真寺屋顶大多呈穹隆形，闪闪发光的金属针塔塔尖悬托一轮月牙，十分醒目。我对回民的生活一无所知，不知他们为什么建造这么多清真寺。

马琳说她大概数过，这一路下去有一百多座，好像只要有民居就有清真寺，一个村寨往往就有好几座，都建造得美轮美奂。可这里是地广人稀的乡村，是群山环抱、长期闭塞的陇中高原，维持基本的生存都困难重重，哪来这么大的财力物力？

王华说他在这条路上走了三十年，以前没有高速，每次坐长途汽车颠簸七八个小时，有足够的时间思考。早先这里并没有这么多清真寺，最近十来年增加了很多。他起初也不理解，干上扶贫工作后，才慢慢理解，扶贫不能只是送去财物，不能只是改善扶贫对象的物质生活，更应注重他们的精神生活。

进入临夏市已近黄昏。于是我们便在新城区住下，王华指向面前的马路说：舅舅他们就住这里，我十七岁被他们接来，这是我的第二故乡，也是我的祖籍。

他详细地向我讲述自己的家世，他的家世曾经十分显赫。他是西汉外戚王氏家族的后人，当时九人封侯、五人担任大司马。后来王莽称帝失败，家族四分五裂。为了免遭株连，他家这一支往西逃难，躲进回民、藏民共处的大夏河流域避祸。他家这一支在"王莽新政"时期掌管全国的铸币，大多是手艺人。铸币手艺用不上了，就改为铸造铜器。佛教兴盛后，主要给寺庙做铜佛像，包括铜油灯、转经筒，实际是寺庙的御用工匠，称为铜匠王，后来整个村庄都改名为铜匠村，就是现在的临夏市枹罕镇铜匠庄村，距离市区不过十来公里。

马步芳是临夏县人，纯正的回族，不能容忍藏族，他当上甘肃省主席后，1938年发兵灭藏，连带把为寺庙服务的铜匠村也剿了。

王家再次遭受灭顶之灾，王华的爷爷冒死突围出去，沿着大夏河溯流而上，一直逃到大夏河的发源地夏河县。夏河县属于如今的甘南藏族自治州。

夏河"一座县城一座庙"，拉卜楞寺差不多覆盖整个县城。县城所在地也叫拉卜楞镇。

王华指给我看他的老家，一个建造在狭窄河滩上，房屋密集的汉人村落，显得逼仄冷清，整个夏河县，汉人只占百分之二十八。

大夏河由此往北流过临夏，流入刘家峡水库，汇入黄河奔流到海。王华说从这里到兰州，以前乘汽车也要十四五个小时。这里海拔三千米到四千米，一年中只有三四个月不下雪，土地瘠薄，地处高寒，自然条件比临夏差很多，除了收获少量青稞，其他农作物很难生长。王华记忆中的蔬菜就是外面贩来的洋芋，十七岁前他没见过大米、白面，很少吃到肉，经常吃的青稞也混杂了麸皮。虽然可以爬上高高的山顶刨挖冬虫夏草，但冬虫夏草更适合海拔五千米左右的高山，所以这里的冬虫夏草极其稀少，忙碌一个假期仅能挣够学费。乡下没中学，他要去五公里外的县城念书，吃苦不说，开销也大。

他家兄弟三个，他是老大，两个弟弟都是农民。在这里，农民连牧民都不如，他们是汉人，习惯了定居，可没有土地。他们不习惯游牧，而这里只有草原，早先的铜匠手艺又失传，两个弟弟至今都在靠打工艰难度日。即便结婚后，王华也是工资的一半交给父母，另一半留给妻子。几天前，小弟弟的媳妇又跑了，嫌这个家太穷，她连亲生女儿都丢下不要了。马琳说：小弟弟在外头打工也不肯回来，只好我们照顾这小侄女……

王华不肯过多地讲自家困难，可能怕人家知道，他也是贫困对象，他也需要帮扶。

我看他抽的烟，包括发给朋友的烟，都是十来块钱一包的简装"利群"。我对他说：在我印象中，银行员工没人抽这么便宜的烟。他说：好烟抽不起。况且习惯了，三天两头跟困难户泡在一起，有烟抽就算奢侈了。

他走访慰问困难户，可能进门就只看见一张床，揭开锅只有黑乎乎的糌粑，掀开瓮空空荡荡。床上光屁股娃，男女主人蜷缩在一角觳觫发抖……一次，他给一位孤残老汉送去一袋大米，老汉长跪不起，号啕大哭，说他活了七十多岁，从没吃过大米饭。老汉读过书，给王华大声朗诵了一首诗："我升起风马，不为祈福，只为守候你的到来；我摇动所有经筒，不为超度，只为触摸你的指尖；我磕长头在山路，不为觐见，只为贴着你的温暖；我转山转水转佛塔啊，不为修来生，只为佑你喜乐平安……"

王华说，每天处在这样的环境中，总是被感动，总是感到自己太富有，得到的太多，为老百姓做得太少。

中午在桑科草原的帐篷用餐。王华的两个好朋友，也是发小赶来作陪，一位县纪委干部、一位县人社局局长。桌上点了一份酸奶，只给客人喝；点了一碗米饭，也是只给客人吃……我十分不解：这是为什么？

王华和他的朋友都不解释，只说如今富裕了，他们经常吃。显然不是吃腻了，吃腻了不会专门点给客人吃。只可能是舍不得，酸奶、米饭对于他们是珍馐美馔。

人社局熊局长说：全县六千多平方公里，财政收入不到五千万，公务员、教师工资加上基本建设，每年需要好几个亿，全都靠中央财政转移支付。

我不知道该不该告诉他，我曾经工作过的两江武进县，仅仅一千多平方公里，但仅仅地方财政收入就超过一百六十亿，是他们的三百倍。

午餐后，我们驱车驶向甘南藏族自治州州府合作市，途经阿木去乎草原。这里被费孝通先生称为"青藏高原的窗口"，美国《视野》杂志将其评为"让生命感受自由"的世界五十个户外天堂之一。

沿途随处可见飘扬的五彩经幡，还有色彩斑斓的绣花拷边帐篷，绵羊、牦牛像天上落下的朵朵云彩，蓝天白云下，禽兽不惊生灵安详。黄色、紫色、红色的蒲公英和不知名的野花，跟随一望无际的青草在风中整齐划一地摇曳，草原上波浪起伏，绿色山丘形如海水潮涌。

我问：那些牛羊，不是钱吗？

　　王华说这叫"浪山"。随着脱贫攻坚的强力推进，好多乡镇都建成集镇化藏民定居点，藏民过上了定居生活。但他们仍然习惯游牧，定期或不定期地回到草原，搭好帐篷、扯出经幡、跳起锅庄舞，一边放牧一边享受沿袭千年的自由自在的游牧生活。牛奶从自家奶牛取，吃肉宰杀自家牛羊，酒用青稞酿制，连帐篷都可以拿牦牛的长毛编织，算得上富有。

　　但"有毛的不算财富"。王华说，好多人家养了几十头牦牛，还有上百只绵羊。兰州市面上牦牛五千元一头，绵羊一千元一只。

　　王小强在《富饶的贫困》中说：交通闭塞阻断了一切，包括财富和文明。

　　天祝县地处青藏高原、黄土高原、内蒙古高原的交汇地带，海拔在两千零四十米到四千八百七十四米之间。乌鞘岭横亘东西，地貌诡异峡谷幽深。庄浪河将县城一分为二，却只有一座桥梁。

　　县城的河才搭建一座桥，其他河可想而知，几乎一条沟壑一道天堑，无论此岸还是彼岸，都只能隔岸相望，河两岸极少贸易往来、极少信息沟通、极少关爱问候，大多困陷一隅自生自灭。

　　王华曾是司机，他对脚下的路了如指掌，不仅在天祝县七千平方公里地面上，包括甘南地区、陇南地区，河西走廊的甘州、肃州、凉州，直至整个"一带一路"涉及的区域，他都相当熟悉。

　　王华走进一顶帐篷又一顶帐篷，走到一个定居点又一个定居点，还走出兰州，走到上海，他像藏族人说的："鸡长双翅不能高飞，兔脚虽短却翻高山。"

他带来了交通银行一批又一批的捐助，四千多万资金，还有源源不断的物资。在天祝县城华藏镇的庄浪河上，修建了第二座大桥——"交行大桥"；把哈溪镇的卫生院，改建成天祝县第二人民医院……

在天祝县松山滩牧场，我看见交通银行援建的种植养殖暖棚，看见交通银行援建的藏民定居点。蓝天白云下，红彤彤的屋顶、色彩鲜艳的门窗、黑色的高速公路，把绿色的草地点缀得像童话世界。

我不敢相信自己眼睛：这就是藏民的新居吗？

在抓喜秀龙草原，能看见更多的藏民定居点，学校、医院、社区一应俱全，就建造在高速公路边。这里的高速公路像天路，一头在云中，一头在天边，前后都看不到尽头，四周辽阔无边，除了草原就是蓝天，我脑子里不断冒出一个词汇：天堂草原……

"你若盛开，蜂蝶自来"

王华说他在临夏的舅舅，一直设法帮助解放前逃难到夏河的亲人，可心有余力不足，舅舅的生活也难，没力量伸出援手。改革开放后，稍微有点力量了，就把十七岁的他接去城里。他在临夏学会驾驶，然后去兰州打工，在一家建筑公司开卡车，兼做装卸工。

有一天他正在挥动铁锹装卸砂浆，公司老板过来跟他握手，发现他长期握方向盘的手，因为装货卸货，已磨砺出厚皮老茧。茧巴厚到手指都难以弯曲，弯曲了也不能蜷成拳头，老板含着眼泪说他：娃，还没娶媳妇呢，恁粗糙的手哪个女娃喜欢？！

省经贸委领导是老板的朋友，无意中说起想物色个可靠的司机：第一，不能打着领导的旗号多事；第二，信得过。老板把王华推荐给省经贸委领导，一做就是好多年。后来领导说：年纪轻轻不能一直做临时工，可司机很难转正。

正好那时交通银行兰州分行有个机会，王华就去兰州交行，给张万银行长当司机。

张万银行长评价王华：做啥像啥，专心专注不好高骛远，不叫苦叫累偷奸耍滑……王华说，这样的性情可能是他们的家族遗传。

张万银行长把他推荐给交通银行总行，代表总行长期驻点天祝县，帮助当地老百姓脱贫攻坚。当时马琳说：王华做啥都怕人家说闲话，做啥都一头扎进去，这要一头扎进祁连山，还出得来啊？

王华说他起初并不了解脱贫攻坚的艰难，一头扎进祁连山，才很快感受到，他像背负了一座山。山上一个乡镇又一个乡镇、一群人又一群人，有的乡镇距离县城一百多公里，有的人祖祖辈辈没走出过大山，看见他像看见活佛。

如今总算小有成果，脱贫攻坚的成效有目共睹。但藏民的渴望远不止这些，尤其年轻一代。随着生活越来越富裕，他们也开始新的思考，对幸福的向往跨过高山、越过草原。

王华说扶贫不是布施，扶贫不是恩赏，扶贫不是把人分为三六九等分别打上收入标记贴上身价标签，扶贫的根本目的是激活潜能。没有哪个地方，没有哪个人，是必然贫困的，无非脱贫致富的潜能还没激活，一旦激活，无论身处什么样的条件，都没有理由安于贫困。

藏族人也说："鸭子不会遭水冲走，乌鸦不会被风刮跑。"何况人，有手可以干活，有腿可以走路，无非在于有没有冲破束缚。

王华说：长期困陷在高原大山中，藏民有些固有的观念束缚了自己手脚。

王华决心带领藏民走出去。"要致富先修路"千真万确，但修路的目的不光是方便货物运输，还要走出去。如果不是他十七岁就走出去，到了夏河又走向兰州，他很难设想自己的今天什么样子。

交通银行援建的打柴沟镇深沟小学落成时，正值上海世博会期间，当时有个政策，可以公费参加世博会。世博会是交通银行参与主办的，上海分行专程邀请王华，承诺为他开通绿色参观通道。

他七十多岁的父母，一辈子当农民，连火车都没见过，也想坐一回火车去外面走走。岳父母嘴上不说，但心头存有同样的希望。还有妻子、孩子，实在愧对他们。

他最终拒绝了父母，也没带上妻子、儿子和岳父母，他带上了二十个打柴沟镇深沟小学的孩子。

交通银行上海分行同时联系上海的汉族小朋友，六一儿童节一起去世博会。世博会上所有国家的展馆都为他们开通绿色通道，有的国家驻华领事还亲自为他们讲解。王华说：不知道这样的一次参观会带来什么样的影响，只知道整个天祝县都沸腾了。

电视台做了现场报道，县委、县政府领导纷纷表扬他，说他这个事干得特别好。

王华获得越来越多赞誉的同时，埋怨也铺天盖地而来。不仅仅是埋怨，还有终身遗憾。老父亲合上了眼，老岳父合上了眼，老母亲也合上了眼……不到一年的时间里，三位至爱亲人接二连三离开，都才七十出头，都是突然辞世，王华像遭遇了一个又一个的晴天霹雳。

马琳说：那时差不多天天哭，才哭完一个，又哭一个。王华白天还要去天祝县扶贫，那时正好特别忙，他要赶去监理给藏民援建的蔬菜大棚，连母亲去世、岳父去世他都不在家。

回来他就跪在灵柩前，默默流泪，一直流，一直流……不知他有多少话要说，但一句也不说。有时自言自语，听不清他说什么，只是一个人嘀嘀咕咕。等到终于听清他的嘀嘀咕咕，才知道他在反复说：对不起、对不起……好像他有无数的对不起，就不知道他有没有想过：他对得起自己吗？

交通银行甘肃省分行工会主任包小玲说：实在想象不出，还有谁吃得下王华那些苦。不过能理解他，就像诗人艾青写的："为什么我的眼里常含泪水，因为我对这土地爱得深沉。"

王华一头扎在祁连山里，帮助这个乡，扶持那个镇，走村串户，行走在千沟万壑中，翻越在千山万岭里，日复一日年复一年，祁连山的雪下过一场又一场，一年过去又一年，他已年近五十。

2006年跟他一起的王英东，在哈溪镇升任党委书记，后来升任古浪县副县长，再后来回到天祝县担任县长。王县长难以置信地问他：王华，你怎么还趴在下面？

2016年他入了党，终于离开天祝县。但却去了距离兰州将近七百公里的陇南徽县，仍旧去扶贫。

与之前有所不同的是，脱贫攻坚已升华为精准扶贫，由上级党委按照干部管理权限，委派驻点的第一书记，实行"责任包干"。王华负责徽县榆树乡火站村，担任第一书记兼帮扶工作队队长。

从2002年开始，由司机到扶贫干事，再到升任第一书记，王华说：只要自己看得起自己，做人做事别给人家说闲话，就一定会得到承认。

我问马琳：这样一来，分隔得更远了，更难见上一面了，有什么想法？

马琳递给我一张手写的纸条，说是写给王华的，上面写着一首仓央嘉措的诗《见与不见》：

你见，或者不见我

我就在那里

不悲不喜

你念，或者不念我

情就在那里

不来不去

你爱，或者不爱我

爱就在那里

不增不减

你跟，或者不跟我

我的手就在你手里

不舍不弃

来我的怀里

或者

让我住进你的心里……

周宁县，福建宁德地区一个二十多万人的山区小县，竟然发出豪言壮语："世界钢材看中国，中国钢材看华东，华东钢材看周宁。"

一

高老板问：你是金融作家，能不能帮我写个行长？

我说非常愿意。于是高老板用带有福建口音的普通话开始了绘声绘色的讲述：

第一次见面是在她办公室。我双手接过她的名片：宁婕好，两江省月牙湖中心支行行长。

我有点难为情，其实我也花钱读过大学，自我感觉还算是个儒商。我不无尴尬地问：两个字不认识，念什么？

她笑笑说：结余。

她抬手招呼我坐，我小心翼翼地坐下。沙发不是太好，弹簧很软，我啤酒肚子太大，不好意思斜躺，就并拢双腿笔直端坐着。挺着啤酒肚的我像怀抱一个坛子，压迫得我呼吸急促。坐不住只好站起，我不绕弯子直截了当地邀请：那就不打搅了，宁行长看哪时有空，去我们市场看看？

她爽快地回答：明天，行吗？

我喜不自禁，偷偷笑：行长都一样，听我有存款就心动。我有存款还上门巴结你？傻。

客户经理卢江洲送我出门，我使劲捏一捏他的手，心照不宣地说：合作愉快。

卢江洲面无表情，精瘦的面孔只有骨头没有肉，肤色还有些发青。

坐上我的宝马760，我扭头张望一圈，周围大多是住宅，看不见工厂，看不见人如潮涌的商业街，只看见好几家银行。烈日炎炎中，汽车轰鸣几乎覆盖一切，护城河改造的月牙湖公园近在咫尺也感受不到安宁静谧。

卢江洲向我透露，他们月牙湖中心支行，虽然归省分行直接管辖，却是在原来五个储蓄型小支行的基础上刚刚组建的，全部存款才十三亿，其中十亿储蓄。作为中心支行，省分行对他们的考核指标多达几十个，单靠储蓄独力难支，必须发展公司业务。可发展公司业务，他们不靠工业区也不靠商业区。

我摸出卢江洲刚刚复印给我的他们宁行长的讲话稿，不忙松开刹车，低头仔细看："月牙湖支行没有天赋的资源，只有天赋的勤勉。天道酬勤，百炼成钢，突破重围，经过艰苦卓绝的绝地反击，一定实现浴火重生……"我"啧啧"感叹：有点像荆轲唱"风萧萧兮易水寒，壮士一去兮不复还"。

可能银行的活儿也没那么容易，否则不会听我说能带动三百多家商铺来开户，宁行长就答应去我的市场考察。

汽车沿着浓荫蔽日的苜蓿园大街向前行驶。苜蓿是一种豆科植物，主要用于制作饲料，我哑然失笑，感到我们都在把对方当饲料。这也好呀，孔子说"己欲立而立人，己欲达而达人"，帮了我也是帮你们自己。

快到中山门，我减缓车速，忽然想到：万一她明天来只是敷衍场合，那我就"屎壳郎碰上放屁的——空欢喜一场"了。最好能请个有头有面的人物出场，哪怕只是帮忙活跃气氛，也表明我有后台。

我将方向盘猛地一打，直接去闻副区长办公室。

闻副区长在开会，打手机他不接，我很不高兴地发个短信：怕我糖衣炮弹吗？

不久就接到闻副区长的电话：你小子有没有正经，我在讲话怎么回你电话？

我嘻嘻哈哈地说：请到她了，但怕她只是敷衍。

闻副区长沉吟片刻说：你再进一步了解，她怕谁。

她怕谁？这倒确实是关键。从来都是一把钥匙开一把锁，要能知道她怕谁，就不怕打不开她那把锁。

我拨通卢江洲手机，神秘兮兮地问：她怕谁？卢江洲说：她刚从省分行空降来的，对她不了解。

卢江洲停顿片刻，可能身边有人说话不方便，他换种口气近似揶揄：来了就开展"寻找月牙"行动，选拔服务明星。她说像月牙那样简单纯洁，才能心无杂念全力以赴；像月牙那样昂扬向上，才能朝气蓬勃永葆激情；像月牙那样保持弯弯笑脸，才能付出快乐也收获快乐……

我掐断电话，不跟卢江洲说笑调侃，心头想：谁不想寻找那样的"月牙"？太多的人失去朝气缺乏激情，体力精力都消耗在打牌喝酒上，浑浑噩噩，人与人相见也难得有张笑脸，即便笑也像表演……正好闻副区长办公室外墙有一面"正衣冠"的镜子，我朝镜子一瞥，发现我倒是面如满月：脸庞肥大滚圆，一对眉毛却细如弯钩，像个卡通人物。

我哈哈大笑，笑得摇头晃脑。我把汽车开出区政府，脚尖使劲一踩，加速冲向快车道。手机突然响起，闻副区长打来问：打听到了吗，她怕谁？我说：没法打听。不过我想，你闻区长的面子她恐怕还是要给吧？闻副区长说：那好，明天我到场。

"东南有王气，氤氲绕金陵。"我从福建来南京，对这句话记忆最深。

当初舅舅、姑姑都劝我安分点，守住现有的地盘就不错了，我却坚持来南京扩张。四百亩土地已征用，三百多间简易商铺也已盖好。如此顺利全靠闻副区长帮忙，他让我佩服得五体投地，几乎没有他办不成的事。

出南京城半个多小时，一块巨大的路边广告牌格外醒目：周宁钢贸市场。围墙里面像简易街道，道路两边的商铺整齐划一，每间商铺不过十几平方米，一张桌子，两三个人，看上去无所事事。

我把汽车停靠在一座四层办公楼前，看见卢莺摇摇摆摆冲出，一边抹泪一边扭着腰柳摇曳生姿地快步小跑。我追上去问：又拿气话堵你？卢莺赌气说：拉倒吧，谁稀罕你们的臭钱！我满脸堆笑哄她：明天你哥来，帮你撑腰。卢莺问：当真？

我想了想说：你哥的行长也要来，你还是别露面好，免得你哥像以权谋私。卢莺轻蔑地说：没我哥帮忙，你们神气什么！我嬉皮笑脸地说：只要你哥帮上这个忙，保证升格你做我弟媳。

回头我有些吃力地登上楼梯，感到双腿格外沉重。给卢莺的承诺只是空头支票，她不可能成为我弟媳。

长三角地区的钢材贸易百分之八十被我们周宁人控制。周宁全县人口才二十多万，倒有八九万人在长三角地区搞钢贸，相互间亲戚套亲戚，结婚也不找外人，找外人很麻烦，最麻烦的是财产纠葛。

我们差不多一个家庭一家公司，几个亲戚组成联合公司，几个联合公司建立一个市场。长三角地区看上去有好多钢贸市场，其实都结为一体，无非各人有所侧重。

像我舅舅、姑姑的市场，我们也参股。我们在南京的市场，舅舅、姑姑一样参股。然而股份又不是清晰到每个人多少，尤其兄弟姐妹和夫妻之间，说来都有股份，但谁也不知道自己多少股，都在父母名下。

如果跟外人结婚，外来的人该不该享有股份？如果也享有，其他兄弟姐妹不会答应，除非通过联姻能够结成联盟。

卢莺只是我们雇用的店员，她一无所有，拿什么跟我们联盟？即便我弟弟跟她已经山盟海誓，甚至威胁要为爱殉情，我那些堂兄弟姐妹、表兄弟姐妹也不会同意卢莺分享股份。甚至不会同意把卢莺当自己人，只把当她雇员。自己人可以自己给自己开工资，雇员只能按劳分配。卢莺又心高气傲，没股份她就不跟我弟弟结婚，不然结了婚她只是雇员。

我夹在当中很难调解。以我家目前的实力，不可能跟舅舅、姑姑翻脸，我们一荣俱荣、一损俱损，谁也承受不起翻脸的后果。尤其在当前这个节骨眼上，南京市场的建设资金大部分是他们投入，进驻市场的商户大部分也是他们的客户，翻脸了不仅大家损失惨重，还可能从此成为竞争对手。周宁人之所以能控制长三角的钢材贸易，就是因为我们之间没有竞争，通过亲戚套亲戚结成庞大的钢材联盟，离开这个联盟谁都难以生存。

然而卢莺又不是普通雇员，她是卢江洲的妹妹。卢江洲说他这个妹妹只念过初中，学历太低找什么工作都难。我大包大揽地说：那就放我那儿，月薪八千。卢江洲当时非常满意，可他很快就不满了，说他妹妹遭到我们歧视。我也骂自己弟弟：谁不好爱，爱她干什么？

可弟弟说：宁肯跟卢莺一起出门讨口要饭……他出门了我怎么办？单靠我和我那智商超不过八十的粗笨老婆，就算加上父母，也支应不开这么大的场面。何况目前正是扩张的时候，特别重要的岗位必须自己人站点卡位，否则不知要踢进多少"乌龙球"。

天地良心，弟弟跟卢莺郎"才"女貌也很般配，我也非常希望他们终成眷属。可生意人做人做事并非单凭良心，更多的是算计，"吃不穷穿不穷，算计不到一世穷"。然而算计又可能导致"用心计较般般错"，像王熙凤那样"机关算尽太聪明，反误了卿卿性命"。

我再次想起宁行长讲的："像月牙那样简单纯洁，才能心无杂念全力以赴；像月牙那样昂扬向上，才能朝气蓬勃永葆激情；像月牙那样保持弯弯笑脸，才能付出快乐也收获快乐……"我不禁叹息：真要有月牙这样的人，花多少钱我都愿意雇。

二

从四楼窗户朝下望，看见一辆小车遭门卫卡住，卢江洲下车办理出入登记手续。我没下楼迎接，不想给人感到我过分殷勤，过分巴结。

车门被再次推开，我看见出来一位……不知该称女士还是该称她领导。

我接触的领导不算少，有的像闻副区长：名牌服装、名牌手表，昂首阔步气度雍容，一看就是领导；有的像卢江洲，面无表情深不可测，句句话都正确但没几句发自内心；有的像我父亲，皱皮老脸牙齿焦黄，穿西装不打领带、穿衬衣不扎进裤腰、穿皮鞋几天不擦一次……

眼下的宁行长，听卢江洲说，论级别也是正处级，她身上的粉色衬衣、藏青色长裤，都是银行工作服，无非熨烫得一丝不苟。面相上看她三十来岁，却仍不失花容月貌，举止优雅像是受过良好教育的大家闺秀。她看上去体重不超过一百斤，但不是弱不禁风的样子，而是精神抖擞，活力四射，仿佛穿上运动装就是体操运动员。下车后宁行长步履轻快，快步走向路边密密麻麻的商铺。

秋天的太阳也毒辣，商铺没有遮阳雨棚，她就站在太阳底下跟店员交谈。看样子问得很详细。卢江洲来到她身边，她也不急于离开。

过一阵她带上卢江洲去另外的商铺。三百多家商铺鳞次栉比，她一家挨一家问，像在逛步行街，还拿起样品掂量掂量。样品都是槽钢、角钢、螺纹钢和线材、板材一类，沉甸甸的，而且被太阳晒得滚烫，她却像面对维拉·王礼服和LV、古驰一类，拿起样品跟店员比比画画说说笑笑。

我心头猛然一紧："口开神气散，舌动是非生"，那些店员别说太多话啊。包括商铺的小老板们，如果给她三言两语套出真话，说不定就把不该说的话也说出来了。

我急忙下楼，气喘吁吁地跑上去招呼：哎呀，失迎，失迎，这么热的天两位领导请上楼，先喝口水吧。

宁行长摆摆手，继续问店员：你也只是管开票吗？

我抢过话解释：为什么开出三百多家商铺，就是因为每个商铺一家公司，做不同的生意。像这家商铺只做钢门钢窗的钢材，那家只做船用钢板，其他一概不做。还有的只做容器板、有的只做不锈钢、有的只做油井管……虽然都叫钢材，但我们细分成上百个品种。即使是同样的品种，有的因为客户不同，也要分成多家公司去做。像建筑用的钢材，需求量太大，我们就细分成这家做南京的建筑公司、那家做南通的建筑公司……好在专业化，任何钢材我们都有样品，看中就开票，我们有专门的运输队送货上门。仓库都集中，大宗物品由市场统一采购。每个商铺都是一个销售管道，业务员在外面跑，他们无孔不入。如今工厂和施工企业都希望"零"库存，我们就成为他们的仓库，虽然不像加油站那么方便，但我们的运输都委托物流公司，陆上水上四通八达。

宁行长含笑不语，可能她觉得我讲得太多，像给她上课；也可能不相信我的一面之词，她更愿意多方证实，还有可能她不便明确表态，请她来是问她贷款十五亿，这么大的额度不是她一个人能定的，她不便轻易点头也不便轻易摇头。

她扭转身继续面对店员，却转换了话题。她语速很快，快得让人必须竖起耳朵听，否则就可能漏掉一句两句。她问：你哪儿人？也周宁的吗？

店员已看出她来头不小，尽管她面容亲切和善，但身上有种气场，即使站在那儿纹丝不动，也"一枝冷艳当阶立，愁杀红莲不敢香"。店员忸忸怩怩地回答：是，周宁。

宁行长问：也沾亲？

店员点点头。她确实是我亲戚，她父亲是我表叔，这间商铺就是他们家的。

宁行长打趣我：高老板你只顾来两江赚钱，店员这种岗位也不给两江人就业吗？

我照实说：她们不是普通店员，她们不仅管开票还管收钱，不是自己人能行吗？

卢江洲插进话，慢吞吞地问我：销售款都是商铺自己收，进货却是市场统一进，市场和商铺之间，怎么结账？

我立即明白卢江洲的用意，他在提醒我赶紧提出需求。我说：以前是内部赊销，弊病太多，货款不能及时回笼，资金压力都在我身上。所以想搞带款提货，市场跟商铺之间，也钱货两清互不拖欠。可商铺的流动资金不足，我的资金又大量占用在建设上，才想到银行能不能直接将贷款给商铺。比如我这三百多家商铺，每家贷款不超过五百万，总共十五亿左右，我已成立一家担保公司，为他们担保。

宁行长问：谁为你的担保公司作再担保？

我张口结舌，她开口就点到我的死穴。担保公司名义上注册资金五亿，实际上五亿资金我都暗中通过高利贷贷给商铺作流动资金了，担保公司已成为一具空壳。

我强打精神说：我把整个市场都抵押给你们，为担保公司作再担保。光土地就四百亩，两万多平方米建筑，还有码头、仓储设施，材料仓库还有十多亿货物在循环周转，我在这市场投入了二十多亿，至今没一分贷款。你们的贷款分散贷给三百多家商铺，不是同一天贷也不是同一天还，风险都分散了，一家两家还不出贷款，只要担保公司不能及时代为偿还，你们马上就采取措施，不可能等到所有贷款逾期才收贷。一旦法院把我整个市场都查封，我值得为那几百万哪怕几千万、几个亿的不良贷款，毁掉我几十亿的公司吗？这账都会算。

我抬手抹把额头的汗珠，朝地面使劲一甩，假装很生气，给人感觉我被轻视了。我继续说：卢经理跟我是朋友，非要我去帮他。给商铺贷的款百分之百都存入你们银行，作为保证金开具银行承兑汇票，贷十五亿就十五亿存款，这账也都会算。

宁行长笑眯眯地问：我今天来干吗，是来专门说不吗？她侧转身继续面对店员，仍旧语速很快地问：空调都不装，这么热的天一个人从早守到晚，这么辛苦家里给你多少工钱啊？

店员摇头说：不发工钱。

宁行长像打抱不平：那怎么行，违反《劳动法》呀。

我赶紧接上话说：她也是老板，自己给自己开工资要什么工钱？

店员低声说：钱都给市场赚了，我们只赚辛苦。

宁行长抬起手，伸出兰花指凌空点点我打趣：亲戚的油水你也要榨干？

我满脸堆笑说：怪他们经营得不好，经营好的商铺一年赚上千万。

宁行长做出请的姿势说：带我去看几个经营得最好的商铺。

我浑身一激灵，像遭人兜头泼了一瓢水，在心头狠狠地责骂自己：呸呸，臭嘴，多嘴。

国家启动四万亿拉动内需，钢厂马上就抬高出厂价。而"奥运工程"已结束，汶川地震的灾后重建还没铺开，房地产又在观望中，对钢材的需求并没出现梦寐以求的"潮涌"景观，只好继续囤积。

囤积就像守望冰山，越是把钢材炒热，我们的利润流失就越快。对于我们来说反而希望钢材市场寒潮到来，这样我们就可以狠狠压低钢厂的出厂价。

我们已垄断长三角地区的钢贸市场，控制了大量用户，但在钢厂面前我们仍处于弱势。尤其那些国有钢厂，一方面需要我们帮助他们消化库存，另一方面又害怕我们控制销售渠道，只要有机会就设法削弱我们。甚至传说，他们在鼓动上面取缔我们，说我们扰乱市场秩序。

其实我们很难，只好裹挟上更多的人一起对抗钢厂，包括裹挟上越来越多的商铺，甚至想裹挟银行，结成利益共同体。

这些话不能说，只能继续吹嘘。可面前的宁行长，显然不是偏听偏信的人，她并不只听我说，反而跟店员说说笑笑很亲热，像在摸我底细。我油然想起胡适说过，世间最下流的事莫如把生气的脸摆给旁人看。宁行长笑眯眯的样子亲切随意，一点不给人脸色看，反而让我心头没底。不像卢江洲，看上去冷冰冰很难说话，实际上好对付，他就是装，装腔作势假模假样。

正在这时，一辆奥迪车飞驰而至，门卫看到车牌就放了行。我像看到救星，几乎蹦蹦跳跳着挥扬手臂。

闻副区长比我大十来岁，但保养得好，每天必定打一场网球，还用冬虫夏草泡茶，四十多岁仍旧英气勃发。我在他面前总是自惭形秽，他相貌堂堂，腰杆笔直，目不斜视，行走如风。手腕上亮晶晶的江诗丹顿手表在阳光下反射出耀眼的光芒，蓝色T恤、白色长裤，一副明星派头。

我疾步上前捧着他的手说：介绍介绍，闻区长，宁行长，客户经理卢江洲。闻副区长对宁行长有所了解，上来就说：你们银行我太熟悉了。宁杭公路改造、红花机场项目，你们省行领导跟我谈过多次，要做银团的牵头行。我说这个倒为难，其他银行也是省行领导来找，也要做牵头行，我答应谁好呢？

宁行长抿嘴一笑，可能她听出闻副区长牛皮吹得太大。那是省里、市里的重点项目，你一个副区长插得上手吗？其实他倒不是吹牛，他在北京都能说上话。

宁行长跟闻副区长象征性地握了握手，不知是开玩笑还是认真地说：省分行给我的区域定位是"根植城东、辐射周边"。宁杭公路改造、红花机场项目都在我的服务区，闻区长不会胳膊肘朝外拐吧？

闻副区长转过身，面朝整个市场挥扬一圈胳膊说：这是我招商引资来的。有些败家子败坏政府形象，把招商引资搞成招商骗局，落户了就不管人家了，我要负责到底，上面领导跟前我也这样说。现在我们还剩什么，只剩信任啦。你们银行也一样，没有相互信任，你的钱不敢贷，我的钱不肯存给你，就只能各顾各的。

这时宁行长手机响了，她微微皱起眉头，朝我们点点头表示歉意。回头低声吩咐卢江洲：又来催报存款，每天催一次就有存款啦？帮我回个电话请他们放心吧。

她声音有些嘶哑，不知是哽咽，还是一直没休息好。她掏出纸巾揩额头，像在冒汗，她往嘴里塞样东西，可能是清热润喉含片。我马上招呼：都上楼，都上楼。

办公楼只是简易装修，但会客室却装修奢华：雕花窗套，实木吊顶，还嵌入少量莞香。长绒地毯，紫檀案几，原装进口的欧式沙发，茶杯、果盘都是威尼斯的玻璃器皿。墙壁上几幅字画，也是名家手笔。

宁行长站在弘一大师李叔同工笔书写的《毕业歌》前："长亭外，古道边，芳草碧连天……"可能有些感触，她说：正好毕业十年了。

闻副区长问：宁行长哪毕业？

卢江洲不无自豪地抢着回答：宁行长是金融风险管理师，这是全球风险管理的最高资质认证，没多少人有这资质。

我心头一咯噔：风险管理师？

我可不希望遇到个风险管理专家，宁可都像卢江洲那样半懂不懂。我有些沮丧地招呼大家来到一张宽大的案几前，纸墨笔砚一应齐备。服务员熟练地铺开宣纸，我解释：这是积累我们的企业文化，来的贵宾都给我们留幅墨宝。

闻副区长已留下好几幅，他的字很不咋样，但还是毫不谦让地提笔就写："胸有千秋，心无一物。后学临于右任书。"

宁行长摆摆手推让：不敢献丑。

闻副区长把笔塞到她手里说：哪怕贷款做不成，也留两句鼓励的话呀。

我暗暗叹服，闻副区长毕竟是领导，话说得很得体。果然宁行长不好再拒绝，她稍微思索，提笔写下："神仙本是常人做，只是常人不自知。"

我没理解她写这两句想表达什么，是附和闻副区长的"胸有千秋，心无一物"，还是表明她对生活的态度？后来卢江洲说，宁行长曾在会上讲："做最好的自我，并不断清零，保持空杯的宽容……"

三

卢江洲给我透露，银行行长尤其女行长，有个共同特点：心细如发。别看她们一副轻松自如、举重若轻的样子，实际上他们每根头发都在探测四周信息，任何微不足道的异常都可能引起她们警觉。卢江洲提醒我，千万不要在他们宁行长面前自作聪明，不要试图通过商人惯用的庸俗手段打动她，不要低估她对事业的忠诚。卢江洲说：不过她们也有弱点，就是脸皮薄，吃不消领导的批评。

现在宁行长就面临着比批评还要难堪的困窘，省行安排她在全省月度工作会上作表态发言。这种发言不是光彩露脸，不是经验交流，而是在众目睽睽下表态：究竟能不能完成任务？

实际上只能表态一定完成，不然就是跟领导顶牛。可这样的表态如同立下军令状，如果最终没能完成，不仅会被诫勉警告，还要在全省同事面前丢脸抹黑。

不知省行为什么选择她发言，是对她的工作不满意，给她施加压力，还是对她寄予厚望，相信她一定能完成？不管哪种情况，都把她逼到别无选择的困境，只能完成任务。

可任务中最难完成的就是存款，宁行长召集所有客户经理和二级支行行长翻来覆去做工作，缺口仍然很大。卢江洲断定：无论如何都不可能完成任务。

宁行长却信心满满，用她极富感染力的语言说："卓越源自努力，勤奋造就奇迹。"

为了提振信心、激发斗志，宁行长专门组织了一场演讲。卢江洲把其中一位客户经理的演讲稿给我看，这姑娘我认识，跟卢江洲一个办公室，平时文文静静羞羞答答，演讲起来却变了样，让我想起电影里看到的"五四青年"，慷慨激昂豪气冲天。她说：

大海鼓励波涛，波涛鼓励风帆，风帆鼓励千帆竞发、百舸争流，在市场经济的汪洋大海中，没有怜悯、没有等待，只有强者高亢激越的号角。挪威作家易卜生说:"社会犹如一条船,每个人都要做好掌舵的准备。"我虽然只是一名客户经理,但同样肩负自强不息、创新超越的崇高使命。双目失明的美国作家海伦·凯勒说:"当感到有一种力量推动我翱翔,我决不会趴在地上爬行。"如今我同样感受到这样的力量,同样感受到这股力量在推动我翱翔。

去年我研究生毕业,今年应聘到客户经理岗位。听说客户经理的主要工作就是拉存款,拉存款的主要手段是拉关系。这让我感到巨大的压力,我只是普通工人的女儿,没有所谓的背景,怎么拉关系拉存款?如果不能拉来存款,我的价值如何体现?我差不多想自暴自弃。但在经历半年多的磨炼后,我越来越强烈地感受到,这是我的幸运,这是命运对我的眷顾。

客户经理的工作一般人知之甚少,绝不是通常说的拉关系,而是对个人经验和智慧的考验。我们如同在丛林看守羊群,四周都是虎视眈眈的豺狼虎豹,丢失一只羊都是我们失职,而要确保一只羊也不丢失,我们就可能成为豺狼虎豹的猎物。

车尔尼雪夫斯基说:"一切真正美好的东西都是从斗争和牺牲中获得。"我在工作中切身感受到,我们月牙湖支行的每个人都像战士,时刻捕捉一切可能捕捉的信息。当出现危险预警时,我们几乎蜂拥而上冲到前线,短兵相接决不退让,甚至可能长久对抗。因为涉及商业秘密,这里不便透露,但可以看见的是,在大多数人下班回家休息的时候,宁行长还带领我们客户经理在前线拼杀。

　　这样的环境是一种考验，挑战着我们能力的极限。我向大家郑重表态，我将像奥斯特洛夫斯基所说的那样："人的一生可能燃烧可能腐朽，我不能腐朽，我愿意燃烧起来！"……

　　然而这只是演讲，回头还得面临任务怎么完成。

　　卢江洲说宁行长当着大家的面从不说泄气话，但能看出她非常忧心。她面临的不仅仅是有没有面子，还有职工的福祉。完不成任务就没奖金，支行这么多职工，没奖金她怎么给大家交代？卢江洲对我说，如果我在这节骨眼上能帮银行分担点压力，比如帮忙搞点存款，不仅是帮他的忙，也是帮宁行长的忙，宁行长一定感激不尽。

　　这对我倒不是太难，我直接找到闻副区长。闻副区长说：正好有一笔汶川地震的募捐款，数额还不小，存哪个银行都是存，何况宁行长他们是国有银行，存给他们也是地方支持中央……

　　临近中午，我把汽车开得飞快赶去报喜。同时还想顺便请他们吃顿午饭，增进了解，加深感情。

　　银行职工大多身穿制服，比较醒目。我看见有人在楼下迎接快餐，有人去旁边的小面馆，我慌慌忙忙将车歪歪扭扭停下，三步并作两步疾步快走。我体重两百多斤，啤酒肚子滚圆像女人怀孕，没到楼梯就气喘吁吁。我扶住柜台稍微歇息，看见卢江洲下楼，一时不知该不该给他说明来意。

　　我希望先给宁行长报喜，然后听宁行长安排：这笔存款算谁的业绩。

虽然我也想帮卢江洲一把，但这家伙好像不讨宁行长喜欢，在宁行长面前他好像说不上话。

可能宁行长已看透他，他心思不花在正事上，整天挖空心思讨好卖乖。连帮我公司开个账户，也要翻来覆去表功，说开户不容易，每道手续都非常严格，任何一点瑕疵都不能通过。像我公司注册在安徽，来南京开户就算异地，手续繁杂得差点让我偃旗息鼓。

卢江洲居高临下，冷冰冰地问：来以前干吗不先打个电话？我正要出门吃碗面，你呢？

我说：等等，叫上宁行长一起，我去请她。

我赶忙上楼，掏出手机扯开喉咙吼：闻区长，别忙吃午饭啊，宁行长有请呢，就中午，就中午。

我这是故意说给宁行长听，怕她回绝我。

进入宁行长办公室，她已打开一个彩色饭盒，里面的饺子冷冰冰没热气。她抬头看见我，显然已听到我在走廊吼，她问：帮我请到闻区长怎么不早说？

我"啧啧"感慨：宁行长这么艰苦啊？宁行长说：没食堂，职工午饭都糊一顿没一顿很操心。我问：办个食堂还难啊？宁行长连珠炮般说：银行这么多网点你看几家有食堂？不光是银行，恐怕整个社会都还是存在吃的问题。以前物资匮乏没得吃，如今生活水平提高了又不知道怎么吃。吃食堂没问题吧？问题大了，我们下面还有几个二级支行，二级支行十来个人不可能办个食堂，不办食堂吃什么？

头一次听她一口气说这么多。可能她也意识到跟我说这些像是在对牛弹琴，她话锋一转：闻区长当真来吃午饭？

我喜笑颜开地说：帮你搞到一笔存款，汶川地震的募捐款。

宁行长一愣，可能是喜出望外，但随即又漫不经心地说：那倒真要谢谢。

我看出她不相信，连忙降低语调详细讲：喏，这样……宁行长终于相信，她拿起手机通知卢江洲：不要让高老板破费，我们安排，你在门口等闻区长的汽车。

她给我沏上茶，拿起饭盒说：你稍等，这饺子不能浪费，给他们吃。

她出门后，我半边屁股挂在沙发扶手上，随手拿起茶几上一本小册子，是常州市银监分局编写的先进事迹介绍。翻开看到一篇《行长的一天》，我饶有兴趣地看下去：

马路上还行人冷清时，她已出门了。通常她六点过出门，先送女儿到学校，再开三十分钟汽车，七点过赶到戚墅堰。戚墅堰虽是常州辖区，但很多常州人几年甚至十几年都不会去一趟。尤其戚墅堰大街，主要是退休工人的集中区。

银行八点半开门，七点过就有人堵在门口，大多是领取养老金的老人，有的还拎着菜篮子。他们通常不多说话，可能感到囊中羞涩，不敢像有钱人把自己当"上帝"。然而只要看到她出现，如同看到自家闺女，他们脸上立刻绽放笑容，主动招呼：李行长早。

李行长一路小跑，气喘吁吁地跟他们说笑，然后安慰他们：还要等一等，运钞车八点半才到，提早开门也没钱给你们。

老人们都能理解，有的老人反而不无歉疚地说：倒像来催你们，其实是我们习惯早起，不用着急。

她不能不急，她有很多事要做。其他员工陆续赶到后，她跟大家一起做班前准备，然后全体集合，整齐站成一排开晨会。她对昨天的工作进行点评，对今天的工作提出希望，然后带领大家振臂呼喊：戚墅堰，加油！把大家鼓动得容光焕发。

保安准备开门，她赶紧冲到门口，与大堂引导员、服务经理一起，随时准备搀扶老人。总有几个不守规矩的人，进门横冲直撞，把体弱的老人撞得东倒西歪，单靠保安不能阻止，经常是她亲自维持秩序。她身体单薄，瘦弱的身子几乎被蜂拥的人群淹没。她所在的银行在戚墅堰就一个网点，却要承担代发养老金、受理医保卡等业务，尤其每月十五号后，银行经常人满为患。

李行长不仅亲自维持秩序，还要不断地解释、说服。老人们普遍感到养老金太少，又没地方诉说，银行就成为他们每月一次的倾诉场所。

她完全能理解老人们的心情，可作为全国金融系统的劳动模范，她更清楚该说什么、不该说什么。她竭尽全力安抚、平息那些人中的激烈情绪，这样的劝导很艰苦，有一天，她口吐鲜血，大家都惊呆了。

她患有肺病，刚刚治愈又被送进医院，实在是过于辛劳。住院三个月后，医生劝她继续休养，她却放心不下那些老人，每月一千多元养老金，老人们需要倾诉，需要安慰。可银行不是慈善机构，银行更愿意为有钱人服务，她怕那些老人遭到工作人员的轻视甚至言语伤害，她必须尽快出现，她的出现对老人是一种安慰。她甚至能帮老人精打细算，推荐一些收益稳定的理财产品。

但她又不能把全部时间都花在对老人的关怀上，她还有更重的任务。作为分管内控和个人金融业务的副行长，她还要完成储蓄存款、基金销售等二十多个业绩考核指标。

二楼是客户经理办公室，人员都到齐了，只等她来开会。她看见客户经理个个愁眉紧锁，她的心情也随之沉重起来。她非常清楚，存款才是银行的生命指标，存款没有增长，所有工作都可能被清零。而柜面被领取养老金的人长期挤占，有钱人要存款也挤不进来。大家都在等她开会商量：如何给有钱人开辟"绿色通道"？

说是商量，其实是抱怨：柜面都给取款人挤占了，哪来存款。

可她能怎么办，就那么大点空间，就五六个柜面工作人员。她提出一个新的设想：设法说服客户，尽量使用网上银行完成存款、取款。

她带上客户经理出门，赶到今创集团。今创集团上千人的工资由他们银行代发，如果都到柜台领取，那么拥挤程度更加不堪设想。

她深入到今创集团的生产车间，给工人宣传网上银行。

不少农民工难以接受，她就拿出手机演示。她的努力得到越来越多工人的认同，有人赞扬她：李会计好有耐心啊！

等她离开后，有人出来纠正说：她可不是会计，是行长。

工人们难以置信，在他们想象中，行长是坐在办公室翘起二郎腿发指示的。

回到支行她静悄悄地坐上片刻，没人知道她有多累，只知道她吃不下午饭。她的午饭都是从家里带来的，支行没食堂，路边小店的饭菜太油腻，更加难以下咽。

她随便吃几口又开始忙碌。柜面中午不休息，她要赶紧完成手头工作，包括抽查现金库、查验重要空白凭证……银行工作无小事，任何疏忽都可能导致无可挽回的影响，她所做的工作都是制度规定的必须亲力亲为的。

手头工作差不多结束时，李行长来不及打个盹又接到电话，有位农民老板说有笔钱需要存银行。她随即就出门，她很了解这位老板，不肯给人知道自己有多少钱，存款分散存入几家银行，如果稍微怠慢，钱就可能存入其他银行了。

直到临近下班，她才满脸喜色地回来，那老板同意增加存款，吸收到存款的她一天的辛劳仿佛一扫而光。可她的任务不仅仅是吸收存款，每天的营业终了，盘账就像是一场考试，她必须确保无任何差错。

一切都顺利，等到运钞车送走钱箱，她又开始为明天的工作做准备，包括写下当天的工作日志、处理上级来文、学习最新的制度和产品说明。

　　将近六点钟，她亲自检查了门窗和防盗防火设施，这才走出银行。这会儿正是下班高峰，她开车缓慢穿行在拥挤的车流中，看上去很平静，其实她十分着急。

　　对于大多数人来说，下班就意味着一天辛劳的结束，而对于她来说，才仅仅是开始，家中还有幼小的女儿，还有身患癌症的丈夫，都在等待她照顾……

　　没人知道她瘦弱的肩膀能挑起多重的担子，只知道她一直挑到现在。2000年她就被评为全国金融系统劳动模范，直到今天她还在让劳模的光辉闪耀，并且相信会直到永远……

　　我不会轻易被感动，但这篇表扬稿让我鼻孔发酸。戚墅堰那地方我知道，我表弟就准备在那里新建一家钢贸市场，跟这位李行长还接触过。

　　我不禁想：下面支行的副行长都如此操劳，宁行长作为中心支行一把手，一天又将是多忙？不仅仅忙，还要面对像我这样的人。我感到自己真的像豺狼虎豹，虎视眈眈地盯着银行的钱。

　　汽车进入标营门，开到军供站招待所餐厅。宁行长不要我破费，让卢江洲安排午饭，显然对我心存戒备。

　　大厅是自助火锅，进门就闻到刺鼻的火锅味，我闻不惯血淋淋的鳝鱼、泥鳅、昂公的腥味，接连打两个喷嚏。宁行长逗笑：一想二骂三伤风，高老板得罪谁了吧？

　　我瞟了瞟闻副区长，努努嘴说：怕是把他得罪了，害得他跟我们一起吃忆苦思甜饭。

　　说话间进入楼上包厢，我眼前一亮，包厢宽敞明亮，虽没有豪华装修，但清风雅静，墙角植物散发出淡淡的幽香。服务员一色的衬衣裙子，嘴边吊个半圆形透明遮掩物，防止说话唾沫飞溅。还戴着雪白手套，感觉像护士。宁行长解释：不是舍不得花钱，这里特别干净，食材也很环保。

看上去宁行长心情不错，落座后她双手撑在圈椅护手上，像是随时准备弹跳起来。卢江洲招呼点菜。宁行长左右看看我和闻副区长，兴致勃勃地说：一定要敬两位一杯。帮我拉来这么多存款，怎么谢都不过分。

闻副区长掏出一根粗大的哈瓦那雪茄，用小剪子铰去封口，悠闲地晃晃手中亮晶晶的打火机，"咔嚓"一声"吧唧吧唧"点燃，吐出大口烟雾，近似陶醉地说：关键是信任，相互信任什么都好办。下来宁行长还有什么难处，照说。

宁行长轻轻咳嗽，雪茄散发的焦烟恶臭味呛得人够呛，但又不便阻止闻副区长吞云吐雾。宁行长从服务员手中接过消毒毛巾，稍微遮掩口鼻说：闻区长讲到这个话题我也有些感想。我听说过一句谚语："阻止你前进的不是沙漠，而是鞋子里的沙子。"

不明白她这话什么意思，似乎在婉转表示：她需要前进也需要帮助，但不能给她鞋子里灌沙子。

闻副区长把雪茄递给服务员，拿毛巾揩揩嘴说：这就是银行和政府的区别。银行看到沙漠绕开走，政府没法绕开，只能把沙漠变绿洲，不然就免不了引发沙尘暴。

我感到闻副区长的话不大中听，似乎他帮人家拉来存款，就可以教训人。我赶紧招呼斟酒，尽力活跃气氛。

宁行长手机响了，她开机睃一眼就掐断，不无自嘲地说：跟高老板在一起从没听到他手机响，他是给人家安排工作，不像我经常是人家给我安排工作。

似乎她的话外音表明，她不会被动听从人家安排。闻副区长抬手说：请便，请便。

宁行长去门外接手机，回来脸色不大好看，眼圈好像还有点红，可能挨批评了。但她很快就笑容满面地招呼："从来长江向东去，不信春风不回头。"卢江洲你也把酒端上，我们一起敬闻区长、高老板。

她有意提高音量，好像她永远不会灰心丧气，永远一副斗志昂扬的样子，几句话就把气氛推向高潮。"叮当"碰杯后，闻副区长又说：还是那句话，信任。宁行长有难处就说，以我和高老板的力量，肯定能帮你一点忙。

宁行长低头抿口红酒，显然她完全明白闻副区长的意思，只要能帮我做成十五亿贷款，她的所有困难都会迎刃而解。如果她眼下不方便表态，哪怕只是卢江洲开口，闻副区长也能帮她除募捐款外再多搞点存款。闻副区长在北京都能说上话，只要他肯帮忙，调动几亿存款都是举手之劳。

宁行长缓缓坐下，我用酒杯堵住嘴睃她一眼，她不会超过一米六，我和闻副区长都在一米八以上，左右坐在她两边，她像夹在两座山峰中。对面的卢江洲骨瘦如柴，只顾埋头吃菜，吃得嘴角流油。

服务员再给宁行长斟上酒，足足一大杯，我急忙伸手将宁行长的杯中的酒倒掉大半，嘱咐服务员：女士只能一点点浅尝。

我并不想乘人之危，猜想她的沉默应该是左右为难。她确实需要我们帮助，但是一旦得到我们帮助，她怎么还这个人情？这不是请一顿饭就能还清的人情，或许就要被迫答应我的贷款。而十五亿贷款，我自己都不知道有多大风险，我只想"毕其功于一役"赌这一把，如能成功，我一劳永逸，万一失败我就金蝉脱壳，溜之大吉。

我跟所有人都说，我在这个市场已投入二十多亿。但那是无限夸大，四百亩地的土地款，我只是象征性付了一千多万；三百多间商铺加上办公楼、仓储设施，大多是建筑商垫付的资金；仓库里的钢材，绝大多数是钢厂租用我的仓库暂时存放的，并不都是我的存货。我实际投入只有六亿左右，无非报表做得好看。如能据此获得十五亿贷款，我打算先将自己投入的六亿资金抽调出来，剩下的整个市场都靠贷款运作，反正土地是政府的，万一经营不下去，我就脱手给银行，由他们跟政府交涉。

宁行长沾酒脸红，不知她究竟有没有酒量。闻副区长跟她碰杯，跟手就把大杯红酒一饮而尽。宁行长低声笑着说：论酒量我甘拜下风，卢江洲比我还不如，可又是我请客，这倒给我出了个难题。闻区长你是领导，你来主持公道，这酒怎么喝？

闻副区长伸手端起分酒器，把自己杯子倒满，绕过宁行长跟我碰杯，大声喝令我：这杯酒我代宁行长敬你。小高你给我听好了，既然我来牵线搭桥，我就要对宁行长负责。你小子敢有一点闪失，知道我的能量吧？

我"咕咚咕咚"灌下一杯，把胸脯拍得"嘭嘭"响，像唱双簧那样回应：这个放心。你们随便去调查，长三角所有钢贸市场，凡是我们周宁县人搞的，跟哪家银行配合不好？倒是闻区长，不如再给宁行长搞点存款，也算帮我报答宁行长。等贷款下来，我全部作为保证金存在银行开具承兑汇票，又是十五亿存款，宁行长就可以天天请我们喝酒。

闻副区长大包大揽地说：多大个事，宁行长你还缺多少？

宁行长手机又响，她看也不看就关掉手机。亲自给闻副区长斟酒，又把我的酒杯斟满，再给自己倒一点点，用矿泉水冲调成满杯，高举在手说：你们的货真价实，我这里头有水分，即使我态度很好，也满杯干了，你们不亏吗？

一时没人接话，但都听明白了，她是正话反说。我们的存款随时可以取走，她的贷款一旦发放，就不是想收回就能收回的，她可能吃大亏。

卢江洲吃得再也吃不下了，打个饱嗝，有些着急地说：我们支行全部存款才十三亿，如果今年靠闻区长帮忙搞几亿，明年再发放十五亿贷款派生十几亿，后年争取把宁杭公路改造和红花机场项目的银团做下来，三年都不用愁了。宁行长你才三十出头，想在这里干到退休啊？恐怕不到三年就高升了，万一贷款确实出现风险，也是我们客户经理首先承担责任，牵连不到你。

宁行长有点窘，卢江洲的话把她严重贬低，显得她仅仅是怕承担责任。她盯着卢江洲问：既有领导又有客户，说话也这么随便？我们不一定高尚，但不能让自己的行为远离高尚……可能她意识到自己的话书生气太重，也太严肃，便莞尔一笑问：闻区长你说呢？

闻副区长摇摇头，言不由衷地赞扬：银行的领导素质高，境界高。

不过我发现面前的宁行长，确实不像我们商人，也不像闻副区长那样的官员。她在场面上能左右逢源，但不像我一看就圆滑世故。似乎她对商场、官场都很了解，却又决不挑破对方的难堪。我努力显示自己有钱，闻副区长尽量表明自己有权，她表露在外的是既没钱又没权。

我以为她是对自己缺乏自信，后来卢江洲说，她给客户经理讲：这个社会由人组成，每个人都像一只刺猬，缺乏收敛就会互相刺伤。收敛不是明哲保身一团和气，而是不要张牙舞爪，"温柔天下去得，刚强寸步难行"。

四

秋分后一直下雨，说不清是凉爽还是心寒，我穿上了外套。卢莺跟我弟弟果然私奔，留下一封信说去非洲淘黄金，赚不到足够的钱不回来。卢江洲得知后，气急败坏地威胁我：找不回我妹妹，我跟你血战到底。

我去哪里找？就算专门去趟非洲，人生地不熟，简直就是大海捞针。父母怪我不该来南京，不来南京就不会认识卢江洲，不认识卢江洲就不会害得弟弟跟卢莺私奔。舅舅、姑姑也劝我赶紧脱身，回去跟他们一起守住老地盘。老地盘的资金出现了大麻烦，国家发改委、商务部已开始调查，虽然还没有对我们这种"周宁钢贸"模式下结论，但银行已开始收缩那边的贷款。

南京这边的贷款也没进展，不知是因为卢江洲怀恨在心，当中作梗，还是宁行长不肯接受我们。她至今也没接受闻副区长的帮助，连那笔募捐存款都主动放弃。她对卢江洲说：人情是负债，最终要偿还，你拿什么偿还？还不清人情资产，负债率太高，作为企业要破产，作为银行信用受损，得不偿失。

当时卢江洲还帮我说好话。他说：钢贸市场的毛利率起码百分之二十，我们才收不到百分之十的贷款综合收益，高老板赚得盆满钵满，还不够还他人情啊？宁行长问：为什么钢贸市场的毛利率能高达百分之二十？卢江洲说：关键是这种"周宁钢贸"模式，很像沃尔玛大卖场，仓储、批发、零售、物流整合一体，面对供应商统一采购，面对销售商价格垄断、服务垄断，就可以获得垄断利润。宁行长说：任何模式都难以简单复制。沃尔玛在全球成功靠的是内部管理的精细，还有政策上没有障碍。高老板这种家族化管理的"周宁钢贸"模式能持久吗？政策上国家是支持还是反对至今也没明确，高老板他们想赌一把我们也跟他们赌吗？

不过宁行长也没把我这道门关死。她关照卢江洲：新生事物就像飓风，处在风暴中心却风平浪静，觉察不到狂风漫卷的危险。我们做银行的必须保持必要距离，既不跟进风暴中心也不逃之夭夭，风云激荡可能也是机会。

她安排卢江洲进一步深入了解。人家说好不一定好，人家说坏不一定坏，好坏最终要凭理性和良知做出判断，任何感情色彩和功利冲动都可能蒙蔽眼睛导致利令智昏。

卢江洲却不来我们市场深入了解，他来了只是问：我妹妹给你们整死了，还是真的去了非洲？如果在非洲给我找回来。

卢江洲威胁我说他要报警，闻副区长劝阻他：这点信任都没有往后怎么合作，高老板身价几十亿，整死你妹妹他图什么？你看他父母憔悴成什么样子了，如果不是忧心自己的小儿子，他父母才五十多岁，至于一副风烛残年的样子吗？反而应该劝你妹妹，为什么非要拥有股份，你妹妹到底看中对方什么？

我相信她看中的是钱。虽然她只有初中文化，但姿容出色，身高至少一米七，亭亭玉立很有模特儿气质。我弟弟肥胖臃肿，还笨头笨脑，平时动都懒得动，像只懒洋洋的澳洲树懒。不知谁鼓动他去的非洲，可能就是卢莺。家族里不同意给卢莺股份，还有一个原因就是怕卢莺把婚姻当跳板，然后通过离婚分走大笔财产。她处心积虑，后来看没有多大指望，就鼓动我弟弟出走，相当于把我弟弟绑架，等我们拿赎金去赎人。

凭什么给她赎金，如果卢江洲确实帮我做成十五亿贷款，倒也可以考虑。现在卢江洲什么也不做，连我电话也不接，我从头到脚都寒意浸骨。也许我一开始就错了，不该过分相信卢江洲，应该听从闻副区长劝告：不同的银行有不同的风险偏好，多找几家银行比一比看一看，这家难做另外一家可能就好做。

可当时卢江洲把妹妹都托付给我了，我也差不多把他当亲戚。而且当时他还说，他手头没几家贷款客户，可以全力以赴帮我做成这笔贷款。卢江洲说得很诚恳，说他就指望我这笔贷款翻身。

他家境贫寒，没有过硬的社会关系，工作上拿不出成绩，在银行这么多年一直默默无闻。如果能做成十五亿贷款，同时派生十五亿保证金存款，吸收三百多家商铺去开户，每家商铺都安装网上银行，每位店主申办一张他们的银行卡……卢江洲说他都不敢想象，这将会引起多大的反响，至少他们支行内部会对他刮目相看，他可能就会时来运转，甚至可能前程似锦。

我也有心帮助他，指望以后在银行有个靠山。这么多年我跟银行打交道，熟人不少但很难结成靠山。银行的人仗义的不多，肝胆相照的更少。人们都喜欢锦上添花，不肯雪中送炭，赴汤蹈火解危济困的人从未见过。因此我没再找另外的银行，一心一意指望卢江洲。

现在指望不上卢江洲，如果另外找银行，又是同样一套程序：先熟悉人，再加深印象，然后他们来企业调查，向领导汇报，领导实地考察，回去后石沉大海。反复打听梗阻在哪里，再逐一去疏通……如能疏通万事大吉，但经常是一头疏通另一头又阻塞，再疏通再阻塞，搞得晕头转向还不知道哪尊神点头才管用。耗去多少精力是小事，关键是耗不起时间，我那市场上还有千头万绪的工作呢，我不能一直围绕银行转呀。

想来想去我还是觉得，与其遍地掘井，不如盯住一眼泉钻探到底，哪怕下头是花岗岩，凿穿了说不定也能苦尽甘来。

我决定直接找宁行长，跟她如实坦白，包括卢江洲妹妹的事。即使宁行长明确表态帮不上这个忙，也可能给我指条路：怎样才能获得贷款？周宁人在其他地区的钢贸市场都能获得贷款，为什么就我不能？我们的运作方式一模一样，获得贷款的手法也大同小异，其他地区的银行就不担心风险吗？

我挑了一根素雅的领带，套上藏青色西装，把戒指、手链统统取了，换上闻副区长那种金光闪闪的手表，尽量把自己装扮得像个官员，而不是个体户的样子。银行看不起个体户，但肯定看得起官员。

去宁行长的办公室必须经过卢江洲门口，不知哪世结下的孽缘，偏偏就给卢江洲一眼看见。也许卢江洲时刻都在注意进出宁行长办公室的人，或者他百无聊赖，坐到办公室就东张西望。也许好久不见，他竟然朝着我笑，笑得我背脊发毛。我赶紧进门，摸出香烟见人发一根。又给卢江洲的茶杯添上水，赔着笑说：不来看我只好我来看你。

卢江洲伸出一根手指，朝旁边的空椅子点一点。我点头哈腰说：谢谢，谢谢。

其他客户经理跟卢江洲的关系明显不够融洽，或者看不惯卢江洲装腔作势的样子，纷纷起身离开，朝我点点头说：高老板，不陪了。

我连忙起身说：你们忙，你们忙。

只剩我和卢江洲，他稍微探过身子，骨瘦如柴的脸上没一丝表情，阴沉沉地说：我妹妹那边，你要给我一个交代。今天不说这事，先告诉你一个好消息，我准备换地方，那边给我一个支行副行长做，你贷款的事就不再是事了。

我张了张嘴，不敢相信他的话。但又想：他不会拿没谱的事说笑。我问：哪个银行？他说：小银行，但灵活。我假装喜出望外：好啊，我也想换个银行。你们这银行，唉，不是说不好……卢江洲打断我的话：不是我们的银行，从此是他们的银行。他们非要坚持政治挂帅、思想领先、作风第一，看不惯我，我还看不惯他们呢。

我赶紧奉承：银行也是做买卖，做买卖就只管划算不划算。卢江洲伸长手臂拍拍我：所以我们投缘嘛。我已经跟那边的行长介绍过你，绝对没问题，两个月内十五亿到位。贷款到位你再请客。

我试探着问：还要两个月啊？卢江洲有些不高兴：三百多家商铺，一家做五百万贷款，写调查报告到办理贷款手续，你给我算算一笔需要多少时间？还有市场的抵押、质押手续呢？土地、房产、设备还有存货，光是去土管局、房管局、工商局办理抵押登记就要多少时间，你别不知好歹。

我心头一沉：土地款还没交呢，根本办不到土地使用权证。那些工程款也没付，施工方拥有留置权，不能抵押。如果存货都质押给你，我怎么销售……

之前我承诺将整个市场抵押给银行，作为我担保公司的再担保，其实做不到。无非是想先把银行引诱进来，然后再分步实施：第一步贷给商铺五亿，抽出我借给商铺的五亿高利贷。再去交足土地款和拖欠款，办齐所有手续，通过虚假的资产评估报告，争取余下的十亿贷款……

卢江洲却想一步到位，他为什么这么着急？只有一种可能，他也在诱骗我。引诱我先去那家银行开户，再跟那家银行一来二往反反复复沟通，猴年马月能拿到贷款还不知道呢，这头跟宁行长倒一刀两断了。

我越想越不靠谱，反而觉得宁行长的一直不表态，可能更可靠。不表态就表明她还在通过各种渠道深入了解，或者在跟上面沟通，以确保万无一失。就算她最终拒绝，但不会诱骗我上当。如果要诱骗，她完全可以接受闻副区长的帮助，先把那几亿存款弄到手。

桌上电话急促地响起，卢江洲很不耐烦地一把抓在手问：谁？对方火气更大，厉声训斥：叫什么名字？礼貌用语学过吗？有你这样接电话的吗？卢江洲马上听出对方的声音，挤出笑容说：哎哟，真不好意思。不断接到骚扰电话，以为又是……对方打断话：你们的宁婕好行长怎么电话不接，手机关机？把她给我找到。

卢江洲搁下电话，幸灾乐祸地说：找到，去哪找？天天在外头找存款，回来饭都吃不下，吃润喉片。我问：宁行长不在？卢江洲白我一眼：怎么？"羁鸟恋旧林，池鱼思故渊"，舍不得？不肯跟我走？我慌忙表态：不不不，我只要把事做成，做成就好。

五

卢江洲果然跳了槽，去另外的一家银行当支行副行长。但闻副区长得到的消息不是人家看中他，是他遭宁行长清理出门了。

不知闻副区长从哪里获得的消息，他说宁行长平时挺随和，部下有点小毛病也不会求全责备。但她设定了红线，她的法规意识相当强，她说：法规已给我们留下宽容空间，还要去触犯只会两种情况，一是不懂也不学，盲人骑瞎马横冲直撞；二是内心缺乏敬畏感，藐视法规藐视一切。

卢江洲工作不在状态，上班没激情，三心二意左顾右盼。工作以外倒神气活现，虽不至于严重违法乱纪，但他手脚不干净，自损形象，还损坏银行的形象，一起的同事都看不惯他，他几乎没朋友。

这些话我相信，我对卢江洲非常了解，一开始我把他当朋友，还想依靠他。后来发现他诡计多端，跟他在一起总感到被算计。我本来就是算计别人的人，可跟卢江洲比，我还是经常少算一步、两步。他让我时刻都感到紧张，可能还不仅仅是紧张，而是害怕。不像面对闻副区长、宁行长他们，反而希望他们算计我一回、两回，给他们占便宜不一定吃亏。可他们不跟我算计，能帮的忙帮，不能帮就跟我说清楚。

闻副区长已明确表明，他不能再帮我争取贷款了。宁行长相当谨慎，并不听信我一面之词，她又去了另外的钢贸市场实地调查。如今她在等上面的政策，想弄清楚究竟国家支持不支持这种"周宁钢贸"模式？她说：如果政策不予支持，"周宁钢贸"立即就要土崩瓦解。

春节后我捧上"节节高"盆景，去银行拜年。经过原来卢江洲的办公室，不见卢江洲，我意外地感到一种喜悦，说不清怎样的喜悦，竟然有种回家的感觉。

我进门就大声喊：拜年拜年，新年节节高，节节高。

几位客户经理围上来，有的给我让座，有的给我沏茶，还有人递糖给我，嘻嘻哈哈逗笑：听说高老板的老婆有喜啦？

我自嘲自损地说：傻婆娘几年没动静，医生说责任在我，啤酒肚子太大，跟老婆隔心隔肚皮，所以怀不上。我这几个月跑贷款，跑得瘦了几十斤，老婆反而怀上了。

他们七嘴八舌帮我给还没出生的孩子取名字，有人说叫高尚、高贵、高沟酒，有人说叫高干、高薪、高富帅，还有人说叫高家庄、高粱地、高收费……逗得大家嘻嘻哈哈笑成一团。

笑够了我问：这么高兴是不是去年成绩不错啊？

他们兴高采烈地抢着回答：存款任务完成率全省第一，还被总行评为"先进基层党支部"，被中国银行业协会授予"中国银行业文明规范服务示范单位"……

我不声不响坐下喝茶，原以为没我帮忙他们很难完成存款任务。就像卢江洲去的那家银行，我想来想去还是没去开户，听说卢江洲被他们的分行行长训得垂头丧气，说他没有关系没有客户资源，只会吹牛，威胁卢江洲搞不到三亿存款就走人，银行不会用那么高的薪酬养闲人。

宁行长他们不靠我帮忙照样完成任务，还完成率全省第一，还是全国银行业的示范单位。我感到沉重的失落，感到自己渺小，渺小到可有可无。

或许闻副区长早就意识到这点，在银行面前连闻副区长都不能自夸自大，所以早就提醒我：进一步了解，她怕谁？

现在看来，她谁也不怕，就靠自己的团队，她照样攻无不克战无不胜，连卢江洲跳槽也无损他们分毫。想起卢江洲给我看的她的讲话稿："我们是只会三板斧打完逞一时之勇，还是特别能战斗、持续能战斗的光荣之师？我们是幸福一时，还是要将幸福进行到底？"

从客户经理办公室出来，我心灰意懒，本来就已经打算知难而退，此时此刻更是心意已决。

这时退出是最好的机会，有家房地产公司看中我那块土地，想跟我协议转让，转让后至少收回我的六亿投资。再把那些商户归并到长三角其他市场，然后我去非洲，听说非洲统一进程加快后，各个国家都在寻求大发展，大发展需要大量钢材，如果把我们这种"周宁钢贸"模式带到非洲，说不定会像当初的沃尔玛来中国……

如此一想又稍微振奋，我迈动沉重的脚步，还是打算跟宁行长作个告别。同时告诉她，尽管没能拿到贷款，但我不怨她。

我能理解她的难处，也钦佩她的冷静和睿智。如果我换到她那位置，也不会轻易贷款。我们这种"周宁钢贸"模式，属于一群农民自发推动的大胆创新。开创时间不长，还在"摸着石头过河"，各方面都不完善，包括内部管理，完全靠亲戚套亲戚，虽然把血缘、业缘、地缘统一了，但如今不是晋商、徽商时代了。

一家大型物流公司的老板跟我讲，他们已经把计算机技术运用到了物流中来，能精确计算哪条线路流程最短，最大限度降低运输途中空车往返的概率，准确控制物资和资金的流向、流量。而我们几万周宁人，还在像原来的采购员一样走家串户。

宁行长的办公室房门虚掩，我推门进去，她在接电话，朝我点点头。我瘦去几十斤后"如释重负"，坐上沙发上还能轻松地翘起二郎腿。

宁行长这个电话好像在跟谁怄气，好像眼圈都红了。最后她说：老人都你操心我知道，孩子都你操心我能不知道吗？唉，不说了行吗？这头来客人了。

她挂断电话，起身给我沏上茶，端起自己的茶杯喝口水，嚼上一粒含片，尽量轻松地说：新年大节高老板老远赶来，怎么样？我们终于搞出食堂了，中午跟我们同甘共苦吧？我连忙表示：那好那好，头一次在银行食堂吃饭，回头也好跟朋友吹牛，连银行都请我。

我有些夸张地开怀大笑，其实心头酸溜溜的，感到这是吃一顿散伙饭。

宁行长还在惦记家里，只是露出职业微笑。我不想耽误她的时间，直截了当地说：这市场，打算转让了……

宁行长几乎一动不动地听我讲完自己的打算。她好像有些过意不去，默想片刻说：我们的工作有耽误，责任在我，应该早一点给你明确表态，你这贷款我们很难做。不过也不是我们故意拖延，实在是拿捏不准，不知道国家政策是不是支持。我们基层支行能够获取的信息很有限，尤其对全局难以全面掌握，特别需要政策指引。

我说：这个我能理解，我们也在争取国家给个明确说法，不然哪天说整顿就彻底崩溃了。反正我已打算退出，宁行长能不能给我指点一下，究竟我们最大的风险在哪里？

宁行长将我杯中的凉茶滗掉，添上滚烫的开水，用她一贯快速的语气说：你们并没有多少资金实际投入，无非在经营信誉。政府相信你们，把土地给你们；钢厂相信你们，把货物给你们；亲戚同乡相信你们，举家都来承包经营你们的商铺……如果银行也相信你们，投入资金帮助你们扩大规模，你们的垄断地位就更加巩固，信誉就进一步提高，又有更多的人相信你们。这就像玩魔方，只要能一直转动，就可以玩出你们期待的任何结果。但是，只要当中任何一点卡住卡死，就玩不转了。

我问：那么我们最有可能哪一点玩不转呢？是应收款太多，或者库存太多，导致资金链断裂吗？

宁行长笑笑，轻轻摇头说：你们不可能不控制应收款，也不可能盲目增加库存。而且你们本来就带有囤积性质，只要银行贷款源源不断投入，资金链就不会断裂。问题是，银行的贷款能源源不断投入吗？除非政策上支持你们、鼓励你们……

一晃就五年过去了，那次谈话后，我再也没见过宁行长。

我没脸去见，一切都被宁行长不幸言中。国家整顿钢贸市场，整顿的重点就是我们"周宁钢贸"，不少银行的行长被追究责任，不少钢贸市场的老板锒铛入狱。最终造成的损失究竟有多大，恐怕谁也说不清楚。

我暗暗庆幸自己退出得早，就像击鼓传花，我抢先把花传出去了。但我并未感到获得解脱，看到曾经红红火火的钢贸市场一个接一个凋敝，看到曾经一起的亲人，有的因贷款诈骗服刑，我很想跪下来说：对不起。

同时还想给他们一句忠告：帮你可能害你，不帮你未必不是挽救你。

闻副区长说宁行长已经升任省分行行长助理了，我很想给她当面祝贺，却又羞于面对，只好拜托你这位作家朋友，帮我转达，说我其实很感激她，如果不是她，说不定我也跟那么多的亲人一样去"里面"了。

说到这里，高老板挣扎出难以言表的苦笑。

一

赵秀荣跟我说："丁家墨斗，付家灰斗……"
不知什么时候起，这首民谣就在遵义市梓桐县广为
传播，除了称赞丁家的木工、付家的瓦工手艺超
群，也是称赞两家的品行。

这样的称赞远远地传播到了北京，1958年丁家
排行老幺的丁绍芝，被挑选到北京，建设人民大会
堂。他从梓桐县城步行到遵义，遵义市委书记看他
头上缠绕防止瘴气入侵的黑色头帕，棉袄外面系条
腰带，腰带上别根旱烟杆，冬天脚上还穿着草鞋。
连车票都节省的人，背篓里锯子、刨子、斧子、锥
子、钻子、墨斗……木匠工具却样样齐全。书记大
手一挥说：这哪行？代表遵义人民参加全国十大工
程会战，那是群英会，每个人都是千挑万选出来
的，穿双草鞋去算啥，遵义人丢不起这个脸。

书记当即就私人掏钱给丁师傅买了双胶鞋。丁
师傅把胶鞋珍藏起来，直到去世也没再穿。

丁师傅的儿媳赵秀荣猜想：可能在丁幺爷心头，手艺人的本分就是做工，不是挣面子。他习惯穿草鞋，不觉得有什么丢脸。哪怕受到书记的亲切关怀，他也没受宠若惊自乱方寸，也没心性迷乱不知自己是谁。

建好人民大会堂，向国庆十周年献礼后，丁绍芝和当时的木工工友一起被评为全国劳模，过后丁绍芝回到梓桐。

几十年后编修《梓桐县志》的地方志专家饶有兴致地假设：那时丁绍芝正值壮年，如果留在北京，会怎么样？

回到梓桐，丁绍芝就只是木工，一直到退休。

平时丁绍芝一副严厉的面孔，少言寡语，极少提起他的过去。但面对电视里当年的工友，他会露出一种纯真的欢笑，小孩般乐不可支。

他甚至会翘上二郎腿，轻轻地左右摇晃，可能陷入了深深的回忆，回忆当年的群英会，回忆一起的工友，回忆他们的喜怒哀乐。

但他又显得异常平静，或者叫冲淡，接近"致虚极、守静笃"，好像过去的一切跟他不相干，他心头没留下任何遗憾，"空明一片，湛然朗朗"。

二

丁绍芝的异姓兄弟，付家老三付光荣，也跟他差不多性情。四十多年后，赵秀荣满含感激地回忆：嫁到他们家就叫付光荣三爷，叫丁绍芝幺爷。付光荣无儿无女，丁绍芝就把自己的一个儿子过继给付光荣，取名付治文。

说是过继承嗣，其实是帮丁家抚养。两家门对门，当中只隔一条窄巷。付治文过继时还是婴儿，长到两三岁养父就告诉他，对门的丁绍芝才是亲爹。他们毫不隐瞒，也没亲疏之分，包括丁家的其他孩子，一概叫付光荣三爷，叫丁绍芝幺爷。所有孩子都相当于有两个父亲两个母亲，可以在两家中任何一家吃饭，对两家老人也一视同仁孝敬。如果一定要说区别，就是孩子们长大了分家另立后，如果回到父母家，一定先敲付家三爷三娘的门。

至于为什么，谁也不知道，从来没谁这么规定，可能是发自心底的感恩。三爷、三娘把丁家所有孩子都视同己出，尤其三年困难时期，丁绍芝在北京，如果不是三爷三娘倾尽全力救助丁家，丁家五个孩子不可能个个安然无恙。

三爷不仅全力救助丁家，还供付治文上大学。付治文1959年考上贵阳工学院，三爷说这是丁家的荣耀，主动提出让付治文还姓丁，丁绍芝坚决不同意，说是两家共同的荣耀。

赵秀荣说她一直想弄明白：两个没有血缘的异姓兄弟，怎么能亲如一家情同骨肉？

多年后她才渐渐理解，他们都爱说，人家对得起对不起，随便，只要自己对得起自己良心。

不光这样说，他们还真的这么做。包括遵义市委书记送给丁绍芝的胶鞋，尽管没再穿，但他一直珍藏。丁绍芝虽然从不跟人提起，但其实他心存无限感激，为了无愧这分感激，他将胶鞋用红布包裹埋在箱底，一直珍藏到去世。这样做不是为了给人知道，而是给自己的良心一个交代。

他们做人做事与好多人不同。像丁绍芝从北京回来，人家问他当上全国劳模有什么好处？他浑然不知，也不去打听，更不索求什么，回来就继续做他的木工，没有失落感没有乖戾气，看到一起的工友上电视了，他照样笑得开心。

可能在他看来，他的世界在他心头，外头是人家的世界。但又如同守在自己的一亩三分地看人家田地的庄稼，他也为人家的丰收感到喜悦，也会在需要的时候义不容辞地搭个手出把力，并非出于功利，而是本心驱使。

付家三爷也是只求对自己的良心交代得过去，不在乎常人眼中的得失。人家抱养孩子，唯恐给孩子知道亲生父母，他完全没这个顾忌。

儿媳赵秀荣噙着泪花回忆：不光三爷，三娘也一样。那时那条街上，没人不知道三娘，无论哪家需要帮忙，都有三娘的影子。

作为儿媳，赵秀荣说：我经常不理解，三娘到处帮忙图什么？现在想来，无非求个心安理得，求个问心无愧，求个积德行善。

这样的言传身教对孩子影响很大。付治文1963年大学毕业分配到贵阳供电局，三爷对他的要求是：人家嫌苦嫌累的活你多干，人家不肯吃的亏你吃。

付治文很听三爷的话，主动申请去架线班，跟工人一起翻山越岭架设高压电线。这工作既吃苦又危险，那时的防护设备不像现在完善，高空作业不当心就可能坠落，贵州"地无三尺平"，坠落下来就是崇山峻岭，很难生还。

付治文差不多一米八高，仪表堂堂还是京剧票友，时不时客串个角色。那时的大学生凤毛麟角，他在整个贵州供电系统都出类拔萃，可供他选择的工作机会很多。

他却翻山越岭架设高压电线，而且一干就十二年，干到入了党，干到当上科长，一直干到1975年，终于积劳成疾，三十七岁就英年早逝。

他妻子赵秀荣说，追悼会上贵阳市供电局局长李杰号啕大哭，从没见过领导这样哭，李杰泣不成声地说：不光失去了一个好部下，还失去了一个老实人。

直到今天，贵阳供电局那些跟付治文共事过的老人，说到付治文还很动情，称赞他老实人。

赵秀荣说，付治文去世，两家都天塌地陷，幺爷、三爷、幺娘、三娘马上就老了。之前感觉不到他们老，说话中气十足。付治文死后，几乎就在同时，一下子感觉到他们神志恍惚。作为未亡人，赵秀荣劝说四位老人：治文很听你们的话，他对得起自己的良心。

三

好在留下两个儿子，其中一个叫付珏明。珏是两块玉合在一起的意思，显然付治文给儿子取名时就照顾到了丁、付两家的感情。

付治文撒手人寰时，赵秀荣才三十出头，后来她带上大儿子改嫁去了贵阳，小儿子付珏明留在三爷爷、三奶奶身边。

三十多年后付珏明说，父亲去世时他才三岁，过后经常听到人们对父亲的赞扬，赞扬最多的是父亲不撒谎不做坏事。只要他淘气了，爷爷奶奶或者母亲就会对他讲：你爸就不会这么淘气。如果他表现得乖，他们又会对他讲：你爸就一直这么乖……以至于他从小到大，一直隐隐约约感应到，父亲时刻都在盯住他、督促他、迫使他弃恶扬善。

上中学后，付珏明有次去学校，看见一个人双手捧着肚子，鲜血汩汩往外冒，明显遭人捅了刀子，他吓得拔腿就跑。回到家双腿一软，差点跪下，说不清给谁跪，总觉得冥冥中父亲在责骂他：怎么能见死不救？哪怕上去扶一把，也不愧对良心呀……

等到母亲回来，他给母亲检讨，说他今天做了错事。赵秀荣说，看到儿子悔恨交加的样子，作为母亲她不知该说什么。她当然希望儿子像父亲、爷爷那样，做人做事不是做给人家看，而是给自己的良心一个交代。可是，她又十分害怕儿子会因多管闲事惹来无妄之灾。最终她什么也没说，让孩子的继父来教育。

父亲过世三年后，爷爷也驾鹤西去了，六岁的付珏明回到贵阳母亲身边。继父膝下已有亲生的孩子，仍然收下付珏宏哥儿俩。继父是中学老师，性情温和，从不疾言厉色呵斥，但照样不怒自威，令人望而生畏。他的目光好像能洞穿对方的五脏六腑，能直视对方内心，任何事情在他面前都很难隐瞒。但他不会毫不留情地揭穿对方。

谈到这一点时，付珏明正好在陪同我们参观贵阳修文龙场的阳明洞。旁边祠堂悬挂了王阳明的《教条示龙场诸生》，其中的"责善"引发了在场人的讨论：为什么不是劝善，而是责善？

中国金融文联陈炜副主席说：劝善是一再规劝，甚至冒死

"死谏"，像海瑞抬上棺材"谏"，迫使对方接受。孔子看到自己的儿子走路也要"庭训"，迫使孔鲤走路脚尖着地"趋"，不许他昂首挺胸。王阳明提倡的"责善"不是这样，而是"润物细无声"，决不迫使对方接受，是恰到好处地提醒对方，因此叫"谏师之道，直而不至于犯，而婉而不至于隐耳"。

付珏明说他继父正是这样的人。继父对他的影响更加深刻，不仅因为朝夕相处，还在于继父的话能让他入耳入心。他念中学时继父是这所中学的教导主任，很威严，好多同学怕他。付珏明不怕他，他们相处得很像朋友，可以讨论任何问题，甚至可以讨论他父亲、爷爷的一生。

继父说他们的一生很值，最值的一点就是：只有人家欠他们，他们不欠人。不像商人无利不起早，整天算计得失太功利；不像伪善政客人格分裂，说一套做一套口是心非；也不像庸庸碌碌的糊涂虫，随波逐流不分是非，没有敬畏……付珏明说继父对他最深刻的影响是使自己学会设身处地替对方着想，不会只想自己的得失荣辱。

1994年付珏明从贵阳财经学院毕业，被交通银行贵阳分行招聘。分配工作时，没让他做信贷员，而是下派到支行做柜面出纳。

柜面出纳是银行最苦最累也最脏的活，那时一早一晚的钱箱是由出纳押运。那时银行卡使用量很少，大量零星交易和异地采购都通过现金，柜面出纳面临的现金收付量非常大。早上八点赶到分行金库出库，忙忙碌碌一天，晚上押运钱箱入库后，差不多七点了，有时骑上自行车都没力气蹬踏，整个人筋疲力尽。付珏明没把出纳当苦差事，只是想：让干就干好。

出纳不光是体力活，还要识别假钞，还要执行《现金管理条例》，还要参加点钞技能大赛……那时珠算和点钞是最被看重的两大技能，好多银行的领导就是年轻时凭借这两项技能脱颖而出。

付珏明身高将近一米八，算得上大个子，粗手大脚但不是粗人，他的点钞速度和准确率众口交赞，参加技能大赛，他获得全辖点钞第一名。

领导看好他，把他从出纳调整为会计，这样的调整算提拔。当时他二十多岁，体力、精力、人缘、技能等各方面都好，深得领导器重，哪里最需要就派他去哪里，包括最偏远的支行。

四

付珏明的母亲赵秀荣说，她一直有种说不清道不明的担忧，觉得付珏明太像他父亲付治文，哪里苦哪里累就到哪里，从不跟领导提个人的要求。

然而赵秀荣又觉得儿子这样做是对的，做人做事就该这样，哪能净想自己，哪能拈轻怕重挑三拣四，哪能样样都想得到。包括她自己，觉得跟领导提要求就是讨价还价。1976年贵阳供电局选派她去成都工学院学习，可能是享受刚刚去世丈夫的余荫福泽，读完工农兵大学她就能转为干部。但后来不知什么原因，又把她调整为短期进修，进修半年回来仍旧是工人，直到退休。

回想这一切她坦率承认：不能说没有遗憾，感觉自己太亏了。丈夫献出了，不希望再把儿子献出，希望儿子至少能得到属于自己应有的结果。

可儿子却像在步父亲的后尘，获得的赞扬无数，包括单位的领导和邻居，甚至他的婚姻也缘于此。

同在交通银行工作的王佳，父母都是财政厅的处长，人又秀外慧中，可供她选择的人很多，可她却偏偏选中了只是柜面会计、家境也不太好的付珏明。起初家里人不同意，后来王佳的外婆说，就要找这样的老实人。

老实人容易给人想象成老好人，或者没大能耐的人。多年后他们的儿子付一洋都十二岁了，王佳说：如果再有一次机会，还是选择付珏明这样的老实人。

老实人几乎成为付珏明额头上的刺字。一位老领导说：付珏明稍微动点心眼，早就提拔了。在银行工作谁不明白，岳父母都是财政厅的处长，这样的人还有干柜面的吗？

付珏明说，老领导的话他不是不懂，而是做不到。他只求做个老实人，不欺人不欺心，活得真实，活得没有亏欠。

好在银行风气总体上还是比较正，即便付珏明不动小心眼，领导照样培养他，二十七岁就把他提拔到信贷员岗位。然而他因为待人从善，付出了巨大代价。

一位叫车菊的人，从机关管理处室下派到支行，正好跟付珏明工作上搭档。

付珏明待人襟怀坦荡，甚至疏于防范。车菊就利用他这一点，偷盖他的私章作案。案发后查明，付珏明仅仅是上厕所没将个人私章收好，给车菊偷盖成功。但根据相关制度规定，即便如此也要被问责，付珏明被记过，由信贷员下派到柜面继续做出纳。

这样的处分实际是宣布，他的晋升通道基本被堵死。在我们习惯的语境中，挨处分就是有问题，至于什么问题，多半不去澄清，局外人也难以澄清，于是"莫须有"的问题难免会把人断送。

后来，幸而徐斌由两江省分行副行长调任贵州省分行行长，带去一个新的理念：历史宜粗不宜细，不要过多纠缠过去的细枝末节，主要看现实表现，看未来发展潜力。后来接任徐斌的王毅峰行长，进一步提倡"励志亮剑"，鼓励员工放下包袱，敢于亮剑善于亮剑。

付珏明再次获得机会，尤其在担任零贷客户经理后，工作上风生水起。但他并未因此就屈服于功利，好像他的内心无比强大，没有什么能动摇他为善去恶的坚守。

一天晚上回家，他看到小区门口的孤老太太呻吟不止。平时常见面，老太太八十多了，膝下无儿无女但有不少亲戚。付珏明夫妇把老太太送去医院，一直伺候到老太太去世，老太太的亲戚才出现。亲戚们非但没有感激，反而怀疑他们：非亲非故，无缘无故，为什么这样做？

不知什么时候出现"碰瓷"一说，害得好心人也不敢做好事，怕好心不得好报，甚至可能遭讹诈。赵秀荣说，得知自己的儿子儿媳给老太太送终，她倒不怕讹诈，而是非常欣慰。有这么心善的儿子、儿媳，她很满足。

后来付珏明被提拔为西南国际商贸城支行行长，但几乎没人向他祝贺。

这是一家普惠制银行，类似早先的储蓄所。这时候的付珏明年过四十，已在银行历练二十年，岳父已去仁怀市担任市委副书记，嫡亲哥哥已担任金辉实业公司总经理……无论从年龄资历还是人脉资源看，他当个普惠制银行行长都不值得庆祝。

但他干得很欢，干得红红火火。

担任支行行长后，付珏明几乎每天早晨七点出门，晚上七点还不一定到家，深感亏欠妻儿。只要有可能，他就给家人精心烧饭做菜。

不光烧饭做菜，付珏明还把家务活大头揽上，包括带孩子。可能从小失去父亲的原因，他尽量给予儿子足够的父爱，尽到父亲的责任。他说，如果一定要讲有什么对不起，就是对不起儿子。人家的儿子有钱上很好的私立学校，而他和妻子在银行属于基层员工，收入不高，无力负担儿子上更好的学校。

当然也有人利诱他，包括股份制银行和地方银行，也来猎过他。他也递交过一次辞职报告，但第二天就把辞职报告收回了。主要是王佳说：你在柜面那十多年，职位更低，收入更少，我也没嫌过你，就是看你不慕虚名，不被利诱，难道你也变了吗？

他没变，一点也没变，王佳痛悔不已地说：差点误会他。

付珏明最终用他的鲜血写下一句誓言："岂能尽遂人意，但求无愧我心。"

那是一个星期天的下午，付珏明带上儿子去看电影，影片太暴力，他便带儿子提前退场。付珏明去地下停车场开车，停车场空空荡荡，只看见不远处有两位年轻人。

五十多岁的朱大姐说，她当时被挟持在驾驶座位，左右两边年轻的歹徒用刀逼迫她交出钱和银行卡。正在这时，她看见一位高高大大的男人牵着七八岁大的孩子走来，于是便拼尽全力呼喊：救命啊，抢人啦……

那男人甩开手中孩子，大声呼唤：保安，保安……他声音发抖，好像也害怕，但奋不顾身就冲上来。其中一位歹徒说：弄死他。

两位歹徒挥舞手中的刺刀，丧心病狂地刺向付珏明。付珏明虽然高高大大，毕竟好手难敌四拳，但而且手无寸铁，平时又不习武不练把式，很快就招架不住。

他儿子付一洋，过后无论跟谁说话都声音特别大，感觉他始终处在惊恐中。他用颤抖的声音描述着：看到爸爸倒在地上，浑身是血，在血泊中挣扎，揪住一个歹徒的裤脚不放，阻止歹徒继续抢劫。另一个歹徒恶狠狠地喊：弄死，弄死。

朱大姐乘机推开车门，撕心裂肺地呼喊：救命啊，杀人啦……

护士小姐说，送来医院时，付珏明的胳膊和腿上有四个血窟窿，她用消毒棉签探测血窟窿的深度，整个棉签插进去都探不到底。另外小腹上，还被扎进一刀。

上面安排我采访吴长青，一家省级分行的副行长。吴行长不肯多讲自己，只给我讲了个故事：

长青说父亲还山安葬后，长青也像死过一回，脑子里留下不少空白。

长青还记得，父亲临终前手指像钩爪，特别有力地攥住他的中指，仿佛那边来人了，无形中要把老爷子拽走。老爷子眼泪长流，几乎哀求长青：我走了，别把你娘一个人丢在家，她就你一个儿子，她怕。长青双膝跪下，将头"咚咚"磕在床沿上保证：爹您放心吧，我也就一个娘呀……

过后一段时间，发丧守孝昏天黑地，长青并不记得老娘是怎么熬过来的。直到"七七"守孝结束，老娘换下斜襟麻布白衫——四十多天来第一次洗澡换衣服。换过衣服的老娘竟意外地提出：长青，好不好帮娘梳头？以前都靠你爹。

长青正在客厅，就着一碟花生米自斟自饮，马上撂下手头酒盅，问妻子要来梳子、篦子，不无夸张地表示：当然，以后娘的头发都由我来梳。

他把老娘扶到卧室圈椅上，张开粗大的手指捋起老娘的稀疏头发，先用篦子篦去头屑。其实老娘没有头屑，甚至不再出汗，好像新陈代谢停止了。但长青知道，老娘特别喜欢儿子给她篦头，类似头顶按摩。

不记得多久没给老娘篦头了，长青篦得格外仔细，几乎将每丝头发都篦一道。老娘眯上眼不言不语，似乎很享受，但并不显得愉快。长青问：娘啊，我手重还是轻？

老娘微微一笑，却答非所问：四十多岁的人还给娘梳头，给人知道要笑你。

长青说：谁会知道？

老娘问：很怕人家知道吧？

长青停住手，这还真没想过。无论在领导跟前还是在下属面前，他都是百分之百的爷们儿，一斤烧酒的量，豪情万丈，但行为检点，没有多少闲话落给人家嚼舌根。

可他毕竟是县支行行长，不大的县城里往东往西都算人物。他的任何举动都可能引发议论，连老爷子的丧事如何操办，最后退还了多少礼金，似乎都有人帮他统计，传闻中的数字竟然与实际八九不离十。

他几乎没有秘密，包括去了什么酒店进了哪家歌厅，不费多大事就能打听到。甚至他夫人的品行、女儿的成绩，也有人关注。现在他给老娘梳头，说不定明天就传开了。传开又怎么啦？帮老娘梳头又怎么啦？不丢人呀。

他放下手头的篦子换上梳子，问老娘：要不要盘成发髻？

老娘仍旧答非所问：你爹说，往后你交给我管，我咋管得了你呀？

长青哈哈大笑，低下头将脸贴在老娘腮帮说：给你管，给你管，岳元帅还给老娘管呢。

老娘颤颤抖抖地伸长胳膊，要去拉床头柜的抽屉。长青问：要啥？

老娘不回答，亲自拉开抽屉，翻出拳头般大的朱红漆匣。摸出匣子里一对银镯、几张作废的票证、两枚毛主席像章、叠得整整齐齐的大学录取通知书和学生证，丢在床头柜上说：这都是你的东西，你爹走了我怕丢，不帮你保管了。

她回转身，将腾空的漆匣递给长青，坚决地吩咐：头发掉得多吧？别扔了，装起来，往后娘给你留点头发。

长青鼻孔一酸，哽咽着说：娘不说这些，说起来就伤心。

第二天清晨，睡梦中听到妻子惊叫：长青不得了啦，娘非要去买菜。

长青套上汗衫冲下楼梯，老娘已走出银行宿舍大门。长青上去接过菜篮子，挽住老娘的胳膊问：是嫌儿媳买的菜不合你口味吗？

老娘叹口气说：你爹说，往后这家要我管，咋管呀？从来都是你爹管。

长青连忙说：好管好管，都归你管，不听话你就骂，就揍。

老娘低头不语，明显加快了步伐。来往车辆横冲直撞，越是接近菜场越拥挤，长青不敢大意，几乎将老娘拢在怀里。听到有人招呼：吴行长亲自买菜啊？

长青打趣：我还亲自吃菜呢。

嘻嘻哈哈中看见老娘买了花生米、咸鸭蛋、卤猪蹄……长青想阻止，老爷子已过世，他又经常在外应酬，这下酒菜买来给谁吃？

看见老娘又买了黄瓜、猪肚、腊肠、鲫鱼……长青啜嚅嘴唇想说：我中午晚上都有应酬，你们祖孙仨吃得了这么多啊？可转念又想：只要老娘开心，爱买就买吧。

晚上司机把长青架送回家，他醉眼蒙眬倒头就睡。睡梦中感觉到喉咙火辣辣，他起来喝水，发现客厅亮着灯，老娘独自坐在灯下打盹，像皮影戏里的纸片人：脑袋慢慢低垂，猛然又高高地昂起，接着再缓慢低垂，猛然又一次昂起，如此不断地重复。长青蹑手蹑脚走过去，试图轻轻抱起老娘，老娘却睁开眼，站起来揭开餐桌上的网罩，露出满桌下酒菜。老娘说：我还一直没吃呢。

长青眼眶一热，不知要不要埋怨老娘：等我干啥呀？但又陷入深深的自责：我太浑蛋啦，只顾跟朋友花天酒地，丢老娘在家苦等苦熬。

他赶紧摆出碗筷，兴致勃勃地撒谎：我就喝了几口酒，正饿呢。

老娘露出难得一见的快慰，给长青斟上小盅酒说：你爹说酒属阳菜属阴，酒要配菜菜要配酒，一口不喝也不好。

长青逗笑：那娘你为啥不喝？

老娘说：先前穷，有口酒也留给你爹了。后来有酒喝，又学不会了，一沾就头晕。

长青给老娘搛菜，鼓动她：那就多吃菜。

老娘却将大部分菜搛回长青碗里，只拈一片黄瓜抿在嘴里说：娘哪能吃大鱼大肉？

长青想说，那明天就别买菜，这剩菜够吃两天了。可又想，剩菜给谁吃？给老娘吃？给老婆吃？给女儿吃？自己山珍海味天天翻新，再他妈浑蛋我也没这么浑呀。

第二天老娘又去菜场，买了不少跟昨天完全不同的新鲜菜。长青后来几次想阻止，却总也开不了口。

但还是感到老娘浪费，虽说不值多少钱，也得花钱买啊，吃多少买多少不行吗？就在这么想来想去时，长青猛然意识到：老娘是给他买菜，盼他回家吃饭……

长青升任市分行副行长了。搬家的前夜，他陪老娘坐在客厅，一再恳求：实在舍不得这老屋，我就不调市里去啦。

老娘轻轻摇头说：娘咋能拖累你？

可老娘一直坐在客厅，望着老爷子遗像，有时又凝望漆黑的窗外，似乎在等待什么。

可能在等老爷子接她走，否则去了市里，怕老爷子找不到她。长青看得难受，怕老娘深陷悲痛中，便给老娘打散头发，再次给老娘梳头。

头发掉得更多了，长青不敢用篦子，只是轻轻地轻轻地用梳子梳。老娘不太满意，嫌长青像挠痒痒，给她梳得怪难受。长青只好稍微用力，同时把脱落的头发捡起来装进朱红漆匣。

将近天亮，老娘终于支持不住，眯上眼依靠在长青怀抱，似乎还露出了笑容。可能她梦见老爷子了，可能她还不无得意地告诉老爷子：这家她管得好着呢，长青现在很少去外面应酬，照样升职。

长青升到省分行副行长时，八十多岁的老娘已不可能上菜场，但仍等到儿子回来才吃晚饭，等到儿子给她梳了头才睡觉。

当漆匣的头发装到差不多半匣时，老娘已八十七岁。这一天她气若游丝，要长青打开漆匣，伸手摸了摸说：娘没啥留给你，就这头发，也留得太少。儿啊，怪娘吗？

长青泣不成声，将头埋在老娘枕边哭求：娘别说啦，别说这些，我们啥没有啊？

老娘缓缓抬手，抚摸长青花白的头发，喃喃自语：还有三天，你就六十了，就好退了。她突然问：知道娘为啥缠住你，不要你出去喝酒吗？

长青直起身，望着老娘说：娘心疼儿子。

老娘微微咧嘴，似乎很得意，微弱地说：你爹教我的。说那些酒肉朋友，早晚害你，要我把你缠回家……她眼睛一鼓，喉咙里像有痰卡住了，接着就松开手，像是终于安稳入睡，终于高枕无忧了。

胥孝华给我讲他的亲身经历：

一九八五年，领导安排我组建陵阳县农村调查队，属于国家调查总队的派出机构，一切编制包括经费都由总队安排，地方政府不能干预。

农业、农村、农民的实际状况，除了统计局层层上报，调查队还要另外调查。怎么调查？通过随机抽样，抽取一定数量的农户作为固定调查点，派人定期去农户家蹲点。

随机抽样排除了主观倾向，有的调查点就非常偏僻。当时陵阳县一百三十一个乡一百四十万人，分布在将近三千平方公里区域，地理条件、生活环境差异很大，有的山区别说公路，连山路都不通。

那年我二十多岁。后来调到两江省改行进入银行，银行方面一直质疑：二十多岁的人怎么可能担当如此重任？

主要是调查队的工作鲜为人知。工作其实也简单，就是跟调查户斗智斗勇。

像我们这样搜集人家的详细资料，包括农户的各项收入、支出，连偷的、赌的等非法收支，都不能遗漏，都要逐项登记台账，他们不可能没顾忌，不可能积极配合。

得不到他们的配合，报表就不平衡。这是一套逻辑严密的平衡表，指标间相互关联，任何一个指标不合逻辑，整个平衡表就不平衡。哪怕偷了一只鸡，如不据实填报，这家农户的平衡表就会异常。比如鸡饲料异常增加，如果消耗的饲料粮也隐瞒，又会与粮食收入不符。比如粮食收入一千斤，出售三百斤，个人消耗五百斤，还有两百斤不是作为饲料粮又消耗在哪里了？如果粮食收入也隐瞒，又跟消耗的种子、化肥、农药等开支不符……连我们专业人员都很难凭空编造一张平衡表，农民更不可能完全凭空捏造。只能如实上报，包括煮饭先称米、杀鸡先过秤等，并随手记下，不然过后忘记重量，实物量平衡表与价值平衡表又会七拱八翘互不衔接。

如此烦琐的据实登记，虽然也能获得我们的补偿，但补贴有限，主要是激发调查户的公民责任感。

我们明确告诉他们，只有丝毫不差地如实记录，中央才能准确了解农民收成多少、开支多少，一年能吃多少粮、多少肉，负担有多重，交多少公粮、多少农税，有没有乱摊派……好多好多，连娶个媳妇、送个礼花多少钱都要详细报告。通过调查户登记的原始台账，统计专家经过抽样推断和误差修正，就能给中央提供非常全面的一手资料。

前提是不能造假，如果原始台账都伪造，后面的一切判断都是错误。这样的错误不是一般失误，可能导致巨大灾难，最终受害的还是老百姓。

我们这样宣传，不知农户能听懂多少，可能仍旧将信将疑。他们更在意我们这些调查队的人，是什么样的人，值不值得信任。

四川省调查队向我们传达国家总队要求，县级调查队必须长期驻扎在农户家，与农户"同吃同住同劳动"的时间每月不得少于十五天。

我们县调查队八个人，除我以外他们一人负责一片，我主要负责督查巡视，防止他们弄虚作假敷衍塞责，同时保持与当地乡政府的沟通。

这样的沟通也难，尤其突击整治社会治安期间，基层派出所为了抓嫖抓赌，迫使调查户交出原始登记台账，试图依据台账按图索骥。

那时我年轻气盛，立即就向上面汇报基层乱整。

当时的四川省调查队长叫吕天星，南下干部，军人出身，脾气很大。老人家得到报告后怒发冲冠，专门赶来陵阳，朝着县领导骂。

我很解气，以为老人家帮我撑了腰壮了胆。等他走后，吴子明县长咬牙切齿地骂我：龟儿子，你把老子的皮臊完了。

吴子明县长是我父亲多年的同事，把我当世侄。给他这么一骂，我才意识到，相互沟通是技术活，我已卷入矛盾旋涡了。

县里的调查队长由统计局长江本源兼任，我以农村组组长身份实际负责调查队的工作，就以为自己是调查队的实际负责人，就以为可以当家做主。

经过这样闹腾，我明显感到工作阻力加大，县里各方面都帮吴子明县长讨回那口闷气，都怪我成事不足败事有余。

我放弃了对调查队的实际领导，将领导权归还江本源局长。加上我去意已决，准备调往两江省，于是从1986年起，我像调查队的其他人那样也负责一个片的蹲点。

我这个片点共十户调查户，距离乡政府不远。虽然我是主动放弃领导，但仍然感到落难，就没惊动乡政府。班车到达镇上后，我独自步行。

初春的公路尘土飞扬，太阳下差不多令人窒息。我转道上田埂，从庄稼地穿行。油菜花开始凋谢，绿油油的麦苗还没吐穗，这是一年中最艰难的时节。上年粮食所剩无几，新年夏粮还没成熟，连蔬菜都稀有，称为春荒。春荒常常伴随春旱，长时间不下雨，庄稼靠挑水浇灌，劳动强度非常大，农民苦不堪言。

这季节我们蹲点，还有另外一个任务，就是将春荒春旱的实情报告总队，以便中央及时了解并准确判断。

能不能准确判断，兹事体大。

1982年我在井研县政府实习，带教我的老师叫刘长久，西南农学院农经系1962年毕业，是当时的稀缺人才，因为是右派一直屈居井研。

他对我的要求非常严格，包括在农民家吃饭，碗里不能剩一粒。工作上更是一丝不苟，他说我们的工作差之毫厘，中央的决策就可能谬以千里。像去年，四川沱江流域暴发千年未遇特大洪水，资阳、内江、泸州等好几座城市遭水淹。中央非常担心，四川粮食产量占全国十分之一，这么大的洪灾，如果四川粮食欠收，全国都可能挨饿。

等到各地灾情汇总，果然大幅度减产，预计减产两百亿斤以上。四川全年粮食产量才八百亿斤，如果减产两百亿斤，那么粮食产量就不到六百亿斤。扣除国家征购、工业用粮、饲料粮、种子粮等大约二百八十亿斤，剩下三百二十亿斤口粮供四川一亿多人吃一年，人均才两百多斤，平均每天七两粮，怎么活命？依据历年积累的饥饿经验，一定会出现逃荒要饭现象。

中央紧急下达调拨计划，从东北往四川急调玉米、大豆。可等到玉米、大豆从东北千里迢迢调到四川，秋收已结束，四川的粮食不仅没减产，还增产三十多亿斤，需要大量调出粮食。

听说当时中央下令国家统计局严查，四川减产两百亿斤的数据哪来的？查出来追究政治责任。

查来查去也查不出谁的责任。各个县统计局的数字都是农业局上报的，农业局说他们的数字是县委农村工作部敲定的，农工部说不是他们敲定，是常委会决定。常委会谁决定的？集体研究决定。

最终向中央汇报，当时灾情确实严重，确实没有虚报。由于各级党委政府非常有力地组织抢险救灾，把损失减少到了最低，把受灾面积控制在沱江沿岸一线。其他地区不仅没受灾，还大丰收。所以汇报的题目叫：《受灾一条线，丰收一大片》……

刘长久老师说，这不是笑话。1983年颁布《统计法》，1984

年就组建国家调查总队，如果再出现这样的重大失误，我们就罪责难逃了……

我一路走一路职业性观察。作为专业调查员，我随便捋下几根稻穗、麦穗，就能大体判断千粒重，就能八九不离十推断每亩产量；随便找个农民闲聊几句，闻对方哈出的口臭夹带什么味道，看眼角挂不挂眼屎、衣服有没有补丁、脚下什么鞋子……就能大体判断对方生活状况。农民不算诚实，但他们那点狡黠如同掩耳盗铃，轻易就被我们专业调查人员识破。

有人远远招呼我，去年选择样本点时我经常来，与好些人面熟。我一边跟他们寒暄，一边走向徐从本家，那是一堆好多户人家紧密相连近似封闭的瓦房。

每十个调查户就要聘请一位辅导员，虽不是干部编制，但由县政府颁发聘书，地位不见得低于村支书。津贴也还可以，大多由村干部兼任。

徐从本例外，他连生产队干部都没当过。当时聘他为辅导员，乡党委不同意。但我执意聘他，理由是他天不怕地不怕，什么话都敢说，甚至敢于当面指责乡村干部。我不怕调查户说，就怕他们不说，否则怎么了解社情民意。

徐从本知道他是我力排众议保举出来的，可能出于感激，每次我来，他第一句话就是：正好整两口。

他除了庄稼没有额外收入，一儿一女都在念高中，儿子还住校，家庭条件并不好。但只要我来，包括他夫人，都喜上眉梢。他夫人叫我兄弟，要我叫她嫂嫂，可我才二十多，他们都四十多了，我坚持叫她李娘娘。

　　徐从本捧出十个调查户的台账，我逐一翻看进行逻辑审查。

　　其实不需要过多审查，徐从本对自己辅导的十个调查户了如指掌。调查户每发生一笔收支，即便当时没记录，过后也要补登台账。如果遗漏，首先徐从本这一关就难过，他马上就会发现并扣罚调查户的津贴。对于完全靠庄稼收入的调查户，卖一斤大米才五角钱，一斤大米一天的口粮，哪怕扣罚五角钱津贴他们也心痛。徐从本又不好通融，他珍惜这份辅导员工作，决不跟调查户串通一气欺瞒我。

　　李娘娘跟往常一样，只要我来就杀鸡。徐从本作为辅导员也是调查户，在自家台账上登记："4月23日，杀一只公鸡，毛重六斤三两，市场估价七元，来客吃。"李娘娘摸出烧酒瓶，空空如也，摇一摇说：兄弟你多住几天，我打五斤酒回来。

　　我不置可否，徐从本又在自家台账上记下："4月23日，买五斤烧酒，单价六角八分，共三元四角，自己喝。"

　　记下台账，他"咝咝"吹干墨迹，不无懊恼地说：莽娃前天上街割三斤肉，台账只记肉钱。我说你妈哟，半年吃不到一回肉，难得吃回肉酒都不打一斤啊？

　　结果他是去酒厂偷了半桶酒。我说偷的也要登台账，他问咋个算价钱，我说按市面价。他半年没喝酒了，不晓得市面上酒是啥子价，就提两斤去卖。哦嗬，遭酒厂抓了个现行，押到派出所。公安来他家搜查赃物，搜出登记台账，上面记录显示他不光偷酒，还偷国营林场的柏树。我得到消息去跟公安交涉，人家不理我。

　　我惊讶地问：专门开过会了，吴子明县长跟公安打过招呼了，不许搜查调查户的台账，咋个不听呢？

徐从本说：还好，可能公安也晓得，没有为难莽娃，教育一顿就放了。

说话间雅子放学回来。她是徐从本的女儿，抬眼看见堂屋里的我，慌忙低下头，脸红到耳根，卸下背上沉甸甸的书包，抬腿就去了厨房。

徐从本假装没看见，只顾跟我审查调查户的台账。我禁不住睃向雅子，她在厨房给母亲打下手，李娘娘数落她：咋个还是那么害羞，哥哥又不是外人，每回招呼都不打一个。

雅子不声不响地回头，发现我在睃她，她悚然转身躲入厨房阴影处。她对异性十分敏感，敏感到不可思议，除了父亲和弟弟，她极少跟异性说话。甚至不正眼看，看到异性她就深深低下头，至多眼角飞快地一瞥，然后就不再理睬，包括面对我。

我差不多每月来一趟，住在她家、吃在她家，即便主动招呼她，她也羞得无地自容。但不是讨厌，我以特有的敏感准确感应到，只要我来她就快乐，几乎蹦蹦跳跳。

她跟母亲也很少说话，却会通过一些过失讨得母亲数落，讨得父亲责备母亲：屁话说不完，像老母鸡"咯叽咯叽"，叽叽叽，把雅子叽得比耗子还胆小……从而讨得我注视她。只要我注视她，她就面红耳赤，马上躲避。随后她会再次通过细小的过失，再次讨得母亲数落，再次吸引我注意。

其实我时刻都在注意她，只要她放学回来，我就能准确感知她试图表达的一切，甚至能感知徐从本夫妇的用意。

他们在我面前很少提雅子，但所做的一切，包括借故离开，都是给我和雅子创造单独相处的机会。连我的床铺都安排雅子收拾，李娘娘嘱咐雅子：哥哥城里人爱干净，进出门都要关上，不要鸡呀狗的钻进去……

雅子仍不跟我搭话，哪怕只剩两人面对面，她也一言不发，深深低下头让披肩发覆盖鲜红的脸庞。我从未见过如此害羞的姑娘，不过满心欢喜，她的害羞一览无遗地表明，她纯洁得如同一张白纸。

徐从本告诉我，雅子连县城都没去过，直到念中学才去镇上。因为是在村里念的小学，所以中学赶不上学习进度，雅子几次哭求退学。照李娘娘的意思，退学也好，集中供雅子的弟弟念书。她弟弟徐二娃成绩非常好，老师说一定能考上大学。徐从本却不同意，他说宁肯二娃退学，也要保证雅子念书。雅子娇生惯养，细皮嫩肉，穷人家培育的金枝玉叶，不念书回到农村咋个整？我也说：一定要供雅子念书，至少念完高中，我去县里求人，说不定能把雅子招收为工人。

从此雅子不再提退学，她没像弟弟那样住校，每天放学回来就挑灯做作业，可能她把我的话当了真，以为高中毕业就能被招工。

她也时刻留心我。她把我的房间收拾得一尘不染，生活用品一应俱全，包括牙膏。我挤牙膏习惯随手一捏，造成中间瘪两头鼓。雅子趁我不在，将牙膏捋到顶头，和牙刷一起插入雪白的搪瓷缸，上面覆盖手绢，手绢散发着她身上那种特别的幽香。

天完全黑尽后，李娘娘端出大盆红烧鸡肉，摆出两口土碗，倒上散装白酒。徐从本推开面前的调查户台账，招呼我：喝酒，吃鸡。

我差不多央求李娘娘：一起吃吧。

李娘娘爽朗地大声笑，跟往常一样说：女人家咋个能上桌子？

她仍旧跟雅子躲在厨房吃。

我跟徐从本面对面，大块吃肉大碗喝酒。到了酒酣耳热，我想，不能不坦白了。于是借助酒兴，壮着酒胆，我摸出一张姑娘的照片递给徐从本，不无得意地说：帮我参谋参谋，谈了个对象。

徐从本脸上的肌肉像凝固了，盯着照片好像眼泪都流出来了。等了好一阵他才问：也在县城工作？我说：她是苏州丝绸工学院的老师，我准备调到两江省去……

将近三十年后，2014年腊月二十六，我大哥的儿子结婚，我赶回四川。攀谈中了解到，大哥的亲家母姓徐，竟然就是徐从本的堂妹。

从亲家母口中了解到，雅子高中毕业就跟同村一位农民结婚了，目的是供她弟弟念书。

她弟弟徐二娃，以优异的成绩考上复旦大学。在上海读书费用太高，单靠徐从本夫妇难以负担，雅子差不多出卖自己，嫁了人供弟弟上大学。熬到徐二娃毕业，他们一家都跟随徐二娃去了深圳……

正月初一，得知我回到了四川，金妙飞、金春堂、金济、金师几个老朋友，呼唤我去他们的金家湾，参加坝坝宴。

透过出租车的车窗玻璃，我目不转睛，这一路都在陵阳的地界，一百三十一个乡没哪个乡我没去过。但时隔三十年，竟没一个熟悉的地方。

农业学大寨之前毁林开荒，连二峨山都开垦成了荒山秃岭。如今植被茂密，车行其间有种置身森林的感觉，看见了很久没见过的白鹤、雉鸡，出租车司机说还有狼呢。

公路边闪过砖墙瓦屋，还有楼房，墙面大多刷成白色，青山绿水中格外醒目。但也格外冷清，除了公路上往来频繁的车辆，从路边田野到山麓的农舍，很难见到人影。偶尔出现挑担背篓的人，大多也勾胸驼背老得不成样子，或者就是孩子，露出令人心酸的目光。

转入乡村公路，我继续透过车窗张望，眼前景色更加陌生，一点看不出三十年前的场景。

三十年前刚刚分田分地，农村生产力空前解放，吃饱饭穿新衣成为共同的期盼和梦想。无论田野还是山冈，一眼望去都是热火朝天的劳作身影。背影甚至可以说色彩缤纷，大姑娘小媳妇挥汗如雨也不脱下色彩鲜艳的涤棉、的确良衣服，比起解放以来几十年不变的灰色土布衣裳，涤棉、的确良就成了时装，整个乡村都因此焕然一新。

如今眼前杂草遍地，稀疏树干、枯黄枝条在寒风中有气无力地摇曳，偶尔闪过几片麦田、油菜地，也不见人精心打理，几乎任其野生野长。

到达集镇，金春堂开车来接我，沿水泥机耕道开向金家湾，就到了金妙飞、金春堂的老家，他俩是我亲如兄弟的朋友，三十年前我经常来这里。

听他们说，金家湾只有四姓人家，金姓人口最少，解放前一直是这里的地主；王姓是金家的上门女婿，反而人口不少；罗家、袁家人丁兴旺，却一直是长工、佃户。

解放后罗、袁两家获得解放，翻身成为主人。改革开放后恢复高考，金、王两家一次就考走五个大中专生。随后接二连三，总共才两百多人的村庄，考出六十多个大中专生，绝大多数是金、王两家的子嗣。

八年前金济、金师、金春堂、金妙飞等第一批考上大中专的叔侄几人，都过了不惑之年，深感四姓人家这么子子孙孙赌气斗狠没意义，不如亲亲睦邻，消除上辈的积怨。于是搞出坝坝宴，全村两百多人，大年初一这天，无论亲疏长幼，一个不落集体团年，八年来一直坚持。

我从金春堂的汽车上下来，村委会门口就是罗三亩的家门口，晒场上人声鼎沸。才下午五点，宴席已近尾声，他们介绍，活动上午十点就已开始：

第一项内容，挨家挨户登台介绍自己的家人，包括新媳妇、新姑爷、新生儿，都在这时介绍给大家；

第二项内容，每家表演个节目，因为都不专业，所以惹得哄堂大笑也不丢人，都是乡里乡亲，都想露一手；

第三项，入席……

中午开席到现在，中间可以自由发言甚至登台表演，也可离席回家睡觉，酒醒了再来。

似乎没人离开，黑压压不见空位。几位长辈过来跟我打招呼，三十年不见他们大多还都认得我。

金妙飞、金春堂的夫人、女儿也来招呼我，我意外地绷紧了神经，东张西望，很怕这时候罗同学冒出来，引发没必要的误会。

那时假期里，包括参加工作后休假，我与妙飞、春堂经常聚在一起，每逢回到金家湾，必定经过村支书罗三亩家门口的晒坝。

解放后罗三亩带领罗、袁两家贫下中农，斗地主挖浮财分田地，把金、王两家地主斗得死去活来，几乎摧垮金、王两家。

可是跟随罗三亩闹革命的袁家，并未捞到多少好处，于是跟罗三亩反目成仇，掉转头来同情金、王两家，剩下罗三亩孤家寡人。

好在政府给罗三亩撑腰，一直让他当支部书记，他把金家湾差不多当自己的庄园。连村公所都建在他家。村公所是村里最显赫的建筑，高墙阔院，门口就是村里的晒坝，大多数村民进出自己家都要从晒坝经过。

三十年前我第一次跟随妙飞、春堂回金家湾，村口就有人迎接。到了晒坝，更是聚拢不少人，大多是金、王两家的至亲。他们扬眉吐气，故意在罗三亩家门口"落轿下鞍"，进而显示：你算个屁，看看这些金、王两家后人，大学中专生，毕业了都是国家干部。

不知罗三亩当时什么心思，他也加入迎接我们的行列。他一手托举旱烟杆，一边伸手邀请，笑容满面地招呼：进去坐，进去坐。

金、王两家长辈急忙使眼色，提醒我们：这可是当方土地，就算不把他当山神敬拜，也万万不可得罪。一旦冒犯他，我们转身就走，可家人呢，父母兄弟姐妹都要在他罗三亩手下讨生活过日子，他手头紧一紧，家人就苦不堪言。

慑于他二十多年的威风，村里人都怕他，没人敢驳他面子。我们也一样，虽不情愿但也不得不进去稍坐片刻。

金、王两家其他人未获邀请，就很知趣地留在门口，不敢擅自跨入。罗三亩关闭大门，招呼他的家人给我们沏茶。

他女儿跟妙飞、春堂从小学到高中都是同学。高中毕业没考上大学，留在村里做民办教师，我已忘记她的名字，就以"罗同学"代替。

第一次见到她时，我不知道自己是什么表情，可能呆若木鸡，她长得很像当时流行电影《小花》里的陈冲，看到她我就情不自禁想起《妹妹找哥泪花流》这首歌。

对于我们的到来，罗同学忙不迭沏茶递水果，有些手忙脚乱。罗三亩笑眯眯地说她：哎呀，看到妙飞、春堂，就这个样子。哦，这位同志咋个称呼？妙飞介绍：我的同学。罗三亩马上赞不绝口：栋梁啊，国家的栋梁，社会主义就要靠你们，我这种大老粗，成绊脚石喽。

他磕熄烟头，抬手抹把眼睛，好像抹出了眼泪。应该不是表演，他没必要在我们面前表演。可能真的勾起了他的伤心事，或者是怕报复，怕遭到金、王两家的反攻倒算。

解放前，他父母偷吃金家庄稼地的嫩玉米，遭金家地主关在羊圈，活生生饿死，留下他做放牛娃，孤苦伶仃，九死一生，不知挨过金、王两家地主多少打骂。终于熬到解放，终于有机会报仇雪恨……可是，他已明确预感到，世道又变了，又要变成金、王两家的天下。

他无力回天，但也不肯坐以待毙。

从此以后，只要春堂、妙飞回家，他就驱赶女儿去接近，迫使女儿主动。他没有明确的要求，只要给女儿找个依靠，无论妙飞还是春堂，只要是大中专毕业，就有依靠。

不知妙飞、春堂有没有萌发顺手牵羊的念头，只知道他俩是发自心底喜欢罗同学。罗同学不光如花似玉，不光温婉柔媚，真的算得上好姑娘。可她是农村户口，很难高攀上当时的大中专毕业生……

三十年过去了，这会儿她也在面前的坝坝宴中。可我环视几圈也没认出她，她也五十多岁了。

我和妙飞、春堂、金济、金师等，几个特别熟悉的人聚拢一桌。刚坐下就有人来敬酒，我悄悄问妙飞：罗三亩那桌，要不要去敬？春堂马上制止：别显摆。

如今的春堂是党校校长，说话做事低调。他进一步解释：我们这些人回到村上，就只是晚辈，那么多长辈没出面，我们几个算啥子。

金师接上话，怒气冲冲地埋怨他嫡亲哥哥金济：中午舞台上讲那么多话，一副领导做报告的样子，显摆你副厅级？

看他兄弟要急眼，我哈哈笑过圆场。由此而来就有点沉闷，完全不是想象中的乡里乡亲团聚，不是百无禁忌开怀畅饮，而是明显各怀心事：富贵还乡怕人家说显摆、家道中落感怀伤逝、至今没有翻身的自惭形秽默默无语……

天还没黑，就有人来告辞说：先走一步，必须赶回成都。我难以置信：今晚还回成都？

一个人走就引发连锁反应，像扰动了蜂巢，包括妙飞、春堂的妻子、女儿，也都来告辞。我惊讶地发现，一辆接一辆小车，陆续从树林里、房屋后、田坝间驶出，上了机耕道，首尾相连，足有好几十辆。

两百多人的村庄好几十辆小车，不知是表明富裕，还是表明村庄已不是他们的家，仅仅是农家乐？

车辆轰鸣远去，晒坝像海水落潮，出奇的寂静。一群老人收拾一片狼藉的餐桌，打扫垃圾遍地的晒坝，个个细声低语，可能不太愿意相信，盛宴就这样结束了。我有些悲伤地发现，有的老人还在眺望远去的车辆，望眼欲穿盼回来的亲人，住一晚都不肯，摸黑也要回到他们的城里。

春堂、金济、金师也走了，我和妙飞回到他大哥家。他大哥大嫂也六十多了，儿女们也在成都打工。家里两层楼房，大哥大嫂和九十岁的父亲住一楼，我和妙飞还有小孙子住楼上。空荡荡冷清清，听不到任何声音，好像一切都停止了。

我头一次感到深夜如此可怕，甚至浮想联翩，假如这时出现一伙强盗一伙贼，谁能挺身而出？但我马上就意识到，不可能来强盗，也不可能来贼，这里还剩下什么？

翻来覆去也不适应这样的床铺，棉被又重又厚，不知是身上发汗还是棉被没晒透，始终感到潮润。空气中弥漫着竹林的气息，窗户关闭不严，寒风"嗞嗞"灌入。我很想起来找人说话，可妙飞疲乏不堪，上床就进入梦乡。楼下也寂静无声，连耗子都没动静。

我已四十年不在农村生活，之前想象的"狗犬深巷里，鸡鸣桑树颠"，想象的"明月松间照，清泉石上流"，想象的"年年越溪女，相忆采芙蓉"，想象的"小河还在冰冻里，不敢来相送。一声孤鸟啼，应是道珍重……"没有丝毫踪影。

第二天吃过早饭，妙飞陪我去后山。油菜花开了，但没有漫山遍野的蜂飞蝶舞，也没有浓香扑鼻醉入花丛的感觉，这让我莫名地担忧。

我是调查队出身，职业本能让我觉察到，眼前又是减产年景。田地大部分荒芜，补栽的树苗稀稀疏疏，都是不成材的薪炭林，只配做柴火。

我环视四周，没见到一个农夫的身影，可能春节头上都在过年。也可能是，祖祖辈辈世世代代耕种的土地，没给他们带来富足，没给他们带来期盼，甚至没能留住他们的儿女，他们终于永远放弃了土地，放弃了乡村，放还给苍天大地自然生灵……

在苍茫无际的大山深处，私生子不能有名字，就算他母亲有名有姓，也喊他憨娃。

憨娃父亲是城里来的上山下乡的知青。本来打算扎根山村，后来实在想吃肉，就上山打猎。那时一切归集体，打猎等同于盗窃，于是他被列入管制对象。

管制期间他也想吃肉，偷偷饲养了一头猪。那时不许搞家庭副业，连鸡鸭都不能饲养。他不仅养猪还偷偷宰杀，于是被当成资本主义尾巴。憨娃母亲含着眼泪把他悄悄送出大山，从此杳无音讯。

未婚女子带个娃儿，先别说承受多少冷嘲热讽，光抚养就是大难题。私生子属于黑户，不能参加生产队分配，没得口粮。那时又没得自留地，生产队的分配也不宽裕。幸好舅妈家表叔经常来山里采药，给他们一些救济。天长日久不晓得咋个弄的，生出一个女儿，舅妈家表叔就再也不来了。

那女孩叫英英，早已丢失，好在憨娃已成人，并且允许发展副业，允许发家致富，土地也承包到户了。

这一天憨娃把卖粮的钱交给娘，张开蒲扇样宽大的巴掌，兴奋不已地问：这几年积攒的钱，有五千了吧？

几十年来经历太多苦难，娘已经不习惯眉开眼笑，她接过钱也皱眉皱眼，左右看看怕露财招祸，压低声音说：差不多吧。

她不认为钱多了可以高枕无忧，她说：多亏娘硬健，没花一分汤药钱。

憨娃雄心勃勃地鼓动娘：那块宅基地批了，够盖三间瓦房。

娘愁眉苦脸地说：五千块钱最多买一万匹瓦，椽皮、梁柱还要几方木料，还要花钱请人脱砖，砌墙盖瓦。

憨娃说：只要凑够材料，小工我来做，不用花人工钱。

娘担心：修房造屋哪有小工，都是粗活重活，都你来做咋个吃得消？

憨娃自信满满地说：有的是力气，没得啥子吃不消。

他说做就做。立冬后农闲，他动手脱砖，打算开春买回瓦和木料，明年冬天就能好修瓦房。

他把房前一块旱地的表层松土捣碎，撒入切成寸长的稻草，担水来和泥坯，原理跟和面做月饼差不多，必须反复踩和，不够筋道脱出的砖就会酥散。

和面做月饼至多几斤十几斤面粉，三间瓦房需要的砖却成千上万，应该借头水牛来踩踏泥坯。但借水牛要付工钱，憨娃舍不得，就靠自己的双脚赤足踩踏。山里冬天来得早，立冬就寒风呼啸，憨娃天蒙蒙亮就出来，顶着刺骨寒风，高高挽起裤管，在冰冷的稀泥中飞快地踩踏。头上额角冒汗，下面脚杆黏糊泥浆，双脚皲裂。

娘心疼儿子，要来帮忙，却遭到憨娃阻止，这种一头冒热气一头冰冷的苦活累活，娘肯定吃不消。

终于踩和好泥坯，憨娃开始脱砖。他把泥坯铲进自制的砖模，双手拎起砖模两耳朵，硬是凭一把力气拎去预留的平地。制砖最怕淋雨，必须赶在冬天，经过霜冻泥坯很快坚硬，再风晾一阵就可以叠码在屋檐下。

等到憨娃家屋檐下码满土砖，乡亲们都晓得他要修房造屋了。能够修房造屋，至少表明生活好转，说不定还很富足。

热心的黄幺婶赶来，对憨娃娘说：有个外省人贩来的姑娘，细皮嫩脸，模样清秀，说有多漂亮就有多漂亮。看过的人家没得哪家看不上，就是拿不出现钱。外省人开口三千，不能赊账欠款，山里人哪家能一下子掏得出三千，掏得出的人家早就娶媳上门了。这才想到你们家，有钱还没娶媳妇。

娘担心：贩来的姑娘不晓得根底，别花了钱人跑了，扁担挑砂锅——两头都滑脱。

黄幺婶说：买回来就圆房。只要男欢女爱，打还打不散呢，咋个可能跑？山里恁多女人，日子过得再苦也没几个私奔投汉。再说啦，就算有钱，山里生活这么苦，明媒正娶哪家姑娘肯嫁来？就算哄来一个，也不会有模有样，村长家儿子才娶个黑大粗蛮的泼妇。

娘被说得动了心，想到自己独守空房到现在，以后娶个儿媳要是泼妇，哪个给她养老送终？贩来的姑娘虽不晓得根底，但肯定苦出身，只要待她像女儿，她感恩戴德，说不定比明媒正娶的媳妇还孝顺。于是问：说得像朵花，人家姑娘看得上我憨娃吗？

黄幺婶说：姑娘做不了主，只要一手交钱，外省人就一手交人。

娘想了想说：先带来看看。

天断黑，娘生火煮饭，黄幺婶领来外省人。自从听说相媳妇，憨娃就犹豫不决。他不想现在就花三千元，他想修瓦房。可他之所以修瓦房，就是想娶个称心如意的媳妇，光凭这几间摇摇欲坠的破墙草屋，好姑娘哪个肯嫁来。

黑灯瞎火中啥子也看不清，憨娃手忙脚乱地点燃煤油灯，将灯芯拔长一截。娘也从灶屋端来一盏煤油灯，堂屋里马上明光晃眼。

外省人身后跟个姑娘。外省人使劲一按姑娘肩膀，姑娘像被突然压上千斤重担，身子一歪，被迫跟外省人并排坐上板凳。憨娃惊讶地发现，姑娘双手遭麻绳反捆在背后，脸上几道清晰的血迹，像是刚被树枝抽打过。这么冷的天还一身单衣，瑟瑟发抖，不晓得因为寒冷还是因为恐惧，姑娘深深低着头，正好看见她脸和后颈皮肤雪白。

娘很害怕，惶惶不安地问：咋个绑来的？

外省人乜了娘一眼，责备黄幺婶：问这么多干吗，一点规矩都不懂吗？

黄幺婶赔上笑，给娘介绍：外省人做事不讲人情，只讲规矩，拿三千块人就留下，啥子也别问。

憨娃气呼呼地插进话：这跟买卖牲口有啥子两样？

外省人极不耐烦地站起来，厉声问：要还是不要？

憨娃母子没得主意了，应该说不想要。虽然山里人买卖婚姻习以为常，但没得这样子捆绑来的，怀疑这姑娘是外省人半路劫色劫来的，怕以后惹出麻烦。可姑娘的模样确实好看，而且看上去十分可怜，要是再给外省人像牲口一样牵来牵去，恐怕就要弄死在路上了。

外省人见憨娃母子面面相觑，一副进退两难的样子，粗鲁地托起姑娘下巴，用山里人很不习惯的普通话说：瞧瞧，仔细瞧瞧，这脸蛋嫩得能滴出水。他使劲一捏姑娘两腮，姑娘被迫张开嘴，他继续赞扬：满口牙齿多整齐，三十四颗，见过三十四颗牙的吗，颗颗都像珍珠。再看舌头，鲜红鲜红，舔在哪里都浑身酥麻。

外省人站上板凳，单手提起姑娘，他手上力气真大，姑娘像被悬吊在空中，他另一只手"啪啪"拍打姑娘胸脯和后臀：瞧瞧，瞧瞧，这叫丰乳肥臀，保证生出大胖儿子……姑娘奋力挣扎，外省人恼羞成怒，一把将姑娘砸在地上，姑娘发出凄厉的惨叫。

外省人跳下板凳，揪住姑娘后领拎起来，姑娘满脸血污，但眼里没得泪水，只有刻骨的仇恨和誓死不从的冰冷神情。

娘慌忙过来，拦腰抱住姑娘求外省人：造孽啊，造孽啊，别折磨她嘛，她是人呀。

娘习惯腰上围条黑布，随手撩起来给姑娘擦拭脸上的鲜血，声音颤抖着说：我家丢了的英英，跟这姑娘差不多大，也跟这姑娘一样遭人贩来贩去吗？

娘的话深深触动了憨娃。那时妹妹才三岁，憨娃背去赶集弄丢了，十多年来杳无音讯，想到妹妹他就黯然神伤。

憨娃看着眼前的姑娘，突然说：娘，留下吧，就当妹妹找回来了。

娘不再犹豫，去卧室摸出裹了一层又一层塑料薄膜的钞票，蘸着口水点了三千元，颤抖着一张一张点给外省人。

外省人晓得山里人心好，故意折磨姑娘就是想激发山里人的善心善念。看买卖做成了，他很高兴，没拿上钱就走，而是唾沫飞溅地说：我也是从人家手头转手买来的，不知道她是哪里人，也不知道她叫什么名字。但肯定不是哑巴，哑巴只会咿咿呀呀地叫唤。这姑娘随你怎么整，就是不吭声，整轻了反抗，整重了至多惨叫几声。

临出门外省人特别关照：这姑娘性子刚烈得很，你们可要看紧了，必须寸步不离，不然不是逃跑，就是寻死。

娘给姑娘松了绑，翻出自己的衣服，准备给姑娘穿上。姑娘一把摔下娘的衣服，神情冰冷怒目而视，她把这个家看成狼窝虎穴，对这对母子一样充满仇恨。

娘安慰姑娘，他们是本分人家，不会为难姑娘。但既然一起过日子，最好能开口说话，至少说出自己的名字。

姑娘咋个都不说，像只被活捉的小猫、小狗，随时都可能挣脱逃跑。

娘叹息着恳求：一定不开口，就当我丢了的女儿吧，也叫你英英。不能跑啊，我们花了三千呢，你不能没得良心，就算女儿也该帮我们干几年活。你憨娃哥哥一直想修瓦房，这一赎了你，就修不成了，你起码帮他修好房子。要是还不愿意，我们也不强留……

英英眼圈变得通红，但不像是被感动，而是极度悲伤。可能她没想到会落入这样的人家，如果还算富裕或许就勉强屈从，如果如狼似虎她将毫不犹豫设法挣脱，可眼前这家是贫穷而又善良。

　　她晚饭也不吃，只是望着漆黑的夜空发呆。娘端来饭喂她，她一把推开，差点把娘推翻在地。

　　憨娃生气了，把大门一关，啥子话都不说，铁塔样镇守在门口，用神情表明：你休想逃跑。

　　英英深深呼吸，伴随一阵抽搐，像是完全绝望了，背靠墙壁缓缓闭上眼，像在等待被凌迟处死。

　　看她坚贞不屈的样子，娘默默收拾床铺。她没有听黄幺婶的话强迫憨娃与英英圆房，而是把英英安置在仓屋，其他房间门窗不够结实，怕英英逃跑。

　　仓屋有张原先舅妈家表叔来时住的空床，打扫干净后娘在床板上铺满厚厚的稻草，再铺草垫，最后铺草席。她用手一按松松软软，对英英说：暖暖和和睡一觉，明早带你到处走走看看。

　　就要退出时，想到仓屋老鼠太多，她唤憨娃拿鼠药来到处撒上，免得半夜老鼠乱窜把英英惊吓了。

　　随着粮食丰收，老鼠也猖狂，一般鼠药对付不了它们，而要使用剧毒鼠药又可能把家禽家畜毒死。憨娃预备的是抗凝血鼠药，不含剧毒，但能破坏凝血功能，服食后只要身体出现血孔就血流不止。憨娃拿来抗凝血鼠药到处撒上，剩下的随手就搁在了仓屋。

　　英英房间的煤油灯一直不熄，憨娃母子就一直提心吊胆。后来听到英英撬门窗，憨娃起来检查，门都上锁了，窗户只有碗口大，不可能逃走。英英哭泣，哭声在凛冽的寒风中悲伤地颤抖，像"嗖嗖"飞针，每一声都刺得人心痛。不用看也能想到，在黑暗而又完全未知的小屋里，一个孤苦伶仃的姑娘该有多少眼泪。

　　过一阵听到英英凄凉呼喊，像在呼喊妈妈，像在无助地哭诉：女女弗晓则，介都坏囚。娘呀，莫指望啦，再活嗲意思（女儿不晓得，这么多坏人。娘呀，没得指望了，再活下去还有啥子意思）……

　　她的话憨娃母子一句都听不懂，只听她哭了差不多一夜，直到油干灯熄才停止。以为她终于睡下，憨娃母子揪紧的心稍微放松。

　　醒来天已大亮，憨娃去英英门口侧耳静听，没有声音，憨娃以为英英还在酣睡。

　　娘做好早饭，打开门锁，却推不开门，英英把门反扣了。憨娃过来呼叫几声，同样没得反应，贴紧门板也听不到一丝声音。憨娃忐忑不安地对娘说：恁冷的天只穿单衣，又一路捆绑，又饭都没吃，肯定病了。

　　娘凑近门板再次仔细听，吩咐憨娃：把门砸开。憨娃说：砸烂了可惜，我去房顶看看。

　　憨娃爬上房顶，扒开茅草钻进屋，惊心动魄地哭喊：死——啦……

　　杜兽医赶来，撬开英英嘴巴，灌下一盆肥皂水，双手按压英英肚子，肥皂水从口鼻喷射而出。再煎一服中药灌下，英英呻吟几声，随即就上吐下泻，吐泻的污水和黄稠黏液没有一点食物。

　　杜兽医说：命是捡回来了，但保不住。吃了抗凝血鼠药，又太饿，加上惊吓，就昏死了。最不该的是吃那抗凝血鼠药，只要破点伤口，就会血流不止。

　　娘心急如焚地问：有偏方治吗？杜兽医说：先下药把她月经断

了，再慢慢调理。只能试一回，还要保证不受伤，受伤就没得救了。

娘使劲跺脚说：这不就是买个祖宗回来供吗？

她本来想，就算买不来儿媳，也买回个女儿，帮她干几年活，哪怕必须打发，也能收回一笔不小的聘礼。可现在的英英，不能受一点伤，山里人咋个可能不受伤，啥子活都不干也可能遭树枝划了、蒺藜扎了、石子硌了，除非把她像婴儿一样裹进褓褓。

憨娃也垂头丧气。按照杜兽医的说法，月经断了英英就不能生娃，这种人养来啥子用，还必须当金枝玉叶娇养。

不过憨娃还是安慰娘：人家也是一条命，受伤的猫狗还救呢，总不能把活人丢出去。

憨娃央求杜兽医，只要能治好英英，多少汤药钱他都出。杜兽医一口气开出七服中药，叮嘱憨娃：必须用山螃蟹做药引子。记牢啊，山螃蟹少不得。

憨娃忧心忡忡地说：山螃蟹很难找哦，好多年没见过了，药店有卖吗？杜兽医说：这种稀罕货，药店有也不轻易卖。憨娃问娘：舅妈家表叔就开药铺，求求他行不？娘说：山高路远，好多年不来往了。

舅妈家表叔住在很远的地方，憨娃从没去过，但这回必须去，憨娃独自翻山越岭一路打听，花了将近两天才找到。

舅妈家表叔不肯帮忙，还要憨娃把姑娘送走。他说吃了抗凝血鼠药必死无疑，要憨娃别听土郎中胡说八道。还说买卖人口犯法，要是弄出人命，不杀头也要蹲一辈子班房。

回来的路上憨娃几次想哭。母子俩辛苦多年积攒的五千块钱，外省人拿走三千，黄幺婶索讨五十元谢媒钱，杜兽医光汤药钱就收四百三十元，求舅妈家表叔，送礼带盘缠花去四十多，给英英买了两身衣服又是六十多，支应下来不到一千五了。更心焦的是，英英康复不晓得还要花费多少。至于是不是犯法，他哪有工夫想，更要紧的是去哪里找山螃蟹？

看天色还早，他拐个弯爬上大匹山。小时在山上捉过山螃蟹，后来被采药人捉光了，这会儿或许还能捉到一只两只呢。

莽莽苍苍的大匹山铺满鹅卵石，传说是由于地震从海里冒出的。石缝中生长着浓密的灌丛，还有五颜六色的苔藓。憨娃很有经验地去山沟潮湿的地方，搬开一块又一块布满苔藓的湿漉漉的鹅卵石，艰难地寻找。

在一蓬铁蒺藜中，憨娃发现一株很特别的树。憨娃听娘说过，这叫桫椤树，一种很像蘑菇的孢子树，可以当猪饲料。那时不许家庭饲养鸡鸭，允许饲养也没得饲料粮。憨娃的父亲意外发现，桫椤树的嫩叶、嫩茎可以喂猪，就偷偷养了一头……随后的人都晓得了，桫椤树就遭到了疯狂砍伐。

这里居然还有一株遗留下来，憨娃折断一根茶树枝，拨开铁蒺藜，赫然竖立着一块墓碑，上面刻着字。他不识字，但听娘说过，破"四旧"的时候，城里来的学生要寻找并开挖丞相墓，估计是丞相的后人专门栽了这么多铁蒺藜掩盖。

憨娃赶忙跪下，听娘说他们也是丞相的后人。他朝老祖宗的坟墓恭恭敬敬地磕头，一边说：惊扰祖宗，我磕头了。

就在他将头磕在潮湿的草地上时，听到轻微的哗哗声，定睛看去，可不就是一只山螃蟹，正吐着唾沫呢。憨娃又惊又喜，急忙伸手捉住山螃蟹。再搬开鹅卵石，又找到第二只、第三只……他一口气捉到五只。

憨娃再次跪下，磕了四个头，他还是害怕，觉得捉山螃蟹是盗抢祖宗食物，他连连作揖说：不是我贪嘴，救命要紧……

他离家的三天里，英英已苏醒，还能喝点流汁。只是苦了娘，三天三夜没合眼，一边照料英英，生怕英英再寻短见。一边里里外外张罗，担水、择菜、洗衣、做饭，样样都一个人，还要牵挂第一次出远门的儿子。

憨娃推门进来已是深夜。娘守在英英床前纳鞋底，灯光映照着她深陷的眼眶，映亮她瘦削而不失慈祥的脸庞。突然听到憨娃兴高采烈地呼喊：娘啦，找到了。娘悚然抬头，沙哑着声音抱怨：儿啦，你咋个才回来嘛，娘心头像麻绳捆紧了。

憨娃一身冰冷地跨进英英的房间，马上感到周身温暖。他看着斜躺在床头的英英笑嘻嘻地问：咋个样了？

英英双眼瞪着蚊帐顶，照样冷若冰霜。憨娃感到一股冰冷的寒气，嗫嚅着嘴唇不晓得说啥好。娘接过山螃蟹去灶房，憨娃捡张板凳远离英英坐下，随手拨长灯芯，屋里明亮了许多。静默一会儿，憨娃从塑料编织袋掏出红花棉袄说：家里钱不多了，两身衣裳你先将就。英英还是不回应，还是一脸漠然。憨娃又说：找到山螃蟹了。

他详细地讲述着寻找山螃蟹的经过，也不管英英爱不爱听。当时不觉得艰辛，现在回想起来真不容易。三天来他一直在崇山峻岭间跋涉，饿了啃口干粮，困了找个岩洞栖身。不过他很高兴，他看着英英苍白的脸说：我还要上大匹山，把山上的螃蟹都捉回来，把你养好，养得跟原来一样。舅妈家表叔要我把你攥走，好黑的心呀，攥你走你就只有死。

可能英英听不懂山里的土话，她扭头面朝墙壁，传出低声抽泣，好像又听懂了一两句。

娘端来汤药，加了山螃蟹也能闻到汤药十分苦涩。英英不像原来拒绝进食，她挣扎着接过汤药，像被抽筋剥皮了一样软弱无力，接过药的手不停颤抖。娘使个眼色，憨娃坐上床沿，端起汤药一勺一勺喂进英英嘴里。

吃过药英英和衣躺下，还是侧身面朝墙壁。娘十分困乏，打着哈欠叮嘱憨娃：娘熬不住了，你给英英守夜。她翻来覆去就是要用便盆，人是瘫的，你要把她抱起来。

憨娃红了脸，忸怩不安地问：这合适吗？娘叹息着说：娘是说走就走的人，总不能娘伺候她。

看娘离开了，憨娃呆坐在灯前，忽然一阵耳热心跳，尽量不看躺在床上的英英，怕英英误会他图谋不轨。他确实想入非非，趴在桌上打盹也进入了梦乡。

"喔喔"鸡叫，憨娃抬头揉揉惺忪睡眼，看灯盏早就油干了。天已大亮，听到英英在床上扭动身体，想起娘的叮嘱，憨娃拿上洗脚木盆靠近床沿，瞄了半天也想象不出咋个让躺着的人方便，只好红着脸问：咋个用啊？

英英还是一言不发，挣扎着要坐起来，可她无力的双手撑不起软绵绵的身体。憨娃急了，想起小时候抱妹妹拉屎撒尿的情景，他一把将英英抱起。就在双目对视的瞬间，憨娃感到透心的冰凉，英英眼中净是恐惧和仇恨，眼神足以拒人千里之外。

憨娃放下英英，去敲娘的房门。娘不肯开门，斥责憨娃：娘是说走就走的人，能帮你一辈子？憨娃说：实在不合适。娘说：女人家需要照顾的时候心最软，多照顾点，她会感激你一辈子。

憨娃只好返回来，别过脸不看英英的眼睛，也不管英英咋个挣扎，抱起英英就扯下她裤子，分开她双腿对准木盆……英英拼命扭动软弱的身体，突然对准憨娃的脸啐一口。憨娃终于发火了，沉下脸说：这不帮你吗，你做啥子嘛。

英英渐渐无力挣扎，眼里净是泪水，泪珠掉在憨娃手上。憨娃不无酸楚地说：不要害怕，我不会害你，只把你当我找回来的妹妹。

杜兽医复诊后说，英英恢复得很好，照这样下去三个月就能下床走路。不过杜兽医关照，还要添营养。

娘说：就剩两只生蛋母鸡了，打鸣公鸡都炖来吃了，还能咋个添营养？杜兽医说：孵抱小鸡子，不等出壳就煮给英英吃，没见过天日的鸡子最补。娘忧愁满面地说：不是舍不得，实在是不宽裕。这样子吃法以后吃啥子，憨娃原先一顿两碗干饭，现在每顿红薯，又是干力气活……娘呜呜咽咽地哭起来。但马上又撩起围腰布擦干眼泪，回头对英英说：砸锅卖铁也把你治好。英英，以后不能丢下憨娃啊，娘是说走就走的人，憨娃全靠你了……憨娃听得烦躁，打断娘的话：不是还有点钱吗，花了再想办法，总归有办法。

村长家修房子，请憨娃帮忙脱砖。憨娃说：不如买我现成的砖，反正我没得钱修房子了。

于是请黄幺婶说合，折价一百二十元卖给村长。

居然能卖一百二十元，憨娃大受启发：种一年庄稼，遇上好年景才赚四五百元。脱砖来卖，一个冬天就赚一百二十元，不是非得靠庄稼呀。

娘却说：脱砖取土像鸡脚杆上刮油，山里土本来就瘠薄，松软泥土都拿去脱砖了，就要变成荒地了。

不过有一百二十元现钱到手，还是值得庆贺。拿到钱的当天，憨娃去集市买回五十个鸡蛋，称回五斤肥肉。娘给英英炖一碗嫩鸡蛋，再把五斤肥肉与萝卜红烧了，煮三斤米干饭，热气腾腾端上桌。

英英可以坐起来了，憨娃抱她坐上板凳。她照样冷若冰霜，还是不说话，但相互已有些默契，通过点头摇头也能大概猜出她要表达的意思。

看她总要搛肥肉，娘问：是不是鸡蛋吃腻了？憨娃扑哧一笑：鸡蛋还能吃腻？哪天我要把鸡蛋吃腻了，死也值。

娘撩起围腰布揩眼睛，憨娃假装没得看见，继续说：我脑筋活动了，你们看好，我肯定找到赚钱门路。像今天这样子吃肉，吃大米饭，以后经常有。

果然没得好久，憨娃就回来说：倒石桥那边修公路，出钱买碎石。大匹山到处是鹅卵石，只要砸碎挑下山，就能卖现钱。

娘也振奋起来：不用靠天吃饭，出力气就能挣钱，是最好不过了。

娘要去给憨娃打下手，尽可能多打几方碎石，多挣点钱。憨娃却担心：娘也上山，落下英英咋个办？娘说：连英英一起背上山，就在山上埋锅造饭。

倒石桥是大匹山脚下的山坳，沉寂千年没有多少人晓得，突然听说要开挖公路，惊动了四面八方。邻近公路的村民要做义务工，主要挖土方。憨娃所在的锅腔岩村，不属于献义务工范围，就可以卖碎石挣钱。

憨娃一家赶早上山，挑选最靠近工地的向阳山坡，就地取材搭出草棚。再搬来石块垒出灶台，摆上从家里带去的锅碗瓢盆，也有几分家的样子。英英被安置在竹椅上，开春的太阳温暖地照耀她。她的脸上泛起了红晕。

娘漫山遍野寻找小块鹅卵石，不用砸就能当碎石，节省不少力气，但效率不高。憨娃抡起二十斤重的开山大锤，专拣大块鹅卵石砸碎，他挥汗如雨，虽然费力，但干得欢，每一声"叮当"都可能化成钞票。

头几天只有几户人家，很快就漫山遍野都是草棚，"叮叮当当"声不绝于耳，连村长一家都搬上了山。

这一天收工后，村长钻进憨娃家草棚。在憨娃记忆里，村长差不多是他父亲，只要母子遭人欺负，村长就出来庇护他们。但憨娃懂事后，听到村长与娘的闲言碎语，就有意无意疏远村长，不跟村长过分亲近。

村长来了娘就高兴，面上假装不冷不热，却是手忙脚乱。憨娃十分知趣，想把英英连人带竹椅搬出草棚，村长却唤住憨娃说：莫躲喽，有正事。

村长点燃旱烟，不无忧虑地说：猪多肥料足，人杂是非多。山上十里八乡的人都有，白天磨皮肉，晚上磨嘴巴。本来不关他们屁事，他们还是叽叽喳喳打听，那个一直坐在竹椅上的姑娘是哪个？听说是憨娃买来的媳妇，有人就惊叫，说买媳妇犯法。万一有人告发，公安就会来解救。

在憨娃意识里媳妇都是买来的，哪家娶媳妇不下聘礼，哪家下聘礼不讨价还价，这不就是买卖吗？何况花三千块钱把英英留下，又替她治疗，并不亏待她，咋个犯法？

不过憨娃还是听从劝告，尽量不让英英露面，他已舍不得英英，怕英英被公安解救了。

白天憨娃把英英藏在草棚里，吃过晚饭才连人带竹椅搬去外面草地。

夜晚山坡恢复宁静，天上星光灿烂，四周昏暗朦胧。一开始英英很紧张，怕憨娃乘人之危。不过她很快就发现，能够出来极目远望黑压沉沉的群山，迎对清凉夜风大口呼吸，确实比藏在草棚里惬意多了。

憨娃劳累一天倒头就能睡着，但还是尽量陪伴英英。英英不肯开口，憨娃就没话找话，虽不识字，他脑子里也装了不少神话故事，大多是那些年舅妈家表叔给他讲的。他给英英讲嫦娥奔月、吴刚伐桂，讲后羿射日、夸父逐日……讲故事时英英很安静，也很专注，可能一开始英英听不懂憨娃的山里土话，但渐渐就听得入了迷，越来越频繁地摇头或者点头，有时还微微脸红，这让憨娃大受鼓舞，越讲越兴奋，直到英英困得耷下脑袋。

草棚狭窄，他们在草地上铺垫厚厚的松针，再铺草席，三个人贴身睡在一起。英英背对憨娃，习惯性蜷作一团。娘面朝英英，把英英搂在怀里，英英才睡得安稳。

憨娃总是大早醒来，屈肘支起脑袋，端详睡得正香的英英。

只见她微微张着小嘴,好像酒窝里荡漾着笑意。他感觉英英的神情已是羞羞答答含情脉脉。憨娃就这么默默地看了好一阵子,然后翻身起来拎上钢钎、大锤,又上山了。

山外是山,山外还是山,像一道又一道黑压压的屏障,把太阳也隔断。天空阴冷灰暗,但能听到嘹亮的鸟鸣,很像鹧鸪的叫声:"行不得也,哥哥……行不得也,哥哥……"特别悦耳。憨娃早已习惯起早贪黑,如今心头又充满明确期待,他更加亢奋。他想尽可能多挣钱,甚至又想盖那三间瓦房。英英的到来曾让他这个梦想破灭,然而现在,正是因为英英的到来,他的梦想越来越多,甚至急不可耐地要将梦想变成现实。

他奋力挥动开山大锤,很快面前就铺满碎石,每一粒碎石都是钞票,他大汗淋漓却仍感到有使不完的力气。

乡亲们啧啧称赞,憨娃真能吃苦,光卖碎石就挣了一千五百多元,顶得上憨娃母子种三四年的庄稼。只是这样的赚钱机会太少,三月间公路就不再收购碎石,只好收拾回家。

油菜已结籽,小麦也快吐穗,看样子又是丰收年。杜兽医来给英英复诊,说英英恢复得很好,再能安心调养一年,除了不能生娃儿,英英将跟原来没啥两样。

憨娃母子非常高兴,留杜兽医吃晚饭。但家里没菜待客,为了上山打碎石,鸡都宰杀了,还有几个鸡蛋也是专门留给英英的,三月间地里又没得啥蔬菜。幸好杜兽医不介意,山里人家咸菜就饭也是一份人情。

吃过饭杜兽医说,他的生意越来越清淡。原先生产队光是水牛、骡马就有十几头,还有公猪、母猪一大群,就他一个兽医,一年到头忙不过来。土地承包到户后，人均两亩田地，哪家都养不起大牲畜。本来还好养点猪，结果都在猪身上打主意：兽防站一头猪收二十元防疫费，税务所一头猪收八十元特产税，拿到市场上卖，还要收三十元集中屠宰费、二十元市场管理费……等到七七八八税费交完，半头猪没了。如今生猪又卖不出好价钱，城里人嫌粮食催肥的猪膘太厚，可没得粮食咋个养得出肥猪？

憨娃越听越糊涂，难以置信地问：你是说，不喂粮食的猪，反倒能卖出好价钱？

杜兽医肯定地说：前回去县城碰到我师哥，问他忙点啥子呢，他说搞研究，专门研究咋个养猪才能不长肥膘。

憨娃哈哈大笑，笑得前仰后合，边笑边说：养猪就怕不长膘，咋个会想到不给猪长膘？那还不容易？

杜兽医说：你别笑，要是养出净长瘦肉的猪，价钱就大啦。我师哥说，净瘦肉猪，他出四块钱一斤收购毛猪。

憨娃将信将疑：顶好的毛猪才一块多钱一斤，他肯出四块，不收咋个办？

杜兽医说：我来担保。

憨娃看了娘一眼，娘低头纳鞋底。憨娃晓得娘听不得养猪，听到养猪就难过。还不仅仅难过，差不多心碎。那时娘可漂亮了，不然咋会给城里来的知青看中？然而就是因为养猪，憨娃的父亲才不得不离开了这里，害得娘没结婚就守寡，青丝守成白发……

不过憨娃也晓得，娘很会养猪。那时其实是娘跟父亲一起养猪，后来要抓人，父亲才一个人承担下来。

　　憨娃再看一眼椅子上的英英，朦胧的灯光下英英的脸蛋好像瘦了，憨娃心头一紧，想到英英好久没吃肉了。英英越来越腻鸡蛋，她想吃肉，只是不说而已。

　　憨娃隐隐感到心痛，既心疼娘又心疼英英，为了娘他不该养猪，但为了英英他必须养猪。他低头不语，突然抬头大声说：我来试一试，不相信养不出瘦肉猪。

　　杜兽医摇摇头问：你咋个养？不添粮食虽说不长膘，也不长肉呀，光骨头人家也不要。

　　憨娃说：你别管，到时候只要四块钱一斤毛猪，你保证收。

　　杜兽医说：那要写个纸约。

　　憨娃说：我家没得人用纸笔。

　　杜兽医掏出纸笔写下："憨娃答应养一头瘦肉猪，腊月间交货，我保证收购，价钱每斤毛猪四元，立此为据。"

　　杜兽医写完连续念两遍，递给憨娃。憨娃不识字，他探过身将纸条递给英英问：识字吗？英英轻轻摇头，她也不识字。

　　憨娃想了想，娘肯定有办法，那年娘他们偷偷养的就是瘦肉猪。憨娃对杜兽医说：算数。再一想又补充：两头，腊月间卖两头给你。

　　送走杜兽医，憨娃给娘解释：原先说"养猪不赚钱，只图肥了田"。现在人家四块钱一斤收购毛猪，还不赚钱吗？所以不等娘表态我就接下这买卖。

　　娘继续低头纳鞋底，昏暗的灯光照见她双手发抖，眼里噙着泪水。但她啥子也不说，只是催赶憨娃带英英先去睡。

　　娘一直坐在煤油灯下纳鞋底，不晓得哪时才入睡。等到天亮起来，憨娃发现灯盏里一滴油也没得了，娘神情憔悴，又添了好多皱纹。

好在娘终于想通，解开了心头的死疙瘩，她没责备反来指导憨娃：要想养好猪，就把猪当人养，这东西你刻薄它，它就刻薄你。饲料、猪圈都要干净，养不好猪就是因为把猪当畜生，臭泔水、烂菜叶、没淘的猪草，乱七八糟东西都喂猪，不是害猪瘟，就是猪不长肉。

可是，憨娃问，咋个养出瘦肉猪呢？

娘说她也不晓得，不过那年偷偷养出的猪，倒是只长瘦肉。

娘说那时没得粮食，只能喂青草，喂青草只长骨头不长肉。后来憨娃的父亲发现，猪爱吃那种蘑菇样的桫椤树。果然就养出一头猪，恐怕有二百斤，毛光皮滑、屁股滚圆，以为必定膘肥肉厚。那时憨娃的外公外婆还在，一起把猪宰杀了，结果净是瘦肉，都很失望，他们需要的是肥肉，瘦肉不解馋。憨娃的父亲就把瘦肉陆续背去黑市，卖了再买肥肉回来。这一倒手很划算，光吃瘦肉，一斤也不解馋，换成肥肉半斤就够了，剩下的油汤还能炒菜，连蔬菜都沾油气。

憨娃再次来到大匹山，他也想拿桫椤树养猪。在山上寻找半天，除了丞相墓前还有一株，再也找不到桫椤树。山里人信守一个规则：决不毁灭种子。既然只剩一株，就不能砍了。

寻找桫椤树时憨娃留意到五颜六色的苔藓，有的苔藓像木耳那样肥大。憨娃想：蘑菇样的桫椤树能养猪，木耳样的苔藓能养猪吗？

他决定试一试。砌好圈舍，憨娃去向黄幺婶买猪崽。

　　黄幺婶的丈夫在供销社榨油厂工作，可以买到便宜的菜油饼。菜油饼是榨去菜油后的残渣，是养猪的顶好饲料，他们家不用粮食，光靠菜油饼就能养好多猪。

　　黄幺婶是村里最能干的女人，除了养猪还当媒婆、巫婆、接生婆，一年到头不种庄稼也能赚不少钱。娃儿在镇上念书，丈夫也不经常回来，但家里并不冷清。

　　憨娃推开黄幺婶家院子大门，听到猪的号叫声此起彼伏，黄幺婶忙得团团转，既要喂猪食又要打扫圈舍，满头大汗连背心都湿了。

　　憨娃主动上去帮忙。他手脚勤快，平时乡亲们之间只要有事，他不等招呼就去帮忙，很讨人喜欢。

　　黄幺婶叽叽喳喳地抱怨：那挨刀的，就贪菜油饼便宜，非要我养恁多猪，又不回来帮一把。你看我忙成啥子了，头窝猪崽还没卖，又有母猪发情。

　　她使唤憨娃：别乱帮忙，先帮我把公猪放到母猪圈，畜生发情嚎得人心烦。

　　憨娃本来只是帮黄幺婶打扫圈舍，听了吩咐就撂下扫帚。一排五六间圈舍，看不出哪头母猪发情，就先放出公猪。这畜生不停地哼哼口吐唾沫，使劲摇头摆尾，急不可耐的样子，从它圈舍出来就冲进黄幺婶正在打扫的圈舍。

　　憨娃从没见过畜生交配，因此涨红了脸。

　　突然听到外面咳嗽声由远而近，憨娃像做贼心虚，慌忙走出圈舍。

　　村长一手托着旱烟杆，眯起眼睛打量憨娃，显得很生气。憨娃连忙解释：来买猪崽。

村长脸色稍微好看一点，帮憨娃挑选两头猪崽，好像他既能做黄幺婶的主，也能做憨娃家的主。

憨娃用背篓背回两头猪崽，娘不在家，英英继续被锁在仓屋。怕英英再做蠢事，不让她接触菜刀、锄头一类可以自杀的工具，只要出门就把她锁在仓屋。

憨娃将猪崽放进圈舍，没得心思料理，脑子里净是畜生交配的画面。之前从没遭受过这样子强烈的刺激，哪怕抱起英英，他也只有愉快。现在他十分难受，简直不堪忍受。他打开仓屋，屋里阴凉，英英斜躺在竹椅上。

看见憨娃进来，英英抬起哀怜无助的眼睛，可能太寂寞，希望憨娃抱她出去吹吹凉风、晒晒太阳。憨娃却深深低着头，他十分紧张，又十分害羞。外面阳光灿烂，仓屋有些昏暗，他壮大胆子抱起英英，并不是出门，而是小心翼翼平放床上，这时英英像有千万斤重，憨娃"呼哧呼哧"喘粗气。

英英立即明白憨娃想做啥子，她无力而又无助地别过脸，泪水喷涌而出。憨娃吓了一跳，慌忙解释：我是想，让你再睡会儿……这样的解释欲盖弥彰，他满脸通红不知所措，只好端出竹椅，把英英抱到屋檐下。

英英很生气，别过脸不看憨娃，只是望着绵延起伏的远山，满眼都是泪水。

憨娃也很生气，他跟自己生气，觉得自己像畜生。为了掩饰刚才的冲动，他尽量抬高声音说：我一定养出两头瘦肉猪。四元一斤，要是两头都超过两百斤，差不多卖两千元，就好先买回瓦和木料，再脱出砖，说不定后年冬天就能修好瓦房。修出三间瓦房，给你住一间最宽敞最亮堂的，不然住仓屋太憋闷。

英英照样不理他，缓缓闭上双眼，红彤彤的脸蛋挂着晶莹的泪珠。不晓得此时此刻她在想啥子，肯定也不好受，或许是在屈从和抗争中进行艰难抉择。当然也有可能，他还是没听懂憨娃的山里土话，还是很恐惧，还在想生不如死。

憨娃不敢触犯英英，就一心一意养猪。在娘的指导下，他把圈舍、猪槽清洗得干干净净，每天给猪洗澡，把两头猪崽像婴儿一样细心照料。

隔几天他就去一趟大匹山，铲回一背篓苔藓。苔藓也叫沙菌，黏附大量泥沙，很难清洗。光用清水淘洗，它跟泥沙黏糊糊粘在一起，根本洗不干净。要一片一片刮洗，每片只有指甲大小，而且十分娇嫩，稍不当心就捏成鼻涕样滑溜溜的浓液，再也捞不起来。

憨娃不辞劳苦，也足够耐心，经常烈日炎炎下，在河边一蹲就是半天，他古铜色的皮肤不怕太阳，也被晒得表皮皴裂。憨娃还要割青草，猪崽挑食，不是啥子草都吃。憨娃漫山遍野寻找，只割汁浓叶绿的嫩草，然后像清洗蔬菜，每片饲草都清洗得干干净净，再细细切成碎末，放锅里煮到三分熟，添一把盐，和上少量玉米面，最后添加苔藓。

在他为猪煮食时，屋檐下的英英轻轻咂吧嘴唇，实在浓香诱人。娘说英英嘴馋了，嘱咐憨娃不要为了修瓦房刻薄自己，还是人要紧，养好身体比啥子都强。于是憨娃去集市，买回五斤肥肉和一窝小鸡。

　　三个月后一窝小鸡长大，隔几天杀一只炖给英英吃。英英恢复得很好，已能扶着墙壁走路。虽然还是不说话，但眼神温和了许多，有时会忽然脸红，羞羞怯怯地低下头，让一头长发把脸庞遮掩起来。憨娃母子已习惯根据表情判断英英心情，就算英英不说话，家里也弥散着越来越多的欢乐。

　　英英照样睡在仓屋。憨娃不再为她守夜，只是每晚陪她到深夜，跟她讲述自己白天的见闻和那些神话传说。英英很爱听，总是安静地勾着头，不时摇头或者点头，表明她听得很专注。但不能完全听懂，时不时突然抬头，一脸茫然。憨娃就配合上肢动作，手舞足蹈，经常逗得英英双手捧脸。英英肯定在笑，但不让憨娃看见她的笑容，可能怕憨娃接收到错误信号，得寸进尺欺负她。不过憨娃仍然很快乐。两头猪崽也长得非常好，今年夏粮又比预想的收成还要好。

　　眼前的英英皮肤更加白了，气色也红润，眼睛越来越明亮，至少不像原来神情冰冷满怀仇恨。这天晚上，憨娃正在给英英讲得眉飞色舞，突然响起时断时续的敲门声，显得鬼鬼祟祟。憨娃煞断话，满脸不高兴，这样的敲门声他很熟悉，每次村长来都这样敲门。自从憨娃明确表示不欢迎村长深夜来访，村长才很少在夜里敲门。

　　娘也很尴尬。每次村长来她都掩饰不住喜悦，但又怕给憨娃看见，尤其憨娃懂事后，尤其新添了英英后。虽然她经常嘴里挂着"我是活一天算一天的人"，其实才四十多岁，并不算老，也很健康，她在自欺欺人。她抢先去开门，失声惊叫：你来做啥子？

听出娘的声音充满惊恐，憨娃抬腿冲出去。看见一个男人举着火把，要挤进门，憨娃大声吼：干啥子？

正是外省人，他嬉皮笑脸地说：来看看姑娘，一直惦记她。憨娃说：买卖完了就完了，要你惦记啥子。

他一把推出外省人，不许外省人进门。外省人恼羞成怒，阴沉沉地说：这笔买卖不划算，三千元退还你们，我要把人带走。

憨娃一把薅过外省人：你敢！

可外省人力气更大，轻易就挣脱出来，反而揪住憨娃的衣领威胁：现在到处都在"打击拐卖妇女儿童"，公安在到处找人，不把人还给我，就报告公安。

憨娃"哼"一声说：敢告公安，先抓你。

憨娃也是虚张声势，自从晓得买下英英犯法，他也怕见公安。外省人早有准备，得意扬扬地说：我姓甚名谁？住哪里？怎么抓我？你可跑不掉，人证也在，只要我寄封匿名信，公安就会来救人。

憨娃不晓得啥子叫匿名信，但也听出绝不是他想象的"买卖完了就完了"，憨娃哑口无言。

娘稍微有些经验，惊魂稍定后问：还想做啥子吗？外省人说：人留下也可以，再添两千元。娘哭喊：你要吃人啊？

憨娃一把拖开娘，摆出同归于尽的架势说：先抓你狗日的去公安，再评理。外省人一脸冷笑说：我说你傻瓜嘛。抓我去公安，能判我什么罪？说我拐卖妇女，你哪时给过我钱，有字据吗？一阵大笑后，他又说：非要见公安你能得到什么？早先付过的三千元讨不回来，这是违法买卖，钱款一律没收。买卖人口一律解救，姑娘也要给公安带走。这种蠢事你就是想干，我还劝你别干哩。

娘悲愤地咒骂：阴损缺德，你断子绝孙。外省人抬高嗓门说：骂我不还口，只要你们说怎么办。

娘望望憨娃，她已六神无主。憨娃倒全明白了，对方就是敲诈。他第一次遇到这种买卖，如果只是买个家什物件，非要退货就退了。可这是人呀，先不说大半年治疗英英多辛苦，就算对方愿意偿付辛苦费，也难以割舍呀。如果不接受对方敲诈，惊动了公安，确实可能人财两空。

在外省人一再催促下，憨娃心有余悸问：这回添两千，过几天你再来，还有尽头吗？

外省人"嘭嘭"拍响胸脯说：干我们这行，讲的就是说话算数。

憨娃满含厌恶地说：狗屁算数，留个字据。

外省人冷笑：这种买卖还想留字据，你不是说胡话吧？他继续催逼：干脆点，怎么办？

憨娃回头望一眼仓屋，希望英英出来表个态：愿意留下还是希望离开。如果确实想离开，就成全她，至少不用再添两千元。两千元可不是小数目，想到还要付两千元，憨娃心都像要被剜出来一样。可英英真要离开了，钱有啥子用，无非用来修瓦房，修出瓦房又能咋个样，空空荡荡啥子也没得。不如现在，几间草房，也充满欢乐。这样一想憨娃很害怕，怕英英出来哭着说一定要离开。他有些慌张地回头催促娘：钱就给他吧，只当遭疯狗咬了。

娘同样舍不得英英离开，十分无奈地含悲带恨回到卧室，取出层层包裹的钞票，颤颤抖抖地一张一张点了两千元递过去，随即就失声痛哭。

望着外省人的火把渐渐远去，憨娃回到仓屋。英英躲在蚊帐背后，脸色煞白，吓得瑟瑟发抖，显然很怕把她送还外省人。憨娃说：打发走了。英英号啕大哭，她第一次这样子哭，哭得人心酸，哭得憨娃也流下眼泪。

家中笼罩着深重的悲愤，连憨娃都不想多说话。一下子两千元没了，不可能再修瓦房。更大的忧虑还在于，外省人是不是就心满意足，是不是就不再来纠缠，是不是就不会写匿名信报告公安，是不是英英就不离开了？

英英晓得她给这对母子带来了啥子，但还是不说话，可能她还是不肯屈从，还在抗争。

这一天她发现娘黑着脸，之前从没这样的脸色，明显是不满。为了英英她啥都舍得，可英英报答以沉默，哪怕只是说句道谢话，哪怕不喊娘只喊大婶，娘也心头好受些。

英英始终不开口，可能有难言之隐。一开始听不懂山里土话，也不想跟这些人交流。等到大概能听懂，又不晓得说啥好。说感谢他们的救命之恩，还是说愿意跟憨娃相守一生？肯定满怀感激，可这个家需要的是媳妇，不是空口白话的感谢。而要做这家人的媳妇，她根本没有准备，她是被捆绑来的，无时无刻不想着逃离。

英英也心事重重。这天饭桌上她失手摔碎一只碗，娘疾言厉色地呵斥：嫌破财还不够？一把血一把汗挣点钱，没焐热就脱手了，不就是为了你？

英英吓得觳觫发抖，进门以来头一次听到这样子严厉的呵斥，她噙着满眼泪水，十分吃力地扶着桌凳蹲下，收拾破碎碗片。

憨娃惊愕地望着娘，粗声抱怨：咋个拿她出气？你有气，不如打我两巴掌。

娘也哭了，扶起英英说：别怨娘，娘是恨呀。

憨娃阴沉着脸说：房子早点盖晚点盖有啥子要紧，家里人伤了和气，就再也没得指望。

娘抹把泪说：你们想得通，娘也没得啥子。这几间草房，两辈人住过来了。瓦房没盖成，添口人也值得。

可英英还是伤心，她扶着墙壁往外挪动，缓缓移向大门口。憨娃觉察到异常，连忙跟出去。英英扑在门口老榕树的树干上，哭得上气不接下气。娘追出来说：这样子哭伤心伤肝，快抱回去。

憨娃双手横抱起英英，温和地劝慰她：娘气头上说句气话，咋个就伤心成这样子。

英英扭头拱进憨娃宽厚的怀抱，抽搐不止。以前憨娃抱她，她一副无动于衷的样子，现在像个委屈的娃儿拱进父亲怀抱，憨娃感到一种说不出的温情暖意。他深深吸口气，一直把英英抱在怀里不想放下。直到英英红着脸挣扎，憨娃才把她放在竹椅上。

没得希望盖瓦房，死了这份心也是解脱，至少不必过分节俭。悲沉一阵，家里又恢复了安宁温馨，甚至比以前还惬意。家里经常买肉。英英也尝试做点手工，帮娘纳鞋底，或者缝补衣服，她的女红非常出色，针脚细细密密。她还会绣花，给娘绣个钱包。娘接过钱包哈哈大笑，她很难得开怀大笑，打趣说：明明就不是给我绣的嘛，非要借我的手转给他。羞得英英一脸绯红，勾下头半天不敢抬起。

这天憨娃肩挑一担油菜籽去集市，卖了四十块钱。拐进供销社，看见五颜六色的衣服鲜艳夺目，便买了一件鲜红衬衣，一件深蓝外套，打算一件给英英，一件给娘。顺便又去榨油厂，拜托黄幺婶的丈夫，也想买几十斤菜油饼。

两头猪崽长到四十来斤就不长了，光喂青草、苔藓确实养不出肥猪。而多加粮食，又养不出瘦肉猪。憨娃想试一试：饲料中添加菜油饼会咋个样？

菜油饼不是哪个都能买到，必须开后门，憨娃所能找到的后门就是黄幺婶丈夫。

黄幺婶丈夫还算帮忙，把他的菜油饼匀出三十斤给憨娃，但要憨娃把他一百多斤的菜油饼顺路挑回去。憨娃啥子都没得就是有力气，挑着一百多斤担子照样脚步轻快。

主要还是心头高兴，想到进门就有人温暖地迎接他，想到英英和娘见到新衣服的样子，他心头就涌动起说不出的甜蜜，挑着一百多斤担子还步履轻快。

回到村上已是黄昏。经过村长家门口时，看见聚拢着一大堆人，他笑容满面"嗨"一声，想问出了啥事，却听到村长惊恐万状地呼喊：憨娃呀，出大事啦！

憨娃愣住了，像一尊牛郎雕像竖立在田埂，只不过传说中的牛郎担子里是两个娃儿，憨娃担子里是菜油饼和两件女人衣服。

还没等憨娃开口，就听黄幺婶捶胸顿足地哭号：哎呀呀，好惨呀，没见过这种哭法，哭得哎呀呀……

憨娃终于迸发一声：到底咋个了嘛？

村长老泪纵横地说：公安把英英救走了。

憨娃感到天旋地转，哆哆嗦嗦地问：救哪里去了？

村长使劲摇头使劲叹息：远道口音，外省公安，抓了人就跑。我去乡里问，乡里公安说，解救拐卖人口不跟当地打招呼。

憨娃问：咋个不拦住呢？

黄幺婶叽里呱啦抢着说：咋个没拦呀，公安都打枪了。哎呀呀，英英哭得，怕是只剩半口气了。她呜里哇啦讲着外省话，听不懂，好像她在问这是啥子地方，我说叫锅腔岩。

憨娃咆哮起来：鬼才晓得锅腔岩，咋个不说哪个县哪个乡？

黄幺婶委屈地说：哪有时间说哟，公安扯起英英就飞跑，我们两条腿，咋个撵得上吉普车嘛。

憨娃踉踉跄跄地回到家，看见娘披头散发跌坐在屋檐下的台阶上。娘抬头看见憨娃，沙哑着嗓子说：英英走了。

憨娃问：英英说话了？

娘摇摇头说：听不懂她说啥子，我只顾抱紧英英，他们把我指头都掰断了，还打了枪。儿啦，咋个才回来嘛？

憨娃啥子也不想说，他缓缓转过身，仰望黑沉沉的远山，像是给巨大黑幕严丝合缝地覆盖了，没人晓得这里发生了啥子事……